# De repente, Ana

A história de *Simplesmente Ana* continua

MARINA CARVALHO

Novas Páginas

Esta é uma obra de ficção. Nomes, personagens, lugares e acontecimentos descritos são produto da imaginação do autor. Qualquer semelhança com nomes, datas e acontecimentos reais é mera coincidência.

1ª Impressão — 2014

Produção editorial:
Equipe Novo Conceito
Impressão e Acabamento Prol 010714

Este livro segue as regras da Nova Ortografia da Língua Portuguesa.

Dados Internacionais de Catalogação na Publicação (CIP)
(Câmara Brasileira do Livro, SP, Brasil)

---

Carvalho, Marina
De repente, Ana / Marina Carvalho. -- Ribeirão Preto, SP : Novo Conceito Editora, 2014.

ISBN 978-85-8163-535-4

1. Ficção brasileira I. Título.

14-04269 CDD-869.93

---

Índices para catálogo sistemático:
1. Ficção : Literatura brasileira 869.93

Novas Páginas

Rua Dr. Hugo Fortes, 1.885 — Parque Industrial Lagoinha
14095-260 — Ribeirão Preto — SP
www.grupoeditorialnovoconceito.com.br

*A Rogério, Hugo e João, com todo o meu amor.*

*"Nosso destino vive dentro de nós.*

*Nós precisamos ser valentes o bastante para vê-lo."*

Princesa Merida – *Valente*

# Prólogo

A ventania agitava meus cabelos de uma forma com a qual eu não estava sendo capaz de lidar. Os fios açoitavam meu rosto e, quanto mais eu tentava prendê-los com as mãos, pior ficava a situação. Mas não me importava. As mensagens persistentes de Alex eram suficientes para reter meus pensamentos.

*Ana, preciso falar com você depressa. Entre em contato assim que der. Beijo.*

*Ana, por que não responde? O assunto é urgente.*

Claro que era urgente! Como não seria? Mas, para meu completo azar, meu celular não estava conseguindo completar ligação alguma, embora não tivesse problemas em receber os torpedos enviados por Alex.

Sendo assim, como não havia outra forma de chegar mais rápido a Perla, debrucei-me sobre a mureta da balsa que me levava de volta para casa — depois de dois dias participando de um evento beneficente em Osijev — e rezei. Pedi a Deus e a Santo Expedito das Causas Impossíveis que não fosse nada de mais. Ou, pelo menos, não tão grave. Quem sabe a urgência de Alex se devesse à saudade louca que sentia de mim? Sim! Devia ser isso! Não gostávamos de ficar longe um do outro, nem mesmo por apenas 48 horas.

Essa possibilidade me acalmou um pouco e eu pude respirar, finalmente. Com a mente desanuviada, voltei a observar o oceano com benevolência. Osijev era um distrito de Perla, isolado numa ilha paradisíaca, um dos pontos turísticos mais visitados da Krósvia.

Aproveitando a boa vontade — e o dinheiro, principalmente — dos visitantes, o prefeito de Perla resolveu promover um leilão de antiguidades em benefício das crianças órfãs da capital. Como meu pai estava numa conferência internacional, sobrou para mim marcar presença no evento.

*Ana, estarei esperando você no porto.*

A nova mensagem de Alex não só me tirou dos devaneios como fez a preocupação voltar. Mil coisas passaram por minha cabeça: uma nova ação de *paparazzi* mal-intencionados, problemas com a horrenda Laika, incidentes envolvendo membros de minha família, como vovó Nair ou vovô Felisberto, por exemplo, que não andava com a saúde muito boa.

Não queria imaginar besteiras, mas era inevitável. Se meu namorado quisesse me envolver num joguinho de sedução, teria deixado seu objetivo um pouco mais claro.

Comecei a bater a sola do sapato no piso da balsa, tamanha minha ansiedade. Estava prestes a assumir o lugar do piloto quando avistei o porto de Perla. Ufa! Fossem notícias boas ou ruins que me esperavam em terra firme, preferia recebê-las o quanto antes.

Pareceu que levou três dias, mas a balsa, em poucos minutos, atracou. Avistei Alex no cais, com as mãos enfiadas nos bolsos da calça jeans e a cabeça baixa. Ele não demonstrava estar feliz.

Meu coração se apertou, preparando-me para o pior. Porque, se não antes, a certeza de que uma tragédia estava para ser anunciada me acertou em cheio ao vê-lo.

Assim que me enxergou, Alex abriu os braços, para onde corri sem pensar duas vezes. Embrulhada por seu calor familiar, deixei escapar as lágrimas que segurava sem perceber.

— Estou com medo do que vai dizer. — admiti. Minha voz saiu embargada, uma vez que apertei o rosto no peito do meu namorado.

— Ana... — Ele hesitou. Senti quando sua respiração foi interrompida por algo semelhante a um soluço. Ergui o olhar para encará-lo.

— Por favor, Alex, diga de uma vez.

Seus lindos olhos verdes estavam vermelhos, como se ele tivesse chorado. Então eu soube sobre quem eram as más notícias. *Ah, Deus, não!*

— Minha linda, seu pai... O Andrej...

Ele parou e inspirou com força. Eu teria desmaiado naquele momento se não estivesse tão ávida por saber.

— Ele sofreu um acidente e...

Mais uma pausa.

— Não resistiu.

# 1

# *Premonição?*

— NÃO!!!

Acordei arfando, desorientada. Meus olhos custaram a processar o cenário revelado diante deles. Segundos antes eu estava na Krósvia, recebendo a pior notícia do mundo. No entanto, na verdade, eu me encontrava num quarto de hotel, aconchegada entre colchas macias, curtindo dias de tranquilidade ao lado de Alexander.

Aliás, assim que gritei, apavorada com o pesadelo, foram as mãos dele que me ampararam.

— Ei, *lyubit*, calma. — Sim, *lyubit* significa *amor* em krosvi, e era como Alex se referia a mim de vez em quando. Sei que antes achava o apelido piegas, mas não me importava nem um pouco de ser chamada desse jeito pelo cara mais maravilhoso do mundo, pelo menos do meu mundo. — Você estava sonhando.

Comecei a chorar, um choro de alívio misturado com medo. Porque, ao mesmo tempo em que é ruim demais sonhar com a morte de alguém tão importante, acordar e descobrir que a realidade é bem diferente é um conforto e tanto.

— Alex, me abraça? — pedi, aconchegando-me a ele, a única pessoa capaz de acalmar meus ânimos completamente. Desde que nosso namoro vingou, há dois anos e meio, Alexander tem sido meu porto seguro, minha âncora nas terras do meu pai. Afinal, não foi fácil me descobrir princesa da noite para o dia, a única herdeira da coroa da Krósvia, uma pequena e bem resolvida nação do Leste Europeu. — Sonhei com a morte do meu pai.

Alex me apertou um pouco mais.

— Dizem que é vida para a pessoa — disse ele, numa tentativa de me consolar.

— Eu sei, mas foi muito ruim.

Contei para Alexander os detalhes do pesadelo. Prático do jeito que é, não fez muitos comentários a respeito, a não ser que ficar repetindo *Está tudo bem. Está tudo bem* seja a versão do meu namorado para *Não se preocupe. Isso jamais acontecerá com Andrej, porque ele é um rei.*

Por mais inverossímil que pudesse ser, era isso que eu queria escutar. Porém, a eternidade dos imperadores não era garantida nem mesmo pelos contos de fadas. Basta se lembrar do que aconteceu com o pai da Branca de Neve e com o da Cinderela, né?

Com os pelos dos braços eriçados após essa constatação infeliz, fechei os olhos e procurei me concentrar no abraço quente e forte de Alex. Seria plausível se o namoro tivesse caído num clima morno, já que o nosso lance deixara de ser recente havia um bom tempo. Ainda bem que continuávamos como no princípio, quando éramos guiados pela adrenalina da descoberta dos sentimentos um pelo outro. Nós nos amávamos, no entanto a chama da paixão continuava acesa. Não à toa, passávamos aquela semana num hotel aconchegante na Praia do Forte, em Salvador. Rotina era uma palavra inexistente em nosso vocabulário.

— Por que não liga pra ele? — Alex sugeriu. — Não é vergonha nenhuma pra uma mulher de quase vinte e três anos sentir *saudades* do papai.

Alex bagunçou meus cabelos, como se faz com garotinhas travessas, e piscou para mim. Desde que compreendera o sentido da palavra "saudade", ele nunca deixava de usá-la. Achava essa mania bem fofa, se querem saber.

— Estou mesmo com saudade dele — admiti, fazendo um beicinho que eu só me permitia armar quando ficava sozinha com Alex. Morro de vergonha de ficar pagando de apaixonada na frente das pessoas. Estela, minha melhor amiga, diz que eu sou um caso sério e incurável.

Alexander se apoiou no cotovelo, pegou o celular em cima da mesinha de cabeceira e o estendeu para mim.

Abri um sorrisão, sabendo que, em poucos segundos, estaria ouvindo a voz do meu amado pai.

Sempre me esqueço de que o fuso horário da Krósvia em relação ao do Brasil é de cinco horas a mais para o país do meu pai. Foi por isso que levei um susto quando Andrej disse "Alô" do outro lado da linha. A voz dele parecia a de um moribundo à beira da morte. Ainda bem que tive a sacada de verificar as horas no rádio-relógio antes de tirar conclusões precipitadas.

— Oi, papai — cumprimentei, aliviada.

— Ana, minha querida, aconteceu alguma coisa?

Está para nascer uma criatura mais doce do que Andrej Markov, rei da Krósvia e, por sorte do destino, meu amado pai. Faz pouco mais de dois anos que nos conhecemos, mas, desde então, agimos como se tivéssemos nos relacionado a vida inteira. Ele perdeu minha infância, não enfrentou a crise da adolescência por que passam quase todas as meninas entre os onze e os dezesseis anos, não foi à minha formatura no colégio nem teve "aquela" conversa comigo sobre as más intenções dos garotos quando chamam as colegas para brincar de médico.

Por outro lado, fez de tudo para que eu me sentisse bem assim que pôs os olhos em mim e me amou desde o princípio, o que acabou estreitando nossos laços, antes inexistentes.

O engraçado é que muitas pessoas não entendem. Falam que, no meu lugar, teriam feito um escândalo caso descobrissem, do dia para a noite, que a mãe tinha lhes escondido uma informação daquele peso a vida inteira. Para falar a verdade, por um momento cheguei a ficar um pouco magoada, sim. No entanto, vamos combinar: dar chilique e acusar a mãe, àquela altura da minha vida, não resolveria muito as coisas, não é mesmo? O bom foi que, no final, deu tudo certo, para todo mundo.

— Só estou com saudade — respondi, em krosvi, como há muito tempo já fazia.

Alex se espichou sobre mim e se meteu na conversa:

— Sua filha está doida para correr de volta para o papai.

Dei um tapa desengonçado no ombro dele, meio sem graça com a probabilidade de Andrej ter concluído em que situação nos encontrávamos naquele instante — sozinhos, no maior bem-bom, num quarto de hotel brasileiro. Por mais que meu pai levasse numa boa meu relacionamento com Alexander, era sempre melhor não entrar em detalhes.

— Levando em consideração o horário, acredito mesmo que não veja a hora de voltar. — Andrej sorria. Deu para perceber o tom de gozação em sua voz.

— Desculpa... É que sonhei com você — admiti. Puxei o lençol que cobria minhas pernas e coloquei uma ponta na boca, um gesto meio nojento, eu sei, mas totalmente inconsciente.

Alex deu um sorrisinho e se levantou, presenteando-me com uma visão da qual eu não me fartava nunca: ele, apenas de calça de moletom, a personificação dos sonhos de consumo de muita gente. E era todo meu.

Eu ainda o encarava feito cachorro diante de uma vitrine de frango assado quando meu pai perguntou, tirando-me do transe momentâneo:

— Sonho bom ou sonho ruim?

— Eu... não me lembro — menti. De repente, revelar a Andrej o assunto do pesadelo me pareceu muito cruel. Colocando-me no lugar dele, não gostaria que alguém me contasse que havia sonhado com minha morte.

Meu pai deu uma gargalhada gostosa e me fez imaginá-lo em seu quarto no Palácio Sorvinski, observando o Mar Adriático enquanto a manhã chegava de mansinho. Como de costume, a agenda do dia deveria estar entupida de compromissos, mas ele nunca perdia a oportunidade de respirar um pouco antes de iniciar a suada rotina.

Eu agradecia a Deus por ele ser tão jovem e bem disposto e por amar o que fazia. Ser a princesa já não era lá muito fácil... Imagine, então, o que implicava o cargo de rainha. Pensar nisso me dava até urticária.

— Ana... Conheço você muito bem. Não estaria me ligando a esta hora se não tivesse um bom motivo. — Óbvio. Por que ele tinha de ser tão perspicaz? Às vezes nem minha mãe reparava tanto em detalhes, e olha que a gente morou sob o mesmo teto por mais de vinte anos. — O que está acontecendo, minha filha?

Suspirei profundamente. Alex se balançava devagar na rede da varanda, enquanto aproveitava a brisa fresca da madrugada. Pelo jeito, não prestava a menor atenção em mim.

— Você está bem? — eu quis saber, comendo pelas beiradas, como a típica mineira que sou. Posso ter partido para a Krósvia, mas a "brasileirice" continua em meus poros. — Vai viajar por esses dias? Algum encontro com adversários?

Andrej riu outra vez. Pena que sua descontração não estivesse me contagiando.

— Ana, por acaso seu sonho tem a ver com meu bem-estar? Ou com a falta dele, talvez?

— Com a falta dele, talvez — confessei, baixinho. Cobri os olhos com o braço e fui admitindo o resto. — Liguei porque queria ouvir sua voz e constatar, com meus próprios ouvidos, que está tudo em ordem por aí. É horrível, pai, falar sobre meu sonho, já que, nele...

— Nele? — Andrej me encorajou.

— Nele descubro que você... morreu.

O mar das praias do Nordeste brasileiro é conhecido mundialmente pelo azul intenso e pela temperatura agradável. Quem só conheceu Cabo Frio, no Rio de Janeiro, não sabe do que estou falando. Apesar da beleza do lugar, a água é tão gelada que os ossos chegam a doer. Em compensação, dar um mergulho entre as ondas da Praia do Forte, em Salvador, é sinônimo de prazer e satisfação.

Foi por isso que escolhemos tirar um descanso da vida agitada na Krósvia e passar uns dias de paz no Brasil. Alex ainda não havia sido apresentado oficialmente à Bahia — só conhecia o estado por fotos — e adorou minha sugestão de curtirmos um ao outro, sozinhos para variar, na terra do axé.

Desde que chegamos, nossa rotina era simples: dormir, namorar, comer, namorar, tomar sol, namorar, comer, passear, namorar, dormir. Longe das obrigações que apenas uma princesa de verdade tem, eu só pensava em aproveitar cada momento ao lado do meu amor, sem me preocupar com absolutamente nada. Afinal, todos nós merecemos um descanso, não é mesmo?

Essas ocasiões eram cada vez mais raras para nós, já que ser ninguém menos que Ana da Krósvia exigia que eu me dividisse em muitas de mim para conseguir atender às expectativas de todos.

Estar hospedada com Alex em uma pousada aconchegante, aproveitando um anonimato que há muito tempo eu desconhecia, não tinha preço. Éramos apenas um casal normal, apaixonado, em Salvador. Ana Carina Bernardes Markov estava há quilômetros dali.

Naquela última noite em Salvador, resolvemos jantar no próprio hotel. Passamos o dia mergulhando e ficamos exaustos. Nossa intenção era dormir cedo. Nada de passeios noturnos.

Pedimos uma moqueca de robalo, com direito a camarão frito de entrada, sabendo que a comida pesaria no estômago a ponto de nos derrubar fácil na cama.

— Por que você nunca preparou uma moqueca pra nós? — Alex me questionou, não se importando em engolir antes de falar. — Bem melhor do que o peixe que a gente come na Krósvia.

— Quase tudo aqui é melhor que a comida da Krósvia, Alex. E, se eu nunca fiz moqueca, é porque não sei.

— Bem que podíamos levar a receita para a Karenina, né? — sugeriu meu namorado, gemendo de prazer.

Era uma boa ideia. A Kare tinha mãos de fada. Se eu não segurasse o pé, viveria lutando contra a balança. Bastava estar de bobeira no castelo que me enfiava na cozinha com ela. Minha sina: estar rodeada de artistas da culinária.

Balancei a cabeça para Alex, concordando com ele, mas minha mente estava um pouco longe dali. A todo momento meu cérebro me levava de volta à conversa que meu pai e eu tivemos de madrugada. Enquanto não voltasse para a Krósvia e o visse com meus próprios olhos, eu não me sentiria completamente aliviada.

— Ana, você está no mundo da lua — Alexander observou, segurando minha mão em cima da mesa. — O que houve, *lyubit*?

Suspirei. Olhei para aqueles olhos verdes profundos e sorri.

— Bobagem.

— Ainda preocupada com o Andrej. — Não foi uma pergunta. — Você sabe que está esquentando a cabeça à toa, não sabe?

— Meu pai me disse a mesma coisa — admiti. Conversamos por quase meia hora e ele me pediu para deixar de ser boba. Ainda por cima me deu uma bronca, dizendo que era ele quem deveria estar preocupado.

— Então desencana. É assim que vai querer passar a nossa última noite aqui?

Foi a partir daí que esqueci de vez o pesadelo com Andrej. No momento em que Alex deixou clara sua intenção de encerrar o nosso passeio, minha mente tratou de aproveitar os novos — e mais satisfatórios — tipos de pensamentos que passaram a preenchê-la.

# 2

## *E se fosse verdade?*

— Amiga, você está maravilhosa!!

Estela não foi capaz de esperar que Alex e eu chegássemos até a mesa que ela ocupava com Artur antes de expressar sua alegria. Todas as cabeças do bar se voltaram para nós, tudo por causa da velha mania de Estela de ser tão explícita.

Acenei timidamente, com o rosto meio corado de vergonha. Do meu lado, Alexander tentava caminhar sem esbarrar sua tromba nas pessoas. Desde que soubera que minha melhor amiga levaria o namorado ao nosso encontro, decidiu ficar emburrado.

Tentei argumentar que a birra não tinha fundamento. Afinal, Artur e eu nunca chegamos a ser um casal de verdade. Sim, trocamos alguns beijos — bem, foram muitos, na verdade —, ficamos de rolo por cerca de três meses, mas tudo acabou quando parti para a Krósvia pela primeira vez. Foi só eu virar as costas que meu "quase namorado" se engraçou para o lado de Estela.

Na época, nós duas o julgamos supermal. Artur, de repente, se tornara o alvo da maior parte dos nossos xingamentos. Mas, com o tempo, enxergamos que, apesar de suas atitudes não muito dignas, tudo o que o pobre coitado desejava era conquistar o coração duro da minha amiga maluca.

— Desamarra essa tromba — exigi, entredentes.

— Só falta você querer que eu sorria para o imbecil — Alex devolveu, com um braço envolvendo possessivamente minha cintura.

— Não, não quero.

Ele expirou, parecendo vitorioso.

— Eu faço questão!

— Ana, aquele cara é seu ex!

Encarei Alexander, já farta de seu ataque de bobeira, e concluí de vez a discussão:

— E agora namora a Estela. Então mostre que não é um adolescente e comporte-se.

Alex apertou seus dedos ainda mais em minha pele, mas pelo menos suavizou a expressão. Como que para deixar claro para todos ao redor o tipo de relação que tínhamos, puxou-me para um beijo intenso, desses que fazem os dedos dos pés se dobrarem de alegria. Depois sussurrou, praticamente dentro da minha boca:

— Comporte-se você.

*Olha só quem fala!*

Estela contornou a mesa, toda estabanada, e quase derrubou os copos sobre ela. Chegou até mim em dois passos.

— Ai, amiga, que saudade! E que demonstração de afeto explícita foi essa? — Seus braços me envolveram, enquanto Artur se aproximava de Alex.

Os dois se cumprimentaram formalmente. Ainda bem que Alexander retribuiu o aperto de mãos. Por um momento pensei que ele fosse agir como um homem das cavernas.

— Se você tivesse ido embora sem nos ver, eu nunca mais a perdoaria. Sabe disso, né?

— É claro! — concordei, muito ciente do poder de vingança de Estela.

— Olá, Ana — disse Artur, bastante confortável com a situação. Tanto que não se acanhou em me cumprimentar com os famosos três beijinhos dos mineiros.

Também não me intimidei. Alexander não tinha com o que se preocupar. Ele que ousasse reclamar para ver só uma coisa.

— Ei, Artur! Tudo bem?

Sentamos os quatro e pedimos bebidas. Conversamos em português, para variar, já que meu idioma não era mais um empecilho para meu namorado.

Passada a primeira reação de Alex com a presença de Artur, o clima ficou descontraído. Rimos muito, especialmente dos assuntos cabeludos de Estela.

— Topa uma partida de sinuca, cara?

Alex me olhou de esguelha. Fiz um gesto de incentivo quase imperceptível. Além de ser uma boa oportunidade para desencanar de vez, Estela e eu poderíamos ter um bom papo mulherzinha, só nós duas.

Assim que os rapazes se distanciaram, ela agarrou minhas mãos, cheia de malícia:

— Qual é o segredo dessa pele tão reluzente, Ana?

Revirei os olhos, fazendo questão de demonstrar desdém. Os anos podiam passar, nós amadurecíamos, mas Estela não perdia a chance de ser indiscreta. Que criatura sem noção, gente!

— Você sabe. O clima de Perla é favorável — improvisei.

— Conta outra. Nós duas sabemos muito bem que o que é favorável a você não é bem o clima, queridinha.

Estela deu uma olhada fugaz na direção dos nossos namorados. Para meu azar, pegou Alexander reclinado sobre a mesa de sinuca, prestes a executar uma jogada, justo quando sua calça jeans clara potencializava um de seus maiores atributos.

— Ai, ai... — suspirou. — O Artur é um gato e a gente se dá superbem. Mas eu preciso admitir: que mulher não viveria em felicidade eterna namorando a cria de Zeus com Afrodite?

Soltei uma gargalhada que ressoou por todo o bar. Estela tinha cada uma! E essa era nova.

— Quando sai o casamento? Quero ser a madrinha, hein! — avisou, escondida atrás da caneca de chope.

Imediatamente meu sorriso se desfez. Se havia um assunto que me deixava travada era "casamento". Alex e eu vivíamos um verdadeiro conto de fadas. Como não? Eu, uma princesa de verdade; ele, um príncipe no que diz respeito aos atributos físicos e também à beleza interior. Era fácil imaginar nossa vida semelhante às histórias da Disney. A diferença estava no fato de que Cinderela, Bela, Aurora e companhia limitada casaram-se com seus príncipes no final da história. Quanto a mim, nunca tivera sequer o prazer de escutar Alexander pronunciar essa palavra, fosse em português, inglês ou krosvi.

Estela notou minha mudança de humor. Tombou sutilmente a cabeça para o lado esquerdo. Do meu lugar, eu podia ouvir as engrenagens de seu cérebro hiperativo trabalhando.

— Vocês não pretendem se casar? — questionou ela, devagar, como se estivesse com medo de me assustar.

— Nunca falamos sobre isso.

Fiquei impressionada com o tanto que Estela arregalou os olhos. Suas pupilas castanhas quase saltaram sobre mim.

— Depois desse tempo todo e desse amor que chega a se espalhar por onde passam, está me dizendo que vocês dois jamais discutiram quando e como vão se casar?

Balancei a cabeça para cima e para baixo. De repente senti a irritação me invadir. Não esperava ter que dividir uma de minhas maiores frustrações bem ali, na penumbra de um bar em Belo Horizonte, enquanto o motivo de minha ira jogava sinuca todo relaxadão, nem desconfiando de que era o foco da conversa.

— Puxa, pensei que esse fosse o maior sonho de vocês — Estela comentou. E não fez isso com segundas intenções, a fim de me magoar. Porque ela estava certa. Parecia a dedução mais lógica.

— Não digo que nunca sonhei me casar com Alexander, porque estaria mentindo. Mas ele nunca se manifestou. Então eu fico calada também.

Sim, éramos muito novos ainda. Sim, tínhamos muito o que viver. E, sim, na hora certa trocaríamos as alianças de compromisso eterno. Bom, pelo menos eu esperava, não é mesmo? O que me chateava era que Alex nem brincava com esse assunto. Tratava de ignorá-lo solenemente.

— Puxa, Ana, nem sei o que dizer.

— Estela, não precisa fazer drama. Não é como se o Alex pretendesse me largar de uma hora para outra. — Cortei antes que minha amiga começasse a me analisar como se eu fosse cobaia de laboratório.

— Eu não disse isso, disse? — defendeu-se. — Até acho normal os homens se esquivarem desse assunto. Só imaginei que com vocês as coisas fossem diferentes. Quero dizer, diferentes no sentido de que pertencem à realeza e tudo o mais. Afinal, a realeza adora um protocolo, né?

Voltei a sorrir e o clima pesado se desfez. Estela era mestre na arte de usar as palavras para o bem, mesmo que de forma incongruente.

Alex e Artur não demoraram a voltar para a mesa. Chegaram parecendo dois velhos amigos, com direito a tapinha nas costas e troca de insultos, comportamento normal entre seres do sexo masculino.

Estela e eu nos entreolhamos, mas nos abstivemos de fazer comentários. *Homens!*

Minha mãe ainda estava acordada quando voltamos para o seu apartamento, o mesmo onde morei com ela até poucos meses atrás. Assistia a um programa de humor no Multishow, enrolada num edredom.

Seu namoro com o Doutor Lúcio, um médico simpático e bonitão, não durara mais que algumas semanas. Quando ela me contou que haviam terminado, não entendi por quê. Formavam um casal bacana, e minha mãe parecia feliz com ele.

No fundo eu apostava na relação porque desejava que Dona Olívia tivesse uma companhia constante na minha ausência. O pior de me mudar definitivamente para a Krósvia foi deixá-la para trás. Agora que estava sozinha de vez, doía ainda mais em mim.

— Olá, crianças! — Mamãe nos saudou com carinho. Ficou de pé e calçou os chinelos de pano, enquanto enganchava seus braços nos nossos. — Aposto que estão com fome. Deixei um quibe assado no forno para vocês.

— Mãe, acabamos de comer uma porção de tira-gosto. E já são quase duas da manhã. Nossos estômagos não vão suportar nem mais um grão de arroz.

— Fale por você, Ana — Alex retrucou. — Não vou rejeitar um pedaço do famoso quibe assado com requeijão da Olívia.

Revirei os olhos. Sabia que Alexander não podia estar com fome. Ele só aceitara a oferta para agradar mamãe. Essa era uma de suas muitas qualidades.

— Então eu vou para a cama. Estou morta de sono. Amanhã a gente se vê.

Abracei minha mãe e dei um beijo casto em Alex. Desde a nossa primeira noite juntos, quando nos declaramos um ao outro na Ilha de Catarina e, na manhã seguinte, caímos num golpe arquitetado pela Nome de Cachorro — que quase estragou nosso romance de vez —, não é segredo para meus pais que a gente... bem, dorme junto. No entanto, Dona Olívia se recusa a dar uma de moderna quando a visitamos; ela faz questão de nos colocar em quartos separados.

Claro que Alex e eu aceitamos tudo numa boa. Não é o tipo de tema que deva ser debatido. Mesmo assim, não me acanhei em lhe enviar uma piscada bastante reveladora. Ele que tratasse de entender meu recado.

Entrei em meu velho quarto sentindo os odores do bar exalarem de meus cabelos e roupas. Travei uma pequena discussão comigo mesma, até que meu lado asseado venceu. Decidi tomar um banho antes de me deitar, pois sabia que minha noite de sono seria melhor se estivesse cheirando a sabonete.

Debaixo do chuveiro, deixei a mente se recordar dos assuntos pendentes na Krósvia. Estava de folga na embaixada brasileira até o final da semana, mas tinha certeza de que as meninas do Lar Irmã Celeste sentiam falta de nossos encontros no castelo.

Agora que eu estava mais familiarizada com o trabalho voluntário, o grupo aumentara de dez para quase trinta garotas, entre sete e treze anos de idade. A visita delas ao palácio era sempre um evento de grandes proporções. Karenina e suas ajudantes ficavam loucas na cozinha, pois faziam questão de preparar um banquete para nossas convidadas mirins.

Irina, com sua eficiência quase fanática, remodelara a biblioteca — com a ajuda de meu arquiteto favorito, Alex —, transformando-a em um lugar menos sombrio, além de mais moderno e aconchegante. Com o aval de Andrej, encomendou novos livros, para alegria não apenas da meninada como minha também.

Assim que retornasse à Krósvia, minha primeira ação seria ir ao orfanato pegar as meninas para uma tarde de leitura no castelo.

Enquanto massageava meu couro cabeludo, lembrei-me de tia Marieva e da promessa que fizera a ela de ensinar português para meus primos, Luce, Giovana e Luka. Eu tinha consciência de que não seria muito fácil lidar com aqueles três, mas não tinha coragem de dizer não a tia Marieva. Ela era como uma mãe para mim.

Não que o trio fosse tão indomável a ponto de não conseguir aprender um idioma novo. O problema era que, quando nos juntávamos, os três pensavam que eu tinha a idade deles. Não me enxergavam como adulta.

Tudo indicava que meu tempo precisaria ser recalculado para que eu conseguisse cumprir todos os compromissos. Era certo que Irina nem esperaria meus pés tocarem o solo krosviano para entregar minha nova agenda de afazeres.

A missão dela nesta vida, sem dúvida alguma, era me dar serviço social. De jantares a inaugurações, eventos beneficentes a lançamentos, Irina queria que a princesa da Krósvia fosse uma presença constante, com o objetivo de que o povo soubesse que poderia contar comigo sempre. Ou seja, minha querida assessora me transformara na imagem da princesa simpática. Isso dava uma canseira!

Saí do chuveiro e enrolei meus cabelos numa toalha branca felpuda com cheirinho de amaciante, enquanto secava o corpo com outra. As toalhas do castelo também eram cheirosas e até mais macias, mas as da mamãe tinham o odor da minha infância.

Desejei que Alexander deixasse seu comportamento audacioso aflorar e fugisse do quarto de hóspedes para dormirmos aninhados em minha cama minúscula. Queria que sua barba por fazer ficasse fazendo cócegas em meu pescoço até eu cair no sono. Acima de tudo, ansiava por suas mãos em mim, acariciando meus braços para cima e para baixo, conduzindo-me ao nosso mundo particular.

Mas eu sabia que ele não se atreveria. Então, resignada, vesti meu pijama e me enfiei sob as cobertas, com os cabelos ainda molhados. Não ousaria acordar o prédio inteiro com o barulho do secador.

Dei um suspiro resignado, cheio de significados, e fechei os olhos, preparada para mergulhar num sono profundo.

Acontece que, assim que meu corpo achou a posição ideal e relaxou, escutei o toque do celular de Alex. Na mesma hora meus músculos retesaram. Telefonemas no meio da madrugada ou são trotes ou trazem más notícias. Rezei para ser a primeira alternativa.

Não tive coragem de sair do lugar. Primeiro porque não costumava xeretar quem ligava ou deixava de ligar para meu namorado — embora a curiosidade chegasse ao nível máximo. E mais: se fossem notícias ruins, preferiria retardar o recebimento.

Segundos depois, ouvi passos no quarto de Alexander. Tudo indicava que ele andava de um lado para o outro. Já incomodada com tudo aquilo, sentei-me na beirada da cama e apurei os ouvidos. Não captei as palavras, apesar de saber que Alex falava sem parar, em krosvi.

Depois veio o silêncio total. Nada.

Meu coração começou a bater descompassado. *Ai, meu Deus! Por favor, por favor!*

Como o silêncio se manteve, fui relaxando novamente, devagar. Fosse o que fosse, não deveria ser algo ruim. Senão, àquela altura, Alexander já teria batido à minha porta.

Exalei o ar que segurava sem perceber e afofei o travesseiro. Esperava recuperar logo o sono perdido para o estresse infundado.

Prestes a me deitar novamente, levei o maior susto com a entrada de Alex e mamãe em meu quarto. Ambos brancos feito fantasmas. Sem dizer uma só palavra, Alexander se agachou aos meus pés e agarrou minhas mãos. Comecei a tremer.

Meu namorado apoiou a cabeça em meu colo, parecendo derrotado e impotente.

— Ana... — Mal deu para ouvir sua voz.

Olhei para minha mãe, pedindo uma explicação com o olhar. Ela me encarou com tanta tristeza que comecei a chorar sem saber o porquê.

— Alex, fala comigo... — implorei, erguendo seu rosto até que ele olhasse para mim.

E foi um choque. Ele jamais me pareceu tão desolado, nem mesmo quando questionei seu caráter no chalé da Ilha de Catarina.

— *Lyubit*, você vai ter que ser forte. — Seus dedos secaram as lágrimas que desciam por minhas bochechas.

— Fala... — sussurrei, sabendo que morreria depois.

— O helicóptero que levava Andrej de volta para Perla... caiu.

[illegible]

— Meu amor, [illegible]

[illegible]

[illegible]

[illegible]

[illegible]

[illegible]

# 3

## Dentro do olho do furacão

Não sei se escutei direito ou se meu cérebro custou a processar a informação. Só me lembro de ter perdido o senso da realidade no momento em que Alex transmitiu a notícia.

Acho que nem cheguei a perguntar quem havia sido o relator da desgraça. Minha mente só fazia repetir feito um papagaio irritante: *Eu avisei. Eu avisei.*

Por que eu vivia sendo assombrada por sonhos premonitórios, meu Deus?

Minha mãe saiu do quarto e voltou depressa, carregando um copo, que foi entregue a mim sem eu ter pedido nada. Bebi parte do líquido adocicado, pois minha garganta rejeitou o restante.

Alexander tirou o copo de minhas mãos e me puxou para seu colo, onde fui embalada feito um bebê. Pelo menos eu o tinha para me consolar. Porém, devido às circunstâncias, quem faria isso por ele?

— Pode falar, Alex. Ele morreu? — indaguei, entre soluços.

— Não, minha linda. Não!

Isso sim era um alívio. Por que ele não contou antes?

— Mas não vou mentir, Ana. Andrej foi levado ao hospital em estado grave. O piloto não resistiu.

Estava explicado. Claro que, entre estar morto e correndo risco de vida, eu escolheria a segunda opção. No entanto, ainda assim, eu sentia como se uma parte de mim tivesse sido arrancada. *Meu pai não.*

— Alex, por favor, preciso conversar com a Irina. Preciso saber o que houve de verdade. — Levantei-me de supetão e peguei a primeira roupa que vi na frente. — Vamos embora. Meu pai está precisando de mim. Quero vê-lo.

Ameacei tirar o pijama, mas Alexander segurou meus braços, detendo-me com seu corpo.

— Ana, calma. Vamos ligar para a Irina. Não dá para sair daqui agora. São quase três horas da manhã!

Tomada pelo desespero — e mais ainda pelo medo —, acabei agindo igual a uma adolescente birrenta:

— Mas é o meu pai! É fácil para você, Alexander, que não é nada dele!

Alex olhou para mim com o olhar cheio de fúria. Agarrou meus ombros e me fez encará-lo. Ignorou completamente o fato de minha mãe estar presente, podendo interpretar mal aquela reação meio animalesca.

— Eu vou fingir que não escutei esse absurdo, porque sei que você está transtornada. Mas nunca mais diga que eu não me importo com o Andrej. Ele até pode ser o *seu* pai, ter o *seu* sangue, mas foi ele quem me criou. Então não desmereça os meus sentimentos, Ana.

Ao terminar o aviso, meu namorado me soltou e saiu do quarto. Que geniozinho do cão!

Voltei a me sentar na cama, incapaz de dar um passo. Minha mãe ficou firme ao meu lado, apesar de muda. Eu nem imaginava o que ela poderia estar sentindo.

— E se ele morrer? — murmurei.

Não suportava pensar nisso, mas era só o que passava pela minha cabeça.

— Filha, precisamos ser otimistas. Com certeza seu pai está nas melhores mãos do país. Temos que ter esperança.

— Estou com medo. Com muito, muito medo, mãe. Queria estar lá...

Mamãe me abraçou apertado. Não foi difícil notar que ela também chorava. E podia ser diferente? Eles tinham uma filha em comum, afinal.

Segundos depois, Alex voltou. Estendeu o celular para mim.

— Irina — disse, tenso.

Ele já não parecia bravo, pois beijou minha testa assim que me entregou o telefone. Como eu tremia demais, não consegui apoiar o aparelho no ouvido. Delicadamente, Alexander o pegou de volta e acionou o viva-voz.

— Irina, estamos te escutando — avisou ele, sentado novamente a meu lado e com um braço sobre meus ombros.

Antes de começar a falar, ela deu um longo suspiro.

— Ana, minha querida, como você está? — Com tudo o que estava acontecendo com Andrej, ela queria saber de mim?

— Chocada, mortificada, apavorada — declarei, impaciente. — Mas nada disso importa. Preciso saber como o *meu pai* está.

— Acabou de entrar no bloco cirúrgico. — Sua voz saiu embargada. Irina nunca me confessou nada, mas sempre desconfiei de seus sentimentos pelo rei. Naquela hora, com as emoções à flor da pele, era ainda mais complicado escondê-los. — Ele perdeu muito sangue, Ana...

— A situação é muito grave? — eu quis saber, mesmo prevendo a resposta.

— Infelizmente, sim.

Segurei o pingente de diamante em formato de rosa, que pertenceu primeiro à minha avó e depois à mãe de Alex, a rainha Elena. Papai me dera de presente no dia de minha apresentação à população da Krósvia. Raramente eu o tirava do pescoço. Isso só acontecia quando a ocasião exigia outro adorno qualquer.

Alexander pousou a mão sobre a minha e a apertou de leve. Aquele pingente significava tanto para mim quanto para ele.

— Irina, já sabem o que houve com o helicóptero? — Alex perguntou.

— Estão investigando. Não sabem ainda.

Achei-a reticente. Dava a impressão de que não queria se aprofundar no assunto. Pelo menos, não naquele momento.

— Você está com ele?

— Estou no hospital, Ana, com a Marieva e o Marcus, aguardando notícias. Não temos informações sobre o andamento da cirurgia.

— Vamos para Perla amanhã bem cedo — disse Alex, sem nunca se afastar de mim. — Mas nos mantenha a par de tudo enquanto não chegamos aí, certo?

— É claro, Alex. — Irina fungou, deixando claro que também não conseguia segurar as lágrimas.

— Irina, pode me fazer um favor? — pedi.

— Evidente que sim, querida.

— Cuide do meu pai até eu chegar.

Uma breve pausa se fez. Em seguida, outra fungada.

— Não precisava nem ter pedido.

*Rei da Krósvia sofre grave acidente de helicóptero e fica entre a vida e a morte.*

Olhei para o monitor dependurado bem na minha frente na sala de embarque do Aeroporto de Confins só para me arrepender logo em seguida. As notícias sobre Andrej estavam em todos os jornais, e eu não aguentava ler nem ouvir falar sobre esse assunto.

Era difícil demais saber que meu pai poderia não suportar os traumas causados pela queda do helicóptero. Ficar vendo as cenas da aeronave toda estraçalhada e a imagem da ambulância seguindo rumo ao hospital não ajudava muito.

De acordo com as últimas informações dadas por Irina, a cirurgia havia terminado, mas os médicos não deram um parecer muito animador a respeito do estado de saúde de Andrej.

Chorei desde o momento em que soube do acidente até um pouco antes de sair de casa para o aeroporto. Acho que meu mecanismo de produção de lágrimas resolveu parar de funcionar para me poupar de uma desidratação. Mesmo assim, não tirei os óculos escuros nem na hora de passar pelo detector de metais. Poderiam pensar que eu estava dopada ou coisa parecida, tamanho o inchaço dos meus olhos.

— *Lyubit*, vai dar tudo certo. Sei disso.

Fazia pouco mais de dois anos que Alex e eu estávamos juntos. Eram raros os nossos momentos ruins. Às vezes discutíamos, como qualquer casal normal, mas, na maior parte do tempo, ficávamos bem. Isso porque, apesar de um pouco irascível, Alexander sempre me fez acreditar em contos de fadas, príncipes encantados e finais felizes.

Sendo assim, quando ele afirmou que as coisas ficariam bem, comecei a me permitir ter um pouquinho de esperança.

— Como você pode saber? — questionei mesmo assim. Querer explicação para tudo sempre foi uma característica minha muito forte.

— O Andrej é um homem de fibra — Alex justificou. Seus dedos faziam um carinho leve em minha nuca. — Já passou por uma porrada de coisa...

Eu sabia sobre o que ele tentava falar, mas também sabia que não conseguiria ir até o fim. Meu namorado tinha muita dificuldade em conversar abertamente a respeito do que acontecera com sua mãe, a rainha Elena.

Ele a perdera havia quase cinco anos. Mesmo já sendo um homem prestes a se formar na faculdade, não lidou bem com a morte dela. Afinal, já havia ficado sem o pai aos sete anos. Elena era o que restara de sua família.

Sei que Alex se fazia de forte, mas sofria a perda calado. Prova disso era a inexistência de fotos da mãe em seu apartamento. Uma vez perguntei por que ele não expunha um retrato dela em algum canto da casa. Alex respondeu que não conseguiria se contentar apenas com a imagem da rainha.

Fiquei triste por ele e o abracei com força. Naquela noite, enquanto mergulhávamos nos braços um do outro, Alexander repetia sem parar que me amava e que me queria ao seu lado para sempre. Foi o mais próximo que chegou de um pedido de casamento.

— Eu já disse que te amo? — com os lábios colados ao meu ouvido, Alex sussurrou, fazendo meu coração se esparramar feito gelatina derretida.

— Não hoje — murmurei de volta, com uma sombra de sorriso se insinuando em meu rosto.

— Pois eu amo, Ana, hoje e sempre. Perdi minha mãe muito cedo, mas, de certa forma, superei. Não posso perder você. Entende isso?

Havia um certo desespero em sua voz.

— Você não vai me perder, amor. Nunca.

— Então vem cá.

E ele me puxou para junto de si. Só então minha ficha caiu. Como eu estava sendo egoísta! Alexander estava com tanto medo quanto eu. Precisava de consolo também. Afinal, como ele próprio dissera na madrugada anterior, Andrej até podia ser meu pai verdadeiro, mas significava o mesmo para Alex, há muito mais tempo inclusive.

Na primeira vez que sobrevoei a Krósvia, meu peito estava tão apertado quanto naquele momento. No entanto, os sentimentos que me inundavam eram completamente diferentes.

Naquela época, o desconhecido me amedrontava, mas, ao mesmo tempo, a curiosidade de conhecer minhas origens paternas me instigava a seguir em frente. E olha que havia um monte de barreiras, hein? O idioma era só a menor delas.

Dessa vez, pousar em Perla implicava outras coisas. Eu seria obrigada a lidar com uma realidade mil vezes mais assustadora do que as incertezas de ser ou não bem recebida nas terras de meu pai.

Infelizmente minha mãe não estava ali comigo — nesse ponto a história se repetia, não é mesmo? —, mas só porque não pôde abrir mão de dois ou três eventos marcados para os próximos dias. Ela prometera que viria em, no máximo, uma semana.

O avião taxiou na pista, daquele jeito que nos obriga a apoiar na poltrona da frente se não quisermos ser lançados adiante. Mal as rodas tocaram o solo, liguei o celular, sem me importar com o aviso da comissária de só religar os aparelhos quando estivéssemos no saguão do aeroporto. Precisava falar com alguém, ter notícias frescas. Afinal, ficamos incomunicáveis por treze horas.

Minhas intenções foram por água abaixo assim que um dos passageiros me reconheceu. Por mais que estivesse tomando todas as precauções para passar despercebida, sempre havia um ou outro mais atento. Essa pessoa — no caso, uma senhora com seus setenta anos ou mais — segurou-me pelos ombros e me abraçou, do nada, como se fôssemos velhas conhecidas. Ficou dizendo que estava rezando pela saúde de meu pai, enquanto tudo o que eu mais queria era escapar logo dali e ver Andrej com meus próprios olhos. Mas eu não podia ser indelicada com uma idosa, podia? Então permiti que ela dissesse o que queria, porque, se tem uma coisa que minha mãe lutou para que eu aprendesse, foi respeitar os mais velhos.

— Deixa que eu ligo para a Marieva, *lyubit* — Alex cochichou em meu ouvido. Pela expressão, deu para perceber que estava se divertindo com minha aflição.

A senhora enganchou seu braço na curva do meu. Caminhamos juntas até a saída do túnel de acesso ao aeroporto. Durante o curto trajeto, tudo o que fiz foi escutar seu falatório desenfreado. Ainda bem que estava acostumada. Vovó Nair era campeã na categoria língua solta.

Alexander seguiu atrás de nós, falando ao telefone. Como me esforcei para ouvir a conversa dele com tia Marieva, mas a senhora — chamada Catarina, veja só! — não me deu trégua.

Conformada, apeguei-me à certeza de que logo, logo teria notícias de meu pai para prosseguir. Mas o pior ainda estava por vir. Nem bem apontei na entrada do saguão, fui cercada por centenas de jornalistas, todos atrás da primeira palavra da princesa sobre o acidente do rei.

— Ana, como está se sentindo? — *Nossa, superbem. Não está vendo?*

— Interrompeu sua viagem ao Brasil para ver seu pai? — *Não, criatura, voltei para ir a um baile.*

— Alex, como tem lidado com a tragédia? — *Ainda bem que essa pergunta tão sagaz não foi para mim.*

— Ana, se o rei Andrej Markov morrer, você se tornará a rainha da Krósvia. Está preparada para isso? — *PQP!!*

Respeito demais o trabalho dos jornalistas, reconheço o valor do serviço que prestam à sociedade. Mas isso não me impediu de quase agir como uma celebridade embriagada e enfiar a mão na cara de pau do repórter que teve a petulância de perguntar aquilo. Por sorte, Alex me impediu. Caso contrário, eu começaria a ser carinhosamente chamada de agressora de profissionais da imprensa. Só essa que me faltava!

Estava prestes a dar várias respostas atravessadas quando avistei a equipe de resgate: Jorgensen, Zlafer e Boris! Ah, era a visão do paraíso.

Os dois brutamontes, que costumavam agir como meus guarda-costas sempre que papai cismava que minha segurança estava ameaçada, foram abrindo caminho entre os jornalistas, empurrando a urubuzada para o lado, como se faz com os pinos de boliche.

Todo mundo sabe que não gosto de andar com a dupla de peso no meu encalço, mas confesso que nunca fiquei tão feliz por vê-los.

Eles conseguiram nos tirar de dentro do aeroporto — e ainda deram conta de nossas bagagens. Num instante, sentávamos, aliviados, no banco de couro do carro com pinta de propriedade de gângster que Jorgensen dirigia. Ufa!

Só não deu para me despedir de dona Catarina. Coitada... Eu esperava que ela estivesse bem.

— A senhorita está bem? — perguntou o polido Jorgensen, meu motorista favorito.

— Fisicamente, sim. Obrigada por nos salvar, pessoal.

Não rendi conversa com ele. Queria que Alex me contasse o resultado da ligação para tia Marieva.

— O que ela disse?

Antes de falar, meu namorado gato bagunçou com uma das mãos os cabelos já não muito penteados. Eu conhecia esse seu gesto. Ele estava nervoso.

— A situação parece um pouco melhor — Alex disse, por fim. Dei um longo suspiro de alívio. — Os médicos apresentaram um boletim agora há pouco. Segundo eles, o quadro é estável, apesar do coma.

*Coma?*

— Meu pai está em coma? Induzido? — Torci para que fosse.

— Não, Ana. — Alex entrelaçou seus dedos nos meus. — Ele não acordou depois da cirurgia e os médicos ainda não sabem quando isso vai acontecer.

Um "se" bem grande ficou pairando entre nós.

Afundei no banco de couro, ciente até demais de que a vida não avisa a hora em que vai dar uma bela rasteira na gente.

Se o saguão do aeroporto estava cheio de jornalistas, vocês nem imaginam o que era o pátio de entrada do hospital. Talvez, se a ocasião fosse outra e o cenário também, como a final da Copa do Mundo no Brasil, eu até compreendesse aquilo.

Sempre questionei a necessidade do ser humano de se deixar atrair pelas tragédias alheias. É como se cada um vivesse com um minilobo-mau à espreita, louco para mostrar os dentes.

Dessa vez, nem mesmo Zlafer e Boris conseguiriam abrir caminho pela multidão. Ou dávamos meia-volta e tentávamos entrar de outro jeito, ou corríamos o risco de enfrentar a avidez da imprensa.

Optamos pela segunda alternativa por pura ansiedade.

Alex se colocou atrás de mim, prendendo-me a ele com seus braços, enquanto os seguranças iam adiante, empurrando as pessoas como se elas fossem peças de dominó. Mesmo assim, foi duro, viu? Cheguei a me colocar no lugar dos soldados à frente das batalhas épicas, quando precisavam vencer os inimigos com uma espada numa mão e o escudo em outra. Coitados...

— Ana, só uma palavrinha! — gritou um repórter.

— Agora, não, gente — Alex se manifestou, falando por mim. Sei que esse tipo de atitude revela certa dependência, mas eu não estava em condições de assumir uma postura por minha própria conta.

— Ei, grandão, é com a princesa que a gente quer falar.

— Não agora, meu chapa.

Se pensam que os jornalistas desistiram porque Alexander falou "não", não conhecem a persistência deles. Eu fico impressionada.

No entanto, a teimosia deles só serviu para aumentar a minha. A imprensa ansiava por uma palavra saída da boca da princesa. Quanto a mim, naquele momento, resolvi adotar o voto de silêncio. *Eu* escolheria a hora certa de falar.

Avançamos bravamente, mesmo sofrendo alguns arranhões e puxadas de cabelo. Esses momentos me faziam desejar voltar ao passado e ser apenas Ana Carina Bernardes, brasileira de Minas Gerais, torcedora do Cruzeiro Futebol Clube — perdoem-me, atleticanos — e fã do Jota Quest.

Ainda bem que tudo nesta vida passa. Pode ter demorado mais do que eu gostaria, mas alcançamos a entrada do hospital sem danos irreversíveis. Lá dentro, outra comitiva nos aguardava: Irina, tia Marieva e, infelizmente, Marcus, além de parte da equipe de assessores de meu pai.

Ao encontrar os olhos de minha tia, corri até ela e caí em prantos em seus braços.

— Ana, minha querida, calma — ela tentou me consolar, alisando meus cabelos desgrenhados. — A situação está sob controle.

— Onde ele está, tia? Preciso ver meu pai — choraminguei, sem deixar de fungar, pois não queria molhar a camisa dela.

Esperava que tia Marieva respondesse, mas foi a indesejada voz de meu tio torto que trouxe a resposta:

— Ana, Andrej está agora no CTI e não pode receber visitas — ele explicou, com aquela sua cara de membro da máfia italiana.

Franzi a testa ao escutar o Don Corleone de araque. Nem em mil anos eu conseguiria sentir alguma simpatia por ele. Então, retruquei:

— Marcus, eu sou a filha dele. Os médicos não podem me impedir de visitar o meu próprio pai. — Erguendo o rosto molhado, olhei para tia Marieva. — Podem, tia?

— Acho que não, Ana.

— Deixem comigo — Alex falou. Com um gesto cuidadoso, retirou uma mecha de cabelo grudada em meu rosto por causa das lágrimas e prendeu-a atrás de uma de minhas orelhas. — Vou procurar os médicos. Melhor assim?

— Muito melhor.

# 4

## Com a palavra, Alex

Eu entendo quando a Ana diz que a dor dela não tem tamanho. Afinal, ela nunca perdeu ninguém muito próximo. É difícil fazer comparações quando não se consegue dimensionar esse tipo de sofrimento. Mas não cabe a mim alertá-la sobre isso. Sei que sua dor é real e imensa, porque também a sinto, duplamente até: por Andrej e por ela.

Mas meu temor vai além. Embora eu não queira acreditar numa tragédia bem maior, isso não está descartado. Se Andrej morrer, toda a responsabilidade de comandar o País recairá sobre a minha namorada. Meu medo é que ela não suporte a pressão.

Desde que a conheci, fui atraído por sua espontaneidade, seu jeito ingênuo e puro de ver a vida. É fato que, à primeira vista, desconfiei de suas intenções. Queria proteger Andrej, meu segundo pai, de uma potencial golpista. Mesmo com aquela sua carinha de anjo e jeito de menina, foi impossível não levantar suspeitas. Sou um cara pé no chão.

Só que eu estava muito errado.

E eu não sei se essa constatação me animou ou me deixou assustado na época. A partir do momento em que me permiti enxergar a Ana com outros olhos, abri as portas para um sentimento que não desejava ter. Não pelo fato de estar namorando a Laika. Nossa relação já estava tão esquisita e desgastada que, mais dia, menos dia, iria para o espaço, de todo modo.

O problema se resumia ao fato de eu achar que o amor não era para mim.

Daí, a Ana chegou e mudou tudo. Ela me deixou tão confuso que eu quase me estrepei. Vivia fantasiando situações com ela, que acabavam descartadas porque meus conflitos mentais não me deixavam agir.

Eu não estava acostumado com aquele tipo de temperamento. A Laika me tirava do sério por outros motivos. Em dois anos, brigamos feito loucos. Ela era tudo, menos serena e compreensível.

Então a Ana me aparece, sem máscaras, desarmada, sendo só ela mesma.

De princesa, não tinha nada.

O dia em que a encontrei cozinhando com a Karenina foi uma puta surpresa. Sem contar a sutileza de suas roupas. Caramba! Fui à cozinha beliscar alguma coisa e encontro a filha recém-descoberta do meu padrasto assumindo o lugar da cozinheira-chefe vestida apenas com uma saída de praia que mal escondia o não muito comportado biquíni com estampa de bolinhas. Assim que a vi de costas para mim, senti a pulsação aumentar. Acabei agindo como um babaca. Lembro-me de ter deixado bem claro o que pensava a seu respeito.

Apesar de ter me condenado depois pela babaquice, pensei que a Ana fosse aproveitar a oportunidade para se fazer de vítima. Mas, então, ela se levantou, toda indignada, presenteando-me com uma visão em close de sua silhueta tentadora.

Nessa hora, tomei uma decisão repentina: faria de tudo para passar um tempo sozinho com ela. Por isso me ofereci para ser seu acompanhante nos passeios pela Krósvia.

E deu no que deu. Também, né? Como ficar indiferente a uma coisinha que se esconde atrás das cobertas, com vergonha de sua aparência matinal, e xinga você de cretino minutos depois? Eu exagerava na abordagem, admito.

Não sei quando me apaixonei.

Fato. Sou homem, não me ligo muito nesses lances de "quando" e "como".

Mas sou capaz de precisar o momento em que notei o interesse dela por mim. Porque a Ana é assim: transparente, verdadeira e apaixonada — pela vida, por tudo. Não tem como eu não amar essa garota.

Por isso ando preocupado. Política não é brincadeira. Eu jamais quis me meter nessa canoa furada, e não à toa. Mesmo na Krósvia, onde as coisas funcionam relativamente bem, há um expressivo grupo de cobras politiqueiras, doidas por uma oportunidade de darem seu bote.

E minhas previsões são claras: sei muito bem a quem essa gente pretende atacar.

Enxerguei a figura empertigada de Zlater Muriev no final do corredor. Atrás dele, dois outros homens conversavam entre si, um bem mais novo que o outro. Eu não os conhecia pessoalmente, mas sabia que eram da equipe de governo de Andrej.

Enquanto fui à caça dos médicos, Marieva levou Ana para a lanchonete. Ela precisava comer, já que sua última refeição havia sido um sanduíche servido no avião.

Eu estava um bagaço. Fazia horas que não dormia. Esperava poder levar Ana para casa mais tarde — para a minha, evidente — e cair no sono com minha namorada nos braços. Mas isso só seria possível quando ela finalmente visse o pai e se certificasse de que não tinha nada a fazer além de aguardar.

O Doutor Dimitri Pavlov, chefe da equipe que cuidava da recuperação de Andrej, consentira que Ana fizesse uma visita ao pai por alguns minutos. Mas ela ainda não havia sido avisada sobre a decisão dele. Minha intenção era dar a notícia o mais rápido possível, mas fui detido no corredor por Zlater, o primeiro-ministro da Krósvia.

— Como vai, rapaz? — Ele me estendeu a mão e eu retribuí o gesto, apertando-a. Os outros homens só movimentaram a cabeça em minha direção.

— Não muito bem, não é mesmo?

— Eu sei. Se já não fosse ruim o bastante o acidente de Andrej...

Zlater interrompeu a frase. Ele não continuou, mas eu sabia aonde iria chegar.

— A coisa vai ficar feia se ele não melhorar rápido — concluí. — Para a Krósvia, quero dizer — completei.

Os homens pigarrearam atrás do primeiro-ministro. Provavelmente estavam achando que algumas informações eram restritas demais para mim. Só não mandei os dois para o inferno porque minha conversa com Zlater tinha uma importância maior.

— E para a Ana, principalmente — esclareceu, visivelmente consternado. — Acabei de sair de uma reunião com o conselho. Ficamos horas analisando a política de sucessão. O texto é claro, Alex.

Zlater fez suspense enquanto se aproximava mais para sussurrar:

— Em caso de incapacidade do rei, quem deve assumir o trono é seu parente mais próximo.

Como eu suspeitava. Mesmo assim, não deixei de questionar:

— Mas e você? Não é essa a função do primeiro-ministro?

— Não sou um vice-rei, Alex. Jamais poderei ocupar o posto de Andrej, até porque não tenho ascendência nobre.

*Puta merda!*, pensei. Passei a vida satisfeito por não ter o direito de fazer parte do grupo de sucessores do rei, feliz por ter me safado dessa responsabilidade ingrata, para, no final, ver minha namorada metida nesse pepino.

— Precisamos ter uma conversa com a Ana. Onde ela está? — Zlater movimentou a cabeça, vasculhando o corredor para ver se a encontrava.

— Não acho que aqui seja o melhor lugar para esse tipo de conversa, cara.

— Não temos tempo a perder.

Quem discordou de mim foi um dos sujeitos que acompanhavam o primeiro-ministro, o mais novo, um idiota com pinta de almofadinha.

Dei uma fuzilada nele com o olhar, quando o que queria mesmo era testar sua resistência com um soco bem no meio da cara.

— Eu posso saber quem é você? — inquiri. Já podia sentir o sangue ferver. Sempre fui bom de briga. Quando descia o braço em algum moleque na época da escola, raramente saía perdendo.

— Não sei se preciso lhe dar essa informação.

*Imbecil de merda!* Sem pensar, avancei para cima do engomadinho, doido para descontar os problemas das últimas vinte e quatro horas naquela cara de pau.

O outro homem, com o auxílio de Zlater, me conteve antes que eu chegasse aos finalmentes, o que acabou sendo positivo, no final das contas. Caso contrário, no dia seguinte, a imprensa adoraria publicar o último podre da família. *Porra!*

— Ei, Alex, se acalma, vai. Este é o Ivan. Faz parte da equipe de governo. É o chefe das relações públicas de Andrej — Zlater esclareceu. Numa boa, as credenciais do camarada podiam ir para o raio que o parta, junto com ele, de preferência. — E ele está certo, rapaz. Temos que preparar a Ana antes que o país inteiro comece a nos cobrar.

Esfreguei a cabeça, irritado demais para falar. Pior que Zlater tinha razão. A situação exigia soluções imediatas, mesmo que elas fossem aniquilar a já quase inexistente paz da minha garota.

— Deixem que ela, pelo menos, veja o pai primeiro — exigi.

— É claro.

— Ok. Vou procurá-la, então.

Já tinha me afastado uns passos quando me lembrei de uma última pergunta:

— Quem vai ajudar a Ana nesse período? Quero dizer, ela vai precisar de apoio, porque, é óbvio, é humanamente impossível aprender a administrar uma nação como a Krósvia da noite para o dia.

— Eu vou — Ivan ergueu o braço, com a boca retorcida num sorriso triunfante.

Era só o que me faltava!

# 5

## *Herdeira do trono: uma expressão bem estranha*

Sei que aos 22 anos é quase impossível nunca termos visto uma pessoa entubada num hospital. Talvez eu fosse exceção. Normal, uma vez que minha vida inteira se encaixava em uma exceção.

Quando o Doutor Dimitri abriu a porta para mim e eu enxerguei o interior do quarto frio e estéril onde meu pai convalescia numa cama que mais parecia as máquinas de jogos eletrônicos do Hot Zone, constatei que a vida de Andrej estava mesmo por um fio. Ou melhor, por vários. De todas as partes de seu corpo saíam tubos cuja função eu desconhecia completamente.

O médico me deixou sozinha antes que eu conseguisse perguntar para que servia todo aquele aparato.

Não sei quanto tempo levei só olhando meu pai, sem coragem de me aproximar e ver sua fragilidade de perto. Minha garganta se fechou, prestes a explodir em choro.

Caminhei devagar e só parei assim que meu quadril encostou no metal frio da cama. O pequeno choque me alertou a conter as lágrimas. Andrej permanecia inconsciente, mas eu não me arriscaria a cair em prantos sem saber se ele seria capaz de me escutar. Eu tinha que ficar forte perto dele.

— Ei, pai — cumprimentei-o baixinho. Envolvi suas mãos com as minhas e me debrucei para lhe dar um beijo na testa.

Hematomas ocupavam boa parte de seu rosto, ainda muito inchado. Era muito triste vê-lo naquele estado.

A vida é mesmo estranha. De repente ela dá uma guinada e pega todo mundo despreparado, para o bem ou para o mal. Em pouco tempo eu havia sido protagonista de duas reviravoltas bombásticas, uma positiva e outra péssima.

Ajeitei o cobertor sobre ele, esperando que a manta estivesse cumprindo seu papel de aquecê-lo. A temperatura no quarto estava bem baixa.

— Você vai ficar bom — garanti, procurando moderar a voz para que soasse quase natural. — Logo, logo estará de volta à ativa, no comando deste país maravilhoso especialmente por sua causa. Eu nunca conheci alguém como você, Andrej Markov. Sabe, quando eu era criança ficava imaginando como seria meu pai. Sempre fantasiava que ele era um cara normal, que morava numa casinha no interior da Inglaterra, com cachorros e uma paisagem bucólica diante de sua janela. Eu pedia a Deus que encontrasse meu pai só para eu poder ter certeza de que ele existia e era do jeitinho que imaginava. Na adolescência, cheguei a odiá-lo. Ficava me perguntando que tipo de pessoa teria coragem de abandonar a namorada grávida. Talvez a culpa por eu ser tão imaginativa seja de minha mãe. A covardia dela facilitou minhas viagens mentais, sabe? Mas esses devaneios jamais viajaram tão longe... Não falo isso porque você é um rei, uma celebridade aqui nos Bálcãs. Quero dizer, ok, também por isso, é claro. Quantos seres humanos vivos podem se gabar de serem filhos de um imperador de verdade? Mas, pai, minha sorte é a maior de todas, porque você é quem é. Fora o título real, você é uma pessoa incrível, única. Me orgulho de ser sua filha por causa de seu caráter reto, de sua justiça inquestionável, de sua simplicidade.

Comecei a soluçar. Minha promessa de não derramar lágrimas diante dele não se cumpriu, afinal.

Limpei o rosto na manga da blusa, como se esse gesto fosse capaz de secar minha alma encharcada também. Quanto mais eu enxugava, novas lágrimas desciam por minhas bochechas.

— Papai, queria que você soubesse que sou muito grata por tudo o que fez, que faz, por mim. Me desculpe se não agradeço sempre. Sei que sou uma filha muito meia-boca. Eu deveria demonstrar minha gratidão mais vezes.

Apoiei meu queixo sobre a cama. Dei um longo suspiro, obrigando-me a deixar de ser tão melancólica.

Meu pai não estava morto. O Doutor Dimitri não dissera exatamente quando ele sairia do coma. Aliás, nem chegou a mencionar se isso seria possível. Enquanto seu coração batesse e Andrej respirasse, eu jamais perderia as esperanças de vê-lo bem outra vez.

— Nossa viagem ao Brasil foi incrível. Peguei até um bronzeado leve em Salvador. — Entrelacei nossos dedos, disposta a enviar-lhe um pouco de calor e a suavizar o teor de meu monólogo. — Isso se deixar de ser translúcida e ficar um pouco vermelha for sinônimo de bronze — balbuciei. — Pai, você adoraria conhecer o Projeto Tamar! Alex e eu presenciamos o nascimento de tartarugas marinhas. Tão bonitinho o jeito desengonçado como elas caminham até o mar! Espero que você possa ver isso de perto um dia. É incrível! Ah! Mamãe mandou lembranças. Não pôde vir com a gente por causa do trabalho. Mas ela vem, viu? Deve chegar daqui a uma semana.

Comecei a sentir que não tinha mais o que falar para manter o ritmo descontraído. Eu estava sofrendo.

— Puxa... — foi minha última palavra, totalmente aleatória, por sinal.

Então, a porta do quarto rangeu atrás de mim. Virei-me depressa, disposta a reclamar com quem quer que estivesse ali. Meu tempo não tinha acabado, ora.

Mas era Alex. Como sempre, suas entradas aconteciam repentinamente. Nunca vou me esquecer da primeira vez em que fez isso, tanto tempo atrás, quando invadiu meu quarto e me fez sair da cama para conhecer a Caverna do Pirata. As coisas eram tão simples naquela época...

— *Lyubit* — ele sussurrou, posicionando-se atrás de mim. Colocou as mãos em meus ombros e me fez ficar de pé.

Mesmo sem conseguir enxergar seus olhos, captei sua tensão. Alexander enlaçou minha cintura e me apertou contra ele. Pousei minhas mãos sobre as dele e recostei ainda mais em seu corpo.

De repente, Alex começou a tremer. Eu quis me virar, mas meu namorado me manteve presa de costas para ele, posição ideal para afundar seu rosto em meus cabelos, escondendo de mim as lágrimas que eu sabia que ele derramava.

Foi tão triste ouvir seus soluços. Alexander é um homem forte, durão, que não se enverga facilmente. A única vez em que o vi chorar foi quando fomos descobertos pelos *paparazzi* na Ilha de Catarina e eu pensei que havia sido armação para cima de mim dele e daquela de quem tenho horror de me lembrar.

Se ele me queria daquele jeito, quietinha, imóvel, sendo seu amparo na dor, eu não podia negar-lhe esse desejo. Alex era tudo para mim.

— *Oprosti...* — pedido clássico de desculpas em krosvi. Sei que o momento não estava propício a devaneios, mas eu sempre ficava meio... bem, empolgada quando Alexander falava comigo em sua língua materna. É muito *sexy*! — Você está arrasada e eu aqui, bancando o idiota.

Nem me dei ao trabalho de retrucar. Fiquei de frente para Alex e encarei aqueles olhos verdes e profundos que me seduziam só por existir. Beijei as lágrimas que escorriam e parei minha boca sobre a dele, bem de leve.

— Não ouse diminuir seu sofrimento, amor — falei, sem separar nossos lábios. — Este aqui do lado é o *nosso* Andrej, o *nosso* pai. Muito antes de eu saber que ele existia, já representava um papel fundamental em sua vida.

Abracei meu namorado com força, tentando confortá-lo.

— Estranho seria se você não estivesse abalado.

— Ana, abalado não chega nem aos pés do que estou sentindo de verdade — Alex confessou.

— Eu sei. Mas precisamos ter fé.

E não é que, por um momento, nossos papéis se inverteram?

— Vamos precisar ter muito mais que fé, *lyubit.* — Alexander me afastou um pouco para ficar cara a cara comigo. Notei que, além de consternação, havia uma boa parcela de pânico misturada ao verde daquelas pupilas.

— Como assim? — Algo me dizia que eu não iria gostar da resposta.

Se eu contar que meu dia teve mais que vinte e quatro horas, ninguém acreditaria. Passei por tantas coisas desde o minuto em que saí do Brasil até o momento em que consegui apoiar minha cabeça num travesseiro novamente! Só sei que nunca amei tanto o meu colchão. Porque, tudo bem, meu magro corpinho estava mesmo exausto. Mas nada superava o peso chamado realidade às minhas costas.

Assim que deixei o quarto de Andrej no hospital, já tinha consciência do que me esperava do outro lado da porta. Não permiti que Alex me poupasse. Ele até tentou pisar em ovos, mas eu sou muito esperta e conheço há séculos as artimanhas dele quando quer esconder algo de mim.

Então, sob forte ameaça de iniciar uma greve de... — bem, deixa para lá —, meu namorado relatou a conversa que teve minutos antes com Zlater Muriev, primeiro-ministro da Krósvia.

Como não nasci ontem, por mais que não quisesse pensar nisso, eu sabia que a coisa iria ficar preta para o meu lado. Posso não conhecer a fundo a legislação do país — uma vergonha para uma advogada que trabalha na embaixada, eu sei —, mas meu sexto sentido não parava de me aconselhar: "Esteja preparada, porque vem chumbo grosso pela frente".

O que eu não imaginava era que "chumbo grosso" podia ser um termo muito ameno para o que realmente me esperava. Eu teria que assumir o lugar de meu pai. Ok. Até aí, dava para aguentar. Mas deveria ser para ontem! Ou seja, ainda naquele dia, logo depois de ver meu pai daquele jeito e sair de perto dele com as esperanças um tanto diminuídas, fui informada que a imprensa estava reunida no Palácio de Perla para um pronunciamento. MEU!!

Eis como fiquei inteirada das obrigações que me aguardavam:

ZLATER (cauteloso): Ana, minha querida, meus sinceros sentimentos. Você sabe que eu sou amigo de seu pai há décadas. Estou tão arrasado quanto a família.

EU (engolindo o choro para demonstrar maturidade): Obrigada, senhor Muriev.

ZLATER (desviando o olhar para Alex): Eu gostaria de conversar com você, Ana. Agora, de preferência.

Franzi a testa, nem um pingo disposta a desenvolver qualquer tipo de assunto com o primeiro-ministro. Sabia que ele ficaria unindo as palavras Ana + política de sucessão o tempo todo. Então dei um suspiro longo e falei:

EU: Senhor Muriev, fiquei quase treze horas sobrevoando parte do planeta com medo de chegar aqui e não encontrar o meu pai vivo. Por pouco não terminei escalpelada pelos jornalistas duas vezes antes de finalmente entrar neste hospital. Acabei de encontrar Andrej e, acredite em mim, não estou deixando o quarto dele muito otimista.

ZLATER (de olhos arregalados): Eu entendo, querida. Mas você também precisa procurar compreender.

HOMEM DE OLHOS CASTANHOS QUE EU JAMAIS HAVIA VISTO — eu acho: Princesa, perdoe-me a intromissão, mas há assuntos que não podem esperar. Antes de ser filha do rei, você é a herdeira do trono da Krósvia.

Ouvi Alex rugir baixinho.

Meu namorado é um sujeito bem protetor e deixara claro que estava preocupado com a responsabilidade que recairia sobre mim por conta da enfermidade de Andrej. Entretanto, senti que seu rugido nada teve a ver com esse problema. Eu poderia apostar um dente, e cada dedo de minhas mãos, que Alexander tencionava marcar território, como o macho alfa de uma alcateia. Isso porque o Homem de Olhos

Castanhos era jovem. E bonitinho, para quem gosta do estilo escovinha: roupa impecável, cabelo cortado e penteado com esmero, sapatos sociais reluzindo.

ALEX (avançando um passo): Antes de tudo isso, ela é apenas uma garota. Dá para pegar leve?

EU (ofendida com o "apenas uma garota"): Ei, calminha aí! Não sou uma garota.

O Homem de Cabelos Castanhos arqueou as sobrancelhas, enquanto Zlater arregalava os olhos. Meu namorado olhou para mim de cara feia.

EU: Quis dizer que sou bem crescidinha para assumir minhas responsabilidades. Digam quais são as orientações para que eu assuma o lugar de Andrej. Até ele melhorar, quero dizer.

Embora eu estivesse morrendo de medo, a única forma de retribuir tudo o que o meu pai fazia por mim era encarar a realidade sem embromação.

ZLATER (dando uma ajeitada no paletó, na parte onde a barriga proeminente teimava em ficar se exibindo): Melhor conversarmos num lugar mais reservado.

Balancei a cabeça, aprovando a sugestão.

Ameacei acompanhar Zlater, mas fui interceptada pelo Homem de Olhos Castanhos:

— Não fomos apresentados formalmente ainda — disse ele, estendendo a mão direita. — Sou Ivan Bolshoi, chefe das relações públicas do Palácio de Perla e assessor direto do rei.

Retribuí o gesto, apertando minha mão na dele.

— É novato? — indaguei, curiosa. — Nunca o vi com meu pai.

Sem esperar pela resposta, Alex enlaçou minha cintura possessivamente. Deus do céu! Como ele gostava de uma cena!

— Trabalho com a equipe de governo há seis anos. Mas só assumi a chefia do departamento há um, assim como a função de assessor. — Ivan esboçou um ligeiro sorriso, deixando à mostra uma covinha no lado esquerdo do rosto impecavelmente barbeado. — Apesar de não se lembrar de mim, fiz parte do grupo responsável pelo evento de coroação da senhorita, alguns meses atrás.

Fiquei encabulada. Com tanta gente ao meu redor desde que fui apresentada como a única filha do rei Andrej Markov, era praticamente impossível ser uma boa fisionomista.

— Desculpe...

— Não faz mal. É uma vida muito atribulada, eu sei.

Com essa, o Homem de Olhos... digo, Ivan piscou para mim e seguiu adiante.

Só não fiz o mesmo porque Alexander, de modo nada sutil, sussurrou num tom quase ameaçador:

— Não gosto desse cara.

— Amor, não seja implicante.

— Se fosse só implicância eu deixaria de lado.

Suspirei. Alex precisava parar de achar que todo carinha com menos de 40 anos — menos de 40! — estava a fim de me xavecar.

— Então é o quê? Ciúme?

Imediatamente depois de deixar escapar essa palavra, me arrependi. Ela só serviu para estragar o humor já instável de Alexander.

— Ana, Ana... Você me conhece. Não sou um cretino qualquer. Ciúme é para sujeitos inseguros.

Fala sério! Acho que dei muita corda para o já imenso ego dele.

— Ah, quanta confiança! Será que preciso ser mais misteriosa? — brinquei, batendo as pestanas como uma mocinha de filmes de *cowboy.*

Alex deu um tapa em meu bumbum e depois olhou para trás, a fim de checar se alguém havia presenciado seu espetáculo de machismo.

— É melhor não brincar comigo, *princesa.* — E sorriu, daquele jeito único e maravilhoso, que não só elevava a minúscula pinta sobre o canto esquerdo de seu lábio como fazia meu coração se desmanchar feito uma poça de chocolate quente.

A reunião improvisada com Zlater Muriev e seus dois acompanhantes acabou acontecendo no auditório do hospital, cedido gentilmente pelo médico diretor. Como eu já conhecia o teor da conversa, entrei na sala mais ou menos preparada para o que teria de escutar.

Alex ficou perto de mim — colado, para ser mais precisa — o tempo todo, com cara de poucos amigos. Eu não fazia ideia do que realmente o incomodava — se era o fato de eu estar a ponto de assumir a tarefa mais difícil da minha vida ou se era a aversão gratuita que parecia ter criado por Ivan. De qualquer forma, tudo se tornou mais fácil com ele ali, me apoiando incondicionalmente.

Zlater começou falando sobre a política de sucessão e o que a legislação krosviana exigia de seus líderes. Como o sistema da monarquia nunca passou do pouco que aprendi a respeito de Dom Pedro I e Dom Pedro II nas aulas de História do colégio, para mim os reis faziam tudo pelo país, desde comparecer a eventos sociais até pilotar um caça das forças armadas, se preciso fosse. Cheguei à conclusão de que assistir aos filmes da Sessão da Tarde na adolescência influenciou negativamente meu leque de conhecimentos gerais.

Na verdade, segundo Ivan, cada nação que ainda mantinha o regime monárquico, como a Espanha e a Suécia, por exemplo, possuía critérios distintos para as funções do rei e do primeiro-ministro. Nem tudo o que valia para uma era aplicado nas demais.

Zlater explicou que, na Krósvia, até o final do reinado de Miroslav Markov, as mulheres não entravam na linha de sucessão nem mesmo se fossem as primogênitas, e isso só mudou quando meu avô, Viktor Markov, assumiu o trono. Não que a Krósvia já tenha sido governada por uma rainha, mas a atualização da política, de qualquer forma, abriu uma brecha para mim. A questão era: acabei dando sorte ou azar? Isso eu só saberia no futuro.

Pedi a Zlater que definisse em detalhes o papel de Andrej e o dele próprio no que dizia respeito à administração do país. Então ele me entregou uma pasta recheada de papéis, que eu deveria estudar até a exaustão para compreender tudo.

— Mas só depois do pronunciamento à imprensa — Ivan deixou claro. — Que será daqui a... — consultou seu relógio — uma hora.

— O quê?! — ofeguei. — Você está de brincadeira, né? Não estou preparada ainda. O que vou dizer?

Alexander apertou meus dedos nos seus, transmitindo-me calor.

— Seu discurso está pronto. Não vai precisar improvisar.

Olhei para Ivan, tentando me decidir se, de repente, ele se tornaria minha fada-madrinha, que faria as coisas acontecerem num balançar da varinha de condão — se bem que de velhinha fofa e baixinha ele não tinha nada. Só não poderia afirmar que meu namorado possessivo ficaria satisfeito. Ou melhor, estava certa de que ele bufaria bastante.

Ivan me entregou as folhas onde o discurso fora escrito e me orientou a não dizer nada além das palavras impressas ali.

— Tem coisas aqui que não são verdadeiras... — observei, incomodada.

Alex tomou os papéis das minhas mãos a fim de verificar com os próprios olhos a acusação que eu acabara de fazer.

— Bem, Ana, você, a partir de agora, terá a oportunidade de perceber que um governo é regido tanto por verdades quanto por mentiras — declarou Ivan, não olhando diretamente para mim, mas fuzilando meu namorado com seu olhar de raposa.

Abri a boca, chocada. *Isso quer dizer que meu pai é um mentiroso também?*

— Não é bem assim, minha querida.

Quando Zlater respondeu, notei que havia expressado minha dúvida em voz alta.

— O Ivan só está dizendo que é impossível ser cem por cento sincero com a população, para o próprio bem dela. — O primeiro-ministro pôs panos quentes. — O povo é como um filho. Quando você tiver os seus, vai entender o que estou falando.

Minhas entranhas congelaram com a analogia de Zlater. Será que um dia eu chegaria a ter filhos com Alexander? Nunca havíamos falado sobre casamento, muito menos a respeito de construir uma família só nossa.

Um celular vibrou no bolso de alguém, cortando meus devaneios. O terceiro homem do grupo — ao qual não me apresentaram em momento algum — se afastou para atender. Foi a oportunidade que Alex encontrou para sussurrar ao meu ouvido:

— A gente está junto nessa. Vou ficar sempre do seu lado.

Sorri para ele, louca de vontade de beijá-lo com força e implorar para que me fizesse esquecer tudo o que me aguardava.

Antes que eu cometesse esse deslize na frente de três dos maiores executivos do Palácio de Perla, ouvi uma garganta produzir um som parecido com uma raspada reprovadora. Posso afirmar que o barulho não partiu das cordas vocais de Zlater.

# 6

## *De filha a rainha*

Esparramada sobre lençóis e fronhas de cetim, eu relia pela décima quinta vez cada um dos papéis entregues por Zlater para que eu me inteirasse da legislação da Krósvia. Sou advogada, como todos já sabem. E, vamos combinar, a justiça brasileira é bem complexa. Sendo assim, eu não deveria estar tendo dificuldade para compreender aquele amontoado de palavras em krosvi — muito bem articuladas, por sinal.

Não sei se a dificuldade era por causa do cansaço, do abalo emocional ou da minha pouca familiaridade com o idioma em se tratando de escrita formal. Talvez a culpada fosse a minha memória traidora, que me levava ao pronunciamento que fui obrigada a fazer diante do mundo inteiro algumas horas antes.

Tão logo nossa reunião improvisada terminou, fui conduzida ao Palácio de Perla por Zlater e seus companheiros. Para minha tristeza sem fim, Alex recebeu uma ligação de seu escritório e precisou dar uma passada lá, prometendo me encontrar mais tarde, no castelo.

Já na sede do governo, levaram-me para a sala de imprensa, onde fui recebida por aqueles jornalistas que quase haviam me sufocado no início do dia. É. Tudo isso aconteceu em menos de vinte e quatro horas, mas eu estava cansada como se tivesse participado do rally Paris-Dacar por quinze semanas.

Zlater fez a introdução do pronunciamento, informando, em linhas gerais, a situação do rei e do país dali em diante. Ele fez questão de frisar que estávamos todos confiantes em relação à recuperação de Andrej. Em seguida, me passou a palavra.

Bastou eu respirar em frente ao microfone para detonar um festival de burburinhos. Ou eu saía de lá com o rabo entre as pernas e deixava a batata quente com o primeiro-ministro, ou mandava o medo para *aquele* lugar e assumia de vez minha posição.

Escolhi a segunda alternativa, é claro. Quem me conhece sabe que não sou propensa a cenas dramáticas. Então, com o peito cheio de uma coragem bem-vinda, tratei de colocar o discurso para fora e acabar logo com a tortura:

"Caro povo krosviano,

É com o coração apertado que, hoje, apresento-me diante de vocês. Há algumas horas, não somente eu e a família Markov, mas também todo o país, recebemos a notícia que talvez seja a pior dos últimos tempos. Nosso querido rei, voltando de uma conferência, foi vítima de um acidente aéreo. Por sorte e pela proteção divina, sua vida foi poupada, o que, infelizmente, não ocorreu com o pobre piloto, Sergei Smirnoff. Aos seus entes queridos, expressamos nossas condolências.

Neste momento, Andrej se encontra sob os cuidados da competente equipe médica do Hospital Nicolai Tolstoievisky. Ele não poderia estar em melhores mãos. A equipe do Doutor Dimitri Pavlov tem feito até o impossível para trazer Andrej Markov de volta para nós. Agradeço-lhes, em nome da Krósvia, pelo empenho e dedicação.

Ainda não podemos afirmar que tudo voltará ao normal em breve. Embora estejamos otimistas, o estado de saúde do rei inspira muitos cuidados. Pedimos que o coloquem em suas orações do dia, porque precisamos dele aqui, no lugar que ocupo agora e em tantos outros, para que possa dar continuidade ao irreparável trabalho de comandar esta nação exemplar.

No entanto, enquanto Andrej se recupera, não podemos abaixar a cabeça e aguardar passivamente que o país se oriente sozinho. A família Markov, apesar de devastada com esse episódio chocante, tem a obrigação de perpetuar o nome de seu rei e honrar a população, dando continuidade à sua administração, motivo de orgulho para cada cidadão krosviano.

Sendo assim, declaro que, a partir deste momento, eu, Ana Carina Bernardes Markov, na condição de única herdeira do trono da Krósvia, assumo o lugar temporariamente deixado por meu pai, o rei Andrej Markov, tornando-me a mais alta representação do Estado Krosviano nas relações internacionais, especialmente com as nações de nossa comunidade histórica, exercendo as funções que a mim atribuem expressamente a Constituição e as leis.

Aqui, diante de todos, presto o juramento de desempenhar fielmente as minhas funções, guardar e fazer guardar a Constituição e as leis e respeitar os direitos dos cidadãos da capital e das províncias, até que meu pai esteja apto a assumir novamente o seu lugar, que é dele por direito.

Peço que me auxiliem ao longo deste período, trabalhando pelo país da melhor forma possível, como sempre fizeram. Ainda que eu não tenha nascido aqui, a Krósvia é o meu lugar e por ela darei meu sangue (estremeci com a força da palavra) para manter seu equilíbrio, desenvolvimento e prosperidade.

Sou muito grata pelas manifestações de carinho. Sem elas me faltaria a coragem necessária para seguir adiante.

Um grande abraço a todos. E tenham uma excelente noite."

Assim que encerrei o discurso, a sala explodiu numa profusão de vozes. Os jornalistas solicitavam minha atenção, queriam perguntar, ouvir respostas, aproveitar o momento diante de mim.

Mas Ivan fez um gesto e, em poucas palavras, descartou todo mundo. Em seguida, pegou meu braço e me tirou da sala. Foi como se eu tivesse sido resgatada de um elevador cheio de gente.

— Parabéns! Você se saiu muito bem — ele comemorou.

— Só li o que você escreveu — observei, com descrença. Naquele instante, tudo o que eu desejava era um banho relaxante e uma xícara de café feito por Karenina.

Então decidi que precisava seguir meus impulsos e avisei Ivan de que estava partindo; nada me faria mudar de ideia. Ele, sorrindo de um modo esquisito, incentivou-me a ir mesmo para casa, deixando claro que, de manhã, estaria lá bem cedo, pronto para me dar serviço.

Incrível como um lugar tão surreal quanto um castelo de verdade pode se tornar seu lar, seu porto seguro, seu melhor lugar no mundo. Para mim, voltar para casa significava estar entre aquelas paredes seculares, no meio de objetos raros e, aparentemente, pouco aconchegantes, e, acima de tudo, dividir espaço com pessoas que eu aprendera a amar como se fossem minhas amigas de longa data.

Não à toa, me vi dentro da cozinha de Karenina assim que cheguei ao Palácio Sorvinski. Ela estava lá, de cabeça baixa, separando melancolicamente uns grãos esbranquiçados cujo nome eu nem poderia imaginar.

Aproximei-me devagar até alcançar suas costas.

— Oi, Kare — sussurrei, apertando seus ombros.

Karenina se assustou e fez os grãos se espalharem pela mesa. Mas, no momento em que me viu, ficou de pé para me receber com um abraço.

— Ah, minha querida...

Nós nos apertamos uma na outra, ambas ansiosas por um pouco de conforto.

— Vi você na televisão — ela comentou, voltando a se sentar. Eu a acompanhei. Ficamos com as mãos unidas. — Acho que seria indelicadeza minha perguntar se está bem, não é?

Suspirei. Nada que Karenina dissesse poderia me ofender. Nada.

— É o que todos querem saber — revelei, com tristeza.

— E ele? Conseguiu vê-lo? — A pergunta, claro, era sobre meu pai.

— Sim, logo que cheguei do Brasil.

— Que bom! — Karenina abriu um discreto sorriso, que me passou uma sensação de proteção. — Estou rezando sem parar. E Deus está me dizendo que o seu pai vai voltar pra gente.

Assenti, emocionada. E tratei de trancar as lágrimas que ameaçaram escorrer novamente.

— Está com fome?

— E eu consigo perdê-la? — brinquei.

É sério. O mundo poderia estar desabando sobre mim, mas meu apetite voraz raramente me abandonava. Um caso perdido.

Karenina preparou um lanche rápido — mas farto, como sempre — enquanto batíamos papo. Contei a ela sobre minhas responsabilidades como princesa e herdeira imediata do trono. Em seguida, com um acordo silencioso, passamos a falar de assuntos mais amenos, como minha viagem ao Brasil.

— E o Alex? Aquele menino temperamental tratou você bem?

Sorri com a lembrança de nossos momentos preciosos.

— Mais que bem, Kare. Você sabe, Alex e eu somos...

— Almas gêmeas — ela completou. — Eu soube disso desde o princípio.

Verdade. Certo dia, logo que voltei para Alexander e passava as férias na Krósvia, Karenina me contou que desconfiou de meus sentimentos por Alex e vice-versa. Segundo ela, eu sempre ficava roxa diante dele, e mal-humorada também; já Alex passou a ser mais assíduo no castelo. Então, nossa querida *chef* somou dois mais dois e a conclusão foi óbvia.

— Não deixe que ele a intimide com seu jeitão brusco — ela me aconselhou. — Quem não o conhece pensa que não tem coração. Mas é um menino maravilhoso.

— É claro que é — concordei, pagando de apaixonada.

Acabei comendo mais do que gostaria. Quando dei por mim, meu estômago não suportava receber nem mais um mísero minipão de queijo. Saciada e vencida pela exaustão, dei um beijo de boa-noite em Karenina e subi para o meu quarto, doida por um banho.

Lá, fiz o que tinha de fazer: passei um tempo na banheira, chequei meus e-mails e mensagens (não todos, já que minha caixa de correio transbordava), para só então estudar cada linha das leis indicadas por Zlater Muriev. Mas não antes de responder para minha amiga Estela, ansiosa por notícias.

De: Estela Rodrigues
Para: Ana Carina Bernardes Markov
Assunto: Rezando por vocês

Querida Ana,

Tenho acompanhado as informações sobre seu pai pelos jornais. Passei as últimas horas ligada na Globo News, por onde fico sabendo de hora em hora o que anda acontecendo por aí.

Tentei ligar para você, mas só caía na caixa postal. Se acessá-la, você verá que deixei uma mensagem de voz.

Amiga, queria poder fazer alguma coisa por você. Mas só me resta rezar, não é? Isso eu estou fazendo, sem parar. E minha mãe, meu pai, Artur... todo mundo! Hoje cedo encontrei dona Nair no supermercado e ela pediu que intensificássemos as orações para que o Andrej melhore logo. Então decidi fazer uma promessa a Nossa Senhora da Boa Viagem. Já até dei uma passada na igreja e bati um papo com ela.

Sei que seu pai ficará bem. E não estou sendo apenas otimista, falando da boca para fora com a intenção de levantar seu astral. Algo me diz... Simples assim.

Quando puder, fale comigo. Estou aqui para o que der e vier.
Amo você!

Beijos,
Estela

Dei uma resposta rápida, agradecendo a amizade dela, que nunca me cobrava nada em troca. Prometi ligar quando me sentisse melhor e fui honesta: não estava com cabeça para conversar naquele momento. Sabia que minha melhor amiga me entenderia.

Então fiquei liberada para enfiar a cara nos estudos sobre a política da Krósvia.

"O Príncipe herdeiro, ao alcançar a maioridade, e o regente ou regentes, ao desempenhar suas funções, prestarão o mesmo juramento, assim como o de fidelidade ao rei.

Compete ao rei:

a) Sancionar e promulgar as leis.

b) Convocar e dissolver as Cortes Gerais e convocar eleições nos términos previstos na Constituição.

c) Convocar o referendo nos casos previstos na Constituição.

d) Propor o candidato a Primeiro-Ministro e, em seu caso, nomeá-lo, assim como pôr fim às suas funções nos términos previstos na Constituição.

e) Nomear e separar os membros do Governo, sob proposta do Primeiro-Ministro.

f) Expedir os decretos acordados no Conselho de Ministros, conferir os empregos civis e militares e conceder honras e distinções de acordo com as leis.

g) Ser informado dos assuntos de Estado e presidir, sob esses efeitos, as sessões do Conselho de Ministros, quando o estime oportuno, sob petição do Primeiro-Ministro.

h) O comando supremo das Forças Armadas.

i) Exercer o direito de graça de acordo com a lei, que não poderá autorizar indultos gerais.

j) Exercer o Alto Patrocínio das Academias Reais"[1].

*Puta merda!* Não tenho a menor ideia *do que fazer para colocar tudo isso em prática.*

Nunca pensei que ser rei significasse tanto trabalho. Mesmo mal encontrando meu pai ao longo dos dias por conta do excessivo número de compromissos dele, nem imaginava que a coisa fosse tão complexa.

E tinha mais:

"O soberano pode negociar e ratificar tratados, alianças e acordos internacionais; não é necessária a aprovação parlamentar."

Me digam como eu seria capaz de chegar a qualquer conclusão sobre acordos internacionais se passei a vida inteira *discordando* das pessoas em muitos aspectos.

De repente, meu sono evaporou, dando lugar a uma incômoda dor de estômago, piorada pelo fato de eu ter comido tanto.

"O soberano é considerado a *fonte de justiça*, sendo responsável pela prestação de justiça a todos os súditos. O soberano não atua pessoalmente em processos judiciais, mas as funções judiciais são desempenhadas em seu nome. Por exemplo, os processos penais são julgados em nome do monarca, e os tribunais derivam sua autoridade da Coroa. O direito comum sustenta que o soberano *não pode fazer mal.* O monarca não pode ser processado por delitos penais."

Menos mau. Não que eu estivesse cogitando cometer algum delito, pelo amor de Deus! Bastavam minhas aparições nas colunas de fofocas dos jornais sensacionalistas. A imprensa marrom adora me pegar para Cristo.

[1] Texto inspirado na política de sucessão da Suécia.

"O soberano é o Supremo Governador da Igreja da Krósvia, a Igreja estabelecida oficial no País, com o poder de indicar arcebispos e bispos."

Ah, não! Nisso eu não iria me meter. Mexer com a Igreja poderia ser um negócio bem arriscado. Melhor deixar como estava. Até porque convinha a alguém como eu, que vivia com a cabeça cheia de pensamentos pecaminosos sobre o namorado, ficar o mais afastada possível dos homens da fé. Vai que me obrigassem a me confessar, como quando fiz a primeira comunhão. Nem pensar!

Cansada de levar um susto a cada nova palavra processada, desisti de continuar a leitura. Eu precisava dormir mais do que tudo.

Prometi a mim mesma continuar no dia seguinte. Isso *se* eu conseguisse pegar no sono.

# 7

## Alex

Não sou do tipo superorganizado, mas dou conta das minhas coisas, mesmo quando estão meio que fora do lugar de costume.

Quando viajei com a Ana para o Brasil, não tive tempo de dar uma geral em meu apartamento. Deixei a cama por fazer, alguns copos ficaram sobre a pia, uma toalha embolada na bancada do banheiro, meus tênis de corrida virados no tapete da sala.

Foi bom abrir a porta de casa e encontrar esse cenário. Pelo menos um pouco de normalidade depois de tanta tensão.

Larguei as malas perto do sofá e andei até a cozinha, não me importando de ir tirando a roupa durante o trajeto. Estava nos meus planos tomar um banho o mais rápido possível, mas, antes, eu precisava me livrar da blusa e da calça que usava havia mais de um dia inteiro.

Abri a geladeira usando só cueca e meias e tirei de lá uma garrafa de suco. Cheirei para ver se dava para beber, e em seguida mandei tudo para dentro.

Olhei com desânimo para a bagunça ao redor, o que não me impediu de ignorá-la sem remorso. No dia seguinte eu daria um jeito de chamar a faxineira.

Tinha decidido passar a noite com a Ana no castelo e queria aparecer lá de surpresa. Se eu a conhecia bem, sabia que não ia conseguir pegar no sono naquela noite, já que sua cabeça fervilhava de preocupações.

Portanto, resolvi tomar uma chuveirada rápida e deixar para descansar na cama dela, junto com minha princesa. Meu corpo formigou só de pensar nisso.

*Segura a onda, cara. O clima está pesado.*

Entrei no banheiro já completamente nu e estaquei na porta. Eu não era capaz de apontar exatamente o quê, mas tive o pressentimento de que havia algo errado ali.

Vasculhei tudo, do cesto de roupa suja aos armários, mas não encontrei nada concreto. Apesar de achar que esse negócio de sexto sentido é coisa de mulher, o meu resolvera me cutucar de repente.

*Estranho.*

Aparentemente não passava de uma cisma minha, então deixei de lado. Enfiei-me debaixo do chuveiro pensando: *O que o cansaço não faz com a cabeça da gente.*

Os seguranças do castelo nunca me barram nem exigem saber o que eu quero por lá. São treinados para me dar passe livre, afinal eu morei no Palácio Sorvinski por tempo suficiente para ter acesso liberado a suas dependências. Sem contar que minha mãe foi a última rainha da Krósvia. Então, eu estava mesmo no meu direito.

Mas, se algo havia que mudou desde que passei a ser o namorado da princesa, era a maneira como a equipe de segurança *fingia* que não me observava. Eles até tentavam ser discretos. Sem sucesso.

Era tarde e, tirando o grupo de vigilância do lado de fora, o palácio estava deserto. Subi sorrateiramente até o andar da Ana e só parei diante da porta de seu quarto. Enxerguei uma luz fraca vazando pela fresta, presumindo que minha namorada não tinha dormido ainda.

Girei a maçaneta com cuidado e entrei sem fazer barulho.

Ana estava deitada de lado, de costas para a entrada, vestida com um minúsculo conjunto de short e camiseta com estampa de carinhas sorridentes. Irônico. Sua respiração subia e descia num ritmo estável, o que me fez questionar se ela havia sido vencida pelo sono.

Notei várias folhas de papel espalhadas sobre a colcha. Minha menina aplicada certamente ficou horas e horas estudando a política de sucessão da Krósvia.

Pé ante pé, alcancei a beirada da cama e recolhi a papelada. Juntei tudo num monte meio irregular e deixei sobre a mesa de cabeceira.

Os olhos de Ana estavam fechados e sua expressão, serena. Para não incomodá-la, tirei a roupa depressa e dei a volta na cama, aconchegando-me em suas costas. Ela deu um suspiro fundo e se mexeu um pouco.

Meu corpo inteiro se acendeu, mas fiquei quieto. Que droga de homem eu seria se me aproveitasse dela naquelas condições? Confesso que, em outro contexto, eu até acharia divertido — e a Ana também. Mas não com tantos problemas dominando as emoções.

Enterrei meu rosto nos cabelos dela, que cheiravam a xampu de morango, e fechei os olhos, concentrando-me em sentir a textura da pele de Ana colada na minha. Se eu tivesse que morrer naquele minuto, diria que fui um homem de muita sorte. Nunca me cansaria dela.

Distraído pelas sensações, só me dei conta de que Ana estava acordada quando ela se virou para mim, sorrindo:

— Oi.

— Oi — sussurrei de volta, beijando a ponta de seu nariz. — Acordei você, né?

— Foi por um bom motivo — ela falou, colando ainda mais em mim. — Estava sonhando com o Jon Bon Jovi.

Estreitei o olhar, simulando ciúmes. Nós adorávamos esse tipo de joguinho, de provocar um ao outro. Somos assim desde o começo, quando nem nos gostávamos ainda.

— E ele cantava "In these arms" enquanto eu dava uns amassos num carinha num canto escuro qualquer — Ana continuou, baixando a voz para um tom sedutor.

— Onde será que já vi essa história?

Rimos juntos.

— O tal carinha... — Os dedos dela provocavam meu peito, deslizando com uma lentidão deliberada, só porque sabia que eu gostava. — ... era um gato, de tirar o fôlego, mas não beijava muito bem, não.

Audaciosa...

Pulei sobre ela e a prendi embaixo de mim, tomando o cuidado de segurar seus braços para que não conseguisse se defender.

— Quem sabe você queira me mostrar como ele fazia — instiguei, torturando a curva de seu pescoço com o nariz.

— Pode ser...

— Ok.

Sem esperar um incentivo ainda mais explícito, espremi minha boca na dela, devorando seus lábios sem dó nem piedade. A última vez que nos beijamos daquela forma foi na noite de despedida de Salvador. E, em se tratando da Ana, eu não me contentava com pouco.

— Ana... — gemi, sem conseguir controlar meu desejo.

— Alex, amor, por favor...

Não soube ao certo o que ela estava me pedindo. *Por favor, o quê?*, pensei, desesperado.

Afastei-me um pouco, procurando recuperar o fôlego, mas a Ana me puxou de volta.

— Por favor, faz amor comigo.

Sim, o mundo já não era mais o mesmo para nós. E, sim, problemas não nos faltavam. Mas, no momento em que escutei aquele pedido, mandei para o quinto dos infernos todas as restrições e tratei de atender ao pedido da minha mulher, dentro dos maiores padrões de qualidade.

— Alex, a partir de amanhã, acho que vou ter que me despedir do mundo.

Mais tarde, enquanto nos recuperávamos de horas de atividades físicas intensas, Ana se acomodou em meus braços e me confessou sua ansiedade.

— Sei que não estou preparada. Li cada maldita palavra desse documento que Zlater me deu, o que me fez constatar quão impotente eu sou.

Ela esfregou as têmporas, estressada. E eu que pensei que tivesse conseguido diluir, pelo menos um pouco, sua inquietação.

— Vai dar tudo certo — encorajei.

— E se não der? E se, por algum motivo, eu não for boa o suficiente? — Ela parou, como se tivesse acabado de enxergar algo que ainda não tinha visto.

Ana apoiou os braços sobre meu peito e me encarou, com os olhos cinza arregalados.

— E se eu não existisse, Alex? Se o trono da Krósvia não tivesse um sucessor direto, quem ficaria no lugar de Andrej?

Não que eu fosse um profundo conhecedor das políticas do país, mas aquela pergunta eu sabia responder.

— Nesse caso, Luce, a filha mais velha de Marieva, assumiria como regente.

— O quê? — ela engasgou. — Mas a Luce não tem nem onze anos. Depois do que li mais cedo, a pobrezinha não teria condições de encarar essa parada.

— É claro. Sendo menor de idade, sua prima precisaria de um tutor, de alguém que a auxiliasse na tarefa — expliquei.

— Tia Marieva? — Ana arriscou um palpite.

— Pouco provável. Sua tia, com certeza, delegaria a função a Marcus.

Não imaginei que Ana ficaria tão chocada. Ela se sentou na cama, sobre as próprias pernas, tapando a boca com uma das mãos.

— Você está me dizendo que, se eu não existisse, neste exato momento, todo o poder sobre a Krósvia seria dado de bandeja para aquele... homem?

Estranho o modo como a Ana se referia ao marido da tia. Desde o começo, ela nunca conseguiu esconder sua antipatia por ele. Mas os anos passaram e o cara era só um empresário meio metidinho a besta, nada além.

Também me sentei, de frente para ela, e a puxei para meus braços. Falei, com o queixo apoiado sobre sua cabeça:

— *Se* você não fosse a herdeira, Ana. Mas é o que você é. Então não precisa se preocupar.

— Existe alguma chance de eu, de algum modo, ser destituída da tarefa de substituir o rei?

Por essa eu não esperava.

Cheguei um pouco para trás e a olhei dentro dos olhos.

— Só se você desse motivos fortes para isso, *lyubit*, mas nós dois sabemos que essa hipótese está descartada.

Mesmo abalada, Ana sorriu. No entanto, seu sorriso não foi capaz de esconder um novo tipo de medo que brotava dentro dela.

*Foda!*

# 8

## *Está ruim? Então se prepare que pode ficar pior*

1º DIA

Se eu fosse deixar meu corpo mandar em mim, certamente não teria saído da cama às sete da manhã.

Com todas as emoções do dia anterior, somadas à noite passada nos braços de Alexander — o que sempre resultava em uma ou outra distensão muscular —, o melhor a fazer seria hibernar por umas boas setenta e duas horas antes de encarar a pedreira que me esperava.

Mas essa opção não me pertencia, é claro.

Muito a contragosto, enxotei Alex da cama assim que o despertador tocou. Ele, ainda semiacordado, gemeu umas frases em krosvi e escondeu a cabeça debaixo do travesseiro. Suspirei, compreendendo sua reação. Se pudesse, eu teria feito a mesma coisa, mas, em vez de usar o travesseiro como esconderijo, me enfiaria logo num buraco, talvez o *bunker* usado por Hitler na Segunda Guerra Mundial.

— Alex, acorda! Eu preciso sair daqui a pouco.

Meu namorado se remexeu, ficou de barriga para cima — e que barriga, meu Deus! Será que algum dia eu me acostumaria com sua nudez? — e abriu os olhos, brindando minha manhã com seu sorriso torto e totalmente *sexy.*

— Não temos um minutinho?

— Nem meio. O Ivan foi taxativo com o horário — falei, enquanto entrava no closet para escolher uma roupa adequada à ocasião.

No meio de casacos e vestidos de grife, nem me dei conta de que Alexander tinha me seguido. Só notei sua presença quando ele agarrou meus braços e me prensou contra uma das paredes revestidas de madeira.

— Não sei se gosto desse tal de Ivan dando ordens a você. — Seu rosto ficou parado a centímetros do meu. Eu sabia que ele não estava de brincadeira pelo brilho perigoso emitido por seu olhar.

— Amor, ele faz parte da equipe de confiança do meu pai. Foi designado pelo próprio Zlater para ser meu assessor direto. Não posso encarar essa sozinha, senão vou acabar metendo os pés pelas mãos. Você sabe como sou atrapalhada...

— Mesmo assim, não gosto daquele cara.

Revirei os olhos, quase deixando escapar pelos lábios o pensamento que me ocorreu: *Se Ivan fosse feio, Alex não estaria tão encanado.* Ainda bem que refreei minha língua solta a tempo. Alexander não precisava saber que eu achava o chefe de relações públicas do governo um tanto quanto charmoso.

— Isso não vem ao caso, Alex. As coisas são como são. — Tentei passar por baixo dos braços dele, porque meu tempo era curto.

Não tive o menor sucesso. Alexander me apertou um pouco mais contra a parede e sussurrou em meu ouvido:

— O que não me impede de deixar meu território bem delimitado.

Depois de mandar essa metáfora pouco original, acreditem se quiser, meu namorado cravou os dentes em meu pescoço e deu uma mordida de leve para, logo em seguida, executar uma manobra com os lábios e a língua, que resultou num chupão, bem na lateral de meu pescoço!! Isso mesmo.

— O que você está fazendo, Alexander?! — questionei, chocada com sua audácia.

Ele exibiu seu mais inocente tipo de sorriso e me deu as costas enquanto saía do closet, exibindo sem pudor toda a gostosura de sua retaguarda.

— Deixando implícita a mensagem: *Esta aqui já tem dono.*

Ofeguei, indignada.

Cheguei perto do espelho para verificar o tamanho do estrago. Nem era uma marca tão forte assim, mas seria necessário acrescentar um lenço ao meu figurino do dia. Fala sério!

Alex me deixou no Palácio de Perla e se despediu de mim com um beijinho casto acompanhado por um sorrisinho safado. Fiquei de cara feia para ele desde o ataque no closet. Onde já se viu agir feito um homem de Neandertal? Se bem que isso ele sempre foi. Ave, Maria!

Uma secretária me esperava na entrada, vestida sobriamente e de maneira previsível — terninho azul-marinho, camisa branca, salto agulha e coque impecável. Por que todas tinham que ser assim?

— Bom dia, alteza. — A mulher me estendeu a mão.

Ao olhar para suas unhas, percebi que estavam perfeitamente manicuradas. Será que ela tinha caído nas graças de Virna, a manicure mais requisitada de Perla?

Retribuí o gesto, simpática.

— Pode me chamar apenas de Ana, por favor.

— Ah, é claro — concordou ela, prontamente. — Eu sou Mikaela Svarenka, secretária do senhor Ivan. Ele está esperando a senhorita na sala dele. Venha comigo.

Acompanhei a moça, esforçando-me para decorar o caminho. Afinal, ele faria parte do meu cotidiano daquela manhã em diante.

Apesar de procurarem não me encarar, flagrei vários pares de olhos me seguindo furtivamente, uns com curiosidade, outros com pena e muitos com as duas coisas juntas.

Minha mãe me ensinou a ser educada com as pessoas. Quando eu era criança, ela vivia brigando comigo sempre que eu fechava a cara para alguém. Então saí distribuindo "bom-dia" para todos, como se eu fosse a próxima candidata à presidência do Brasil.

— Não ligue para eles — aconselhou Mikaela. — Só estão chateados com o que aconteceu. Todos gostam muito do rei.

E quem não gostava?

Passamos por várias portas e subimos alguns andares antes de, finalmente, chegarmos à sala de Ivan. Mikaela abriu a porta sem bater. Ou seu chefe era um sujeito muito paz e amor ou rolava um clima entre os dois, porque Ivan não deu a mínima para o excesso de confiança da secretária.

Ele estava ao telefone, sentado numa cadeira giratória de couro preto, confortavelmente instalado diante de uma mesa de madeira escura — eu poderia dizer que era de imbuia, mas não entendo nada de marcenaria.

Ao nos avistar, Ivan fez sinal para que eu me aproximasse e me sentasse numa poltrona gorda, de tecido cinza, de frente para ele. Obedeci, enquanto Mikaela me oferecia um café. Recusei porque sabia que a cafeína envenenaria ainda mais meu já corroído estômago, mas aceitei um copo de água.

Dei uma boa olhada na sala, concluindo que o cargo de Ivan deveria ser mesmo importante. O lugar esbanjava espaço, e a decoração havia sido feita por alguém de bom gosto. Mas achei o ambiente meio frio, sem vida, como o próprio dono dele.

Conforme comentei antes, Ivan é um cara charmoso, porém sem brilho. Falta algo nele, talvez sangue nas veias. Seu físico lembra muito os homens latinos, mas, em seu caso, isso não queria dizer muita coisa.

Também estava claro que ele apreciava obras de arte. Todos os quadros pendurados nas paredes do escritório eram réplicas de pinturas famosas. Não reconheci todas as telas, mas quase enlouqueci quando me deparei com *A primavera*, de Botticelli. Fiquei tentada a me aproximar para vê-la de perto. Só refreei meu impulso porque desejava ir direto ao ponto assim que Ivan desligasse a droga daquele telefone.

Ele me olhou com culpa e eu suspirei. Deveria ter ido visitar meu pai no hospital antes de começar o dia oficialmente.

— Bonito o seu lenço — Ivan comentou ao ficar liberado do telefonema.

Senti o rosto esquentar, porque o acessório só estava ali devido ao comportamento nada racional de Alex. Eu esperava que o chefe de relações públicas do governo não interpretasse minha falta de graça de maneira equivocada.

— Está preparada para começar? — ele quis saber, mudando de assunto.

— Sinceramente, não depois de ler o documento que Zlater me deu. Fiquei tonta com tanta informação.

Minha avó vivia proclamando pelos cantos que a ignorância é o melhor caminho para a felicidade. Sempre retruquei. Afinal, a falta de conhecimento faz das pessoas cordeirinhos das outras. Mas eu estava começando a pensar na hipótese de concordar com vovó. Como gostaria de voltar a enxergar a realeza dos contos de fadas da Disney!

Ivan franziu a testa. Fez cara de professor contrariado.

— Pensei que se interessasse mais pelo país. Já faz tempo que se descobriu filha do Andrej e só agora prestou atenção? Não entendo...

Fuzilei-o com o olhar. Aquele metidinho não podia jogar na cara da princesa frases tão grosseiras — embora verdadeiras, infelizmente.

— Nunca imaginei que precisaria substituir meu pai tão cedo — defendi-me, agarrando o lenço preto com caveirinhas cor-de-rosa. De repente ele me pareceu apertado demais. — E faço outras coisas na vida. Se você não sabe, trabalho na embaixada e sou voluntária no Lar Irmã Celeste.

Ivan sorriu com escárnio.

— Sei mais sobre você do que imagina, Ana. E não a culpo por ser meio... desligada. Tem horas que chega a se parecer com o príncipe Harry, da Inglaterra.

Abri a boca, com vontade de deixar escapar todos os palavrões que conhecia. Já fui comparada a muitas pessoas, tipo, sempre falam: "Nossa, você é a cara da minha prima". Mas daí a achar semelhanças entre mim e um cara que não se importava em ser fotografado pelado num hotel era o cúmulo da falta de noção.

— Eu... Eu...

— Não precisa gaguejar. Foi uma brincadeira. — Ivan se levantou e deu a volta na mesa, parando diante de mim.

Ivan colocou em minhas mãos um iPad e, antes que eu o questionasse, tratou de explicar:

— Daqui para a frente, seu dia a dia será guiado por esse equipamento. Nunca saia de casa sem ele. Ou melhor, jamais o deixe desligado ou longe do seu alcance.

Olhei para o tablet como se ele estivesse prestes a entrar em combustão.

— Periodicamente será enviada a você a programação de suas obrigações, certo? — Ivan continuou, tomando o iPad para acessar a agenda. — Veja.

Curiosa, nem titubeei. Mas foi só olhar para a tela que o arrependimento surgiu de imediato. Vejam com que me deparei:

---

DATA: 22 de junho
Compromissos do dia

10h: Encontro com ministros e secretários do governo
11h30: Sessão extraordinária no Parlamento
14h: Almoço com lideranças das Forças Armadas
16h: Visita às obras de construção do novo Hospital do Câncer
18h: Assinatura de documentos oficiais

---

Três coisas passaram por minha cabeça:

1. Nunca, em toda a minha vida, precisei de agenda para me programar. Sempre confiei na memória. As únicas agendas que tive foram aquelas da Tilibra, com modelos musculosos na capa, onde eu anotava, em código para minha mãe não descobrir, meus lances com os garotos da escola. Tenho algumas até hoje, guardadas no alto do meu armário em Belo Horizonte.

2. O que eu conversaria com ministros, secretários, parlamentares, líderes das Forças Armadas? Tudo bem conhecer as obras de um novo hospital. Assinar documentos também não seria um problema. Mas me reunir com essa gente envolvida até o pescoço com política e guerra não parecia um procedimento fácil. Para ser honesta, eu nem sabia distinguir um cargo do outro.
3. Quando eu teria um tempo para ver meu pai, visitar as meninas do Lar Irmã Celeste, ficar de bobeira na biblioteca do castelo, bater papo com mamãe, vovó e Estela e, acima de tudo, namorar meu namorado?

Minha falta de reação chamou a atenção de Ivan, que quis saber:

— Ana, você está bem?

Pisquei umas mil vezes antes de conseguir articular meus pensamentos com coerência.

— O que você acha? Como pensa que eu estaria depois de receber essa bomba? — bufei, arrancando o lenço do pescoço. — Isso não é justo. Não estou preparada para essa responsabilidade. No mínimo, preciso de um treinamento antes de começar pra valer.

Ivan estreitou o olhar, encarando não exatamente meu rosto, mas um pouco abaixo dele. *Droga!* Sem querer, no momento de exaltação, esqueci completamente a marca do chupão que Alex fez o favor de deixar em meu pescoço. Sem a proteção do lenço, claro que ela ficou bem à mostra.

— No momento você está precisando é de outra roupa. — Ivan me avaliou com seu olhar de fiscal da Polícia Federal. — A partir de agora, enquanto estiver a serviço da nação, vai ter que ser um pouco menos... casual.

Por casual entendam "sem noção". Nas entrelinhas, acho que foi esse o adjetivo que ele quis me dar.

Virei-me de costas para Ivan, discretamente tapando a mancha com uma das mãos. Quando escolhi o figurino do dia, levei em conta o meu estilo e não o que mandava a etiqueta. Para mim, um jeans da Diesel e uma camisa branca clássica estavam de bom tamanho.

Mas não para Ivan.

— Vou pedir à Mikaela que providencie um traje condizente com a situação — ele avisou, digitando um número no telefone de sua mesa.

Não ouvi a conversa dele com a secretária. Se em algum momento dei a impressão de que as coisas não seriam fáceis, digo agora que me enganei. Pelo jeito, estavam a um passo de serem terríveis.

# 9

## Alex

> Alex, apesar de ainda estar P da vida com você por causa do chupão, estou chateada porque não vai dar para a gente se ver hoje. Queria passar no seu apartamento mais tarde, mas pelo jeito, quando o dia acabar, não vai sobrar nada de mim. Depois explico tudo. Beijo! Ana <3

*Começou.*

Eu me despedi da Ana de manhã sabendo que, provavelmente, teríamos problemas para nos ver de novo tão cedo. Não sou um cara egoísta — não muito —, mas não me preparei para esse afastamento inesperado. Por mais que desconfiasse de que Zlater daria um jeito de exigir da Ana o mínimo possível, tudo indicava que, no final das contas, sobraria muito pouco tempo para nós.

Quem dera se minha preocupação fosse só essa. Voltar ao trabalho me fez enxergar que o mundo não tinha parado por causa do acidente com Andrej. Entre novos contratos para analisar, projetos em andamento e propostas de licitação, eu me sentia meio perdido, sem saber por onde começar.

Eu não costumava ser tão desconcentrado. Mesmo nos piores dias com a Laika, quando aquela doida chegava aos extremos da insanidade, no trabalho minha atenção era total. Mas eu iria retomar o controle de tudo, e seria para já.

Ajeitei o corpo na cadeira e voltei a atenção para a tela do computador, onde o Autocad exibia meu projeto mais recente — e ainda inacabado. Mal mexi no mouse para executar um comando, e o alerta de mensagem do Outlook deu sinal de vida.

Eu não devia ter parado para checar. Se antes a minha concentração andava tênue, ver aquele e-mail a levou de vez para o espaço.

De: Laika Romanov
Para: Alex Jankowski
Assunto: Minhas coisas

Olá, Alex!

Como vai?

Já faz tempo que não nos falamos, não é mesmo? Ainda não entendo o motivo de termos nos afastado. Apesar de não sermos mais namorados, poderíamos ter sido bons amigos.

Sei que você me culpa por aquele incidente há dois anos, naquela ilha perto do castelo. De nada adiantou eu tentar explicar, porque você não quis me ouvir. Prefiro não fazer acusações levianas, mas desconfio que a Ana tenha um poder de influência muito grande sobre você. O que é uma pena, já que ficamos juntos por tempo suficiente para criarmos um vínculo consistente.

Como você deve saber, eu não estava morando na Krósvia. Desde aquele... evento, resolvi assumir um cargo na filial da empresa em Tóquio. Foi uma experiência maravilhosa, embora solitária. É muito ruim ficar tão longe das pessoas que amamos. Então, estou de volta. Já me instalei em meu novo apartamento e retomei o antigo cargo. Se quiser me visitar qualquer dia desses, vou deixar meu endereço no final da mensagem.

O que me levou a entrar em contato com você foi ter dado falta de algumas coisas minhas que ainda estão na sua casa. Quando terminamos o namoro, não tive cabeça para me lembrar de tudo, então elas ficaram para trás. Gostaria de buscá-las, se possível.

Espero que não haja nenhum problema. Estou mesmo precisando delas.

Agradeço, de qualquer forma.

Um beijo para você. E segue abaixo o endereço do meu novo apartamento.

Alameda dos Gerânios, 42/1201
Bairro Maria Valentina

Só podia ser brincadeira, e de mau gosto, ainda por cima. Nunca mais tive notícias da Laika, para meu próprio bem, já que a Ana não pode nem ouvir o nome dela sem surtar. Agora ela reaparecia do nada, bancando a amiguinha inocente.

E eu queria saber que coisas dela tinham ficado em meu apartamento, porque eu não fazia nem ideia.

Quis responder o e-mail falando umas abobrinhas, mas acabou que resolvi deixar quieto. Qualquer coisa que eu escrevesse, depois poderia se voltar contra mim.

Só faltava agora a Laika começar a me perseguir, como aquelas ex-namoradas psicóticas que infernizam a vida dos caras a ponto de enlouquecê-los de verdade.

Eu não tinha tempo nem disposição para isso. Então, para que ficasse bem claro, resolvi responder o e-mail, no final das contas. Melhor cortar o mal pela raiz em vez de ficar cozinhando em banho-maria.

> De: Alex Jankowski
> Para: Laika Romanov
> Assunto: RES: Minhas coisas
>
> Olá, Laika!
>
> Estou bem.
>
> Olha só, acho que você se confundiu. Não ficou coisa alguma sua em meu apartamento. Você levou tudo quando terminamos. Então não tem por que passar lá, certo?
>
> Alex

Bom, que minha resposta servisse para cortar o barato da Laika.

Voltei minha atenção ao trabalho, mas por pouco tempo. Outra vez, o alerta de e-mail disparou.

> De: Laika Romanov
> Para: Alex Jankowski
> Assunto: RES: RES: Minhas coisas
>
> Alex,
>
> Tenho certeza de que ficaram coisas minhas em sua casa, sim. E não vou discutir isso com você por e-mail. A não ser que você queira que eu faça um escândalo, melhor resolver esse problema o mais rápido possível.

Pelo jeito você vai continuar me culpando pelo passado, o que considero uma tremenda injustiça.

Pode me esperar que ainda esta semana apareço por aí.

Ah! E repasse meus sentimentos à Ana pelo acidente com Andrej. Ela pode não acreditar, mas também estou sentindo muito.

Beijo!
Laika

Apertei a base do nariz, ciente de que minha paz estava prestes a se mandar para o quinto dos infernos.

# 10

## *Marcada a... língua?!*

Se minha mãe me visse sentada de frente para onze ministros, todos senhores — e duas senhoras — com mais de cinquenta anos, me olhando como se eu fosse uma ave rara da fauna brasileira, esperando que eu indicasse o caminho para a felicidade, jamais teria me colocado no mundo.

Para começar, ela desaprovaria categoricamente os trajes que Mikaela providenciara para mim. Antenada nesses lances de moda de um jeito absurdamente fanático, dona Olívia Bernardes detestaria o *tailleur* púrpura que me deixava com cara de berinjela. E a camisa branca por baixo do blazer mal cobria a marca do chupão, o que me obrigava a ficar com a mão no pescoço o tempo inteiro, como se estivesse sofrendo com um torcicolo terrível.

Infelizmente, Ivan havia notado a marca, mas não se atreveu a fazer qualquer comentário. Acredito que seu lado cavalheiro — bastante aguçado, por sinal — tenha falado mais alto.

Mamãe provavelmente também se envergonharia de minha passividade. Também, né? Vamos combinar. De que outro modo eu poderia agir diante de um bando de macacos velhos da política krosviana, sendo eu uma leiga de marca maior? Só mesmo armando cara de paisagem e deixando rolar.

Por sorte, Zlater era uma pessoa de muita paciência, pois ficou ao meu lado e assumiu as rédeas da reunião, que começou com uma declaração bastante preocupante:

— Bom dia a todos. E seja bem-vinda, princesa Ana. Eu me chamo Sergei Polanski e sou ministro da Economia.

Balancei a cabeça, cumprimentando-o com um gesto. Ele me apresentou os demais, para os quais abri um contido sorriso. Fiquei em dúvida se deveria ou não ser muito simpática, afinal líderes mundiais tendem a ser meio sisudos, não é mesmo?

— É uma lástima para o país e para todos nós a situação em que se encontra o nosso estimado rei — continuou Sergei, em tom de discurso. Incrível como político adora falar assim. Distraí-me imaginando o ministro na mesa do café da manhã com a mulher (se é que ele tinha uma): "Por obséquio, será que minha inigualável esposa poderia me dar a honra de passar o pote de geleia?" — E é importante que, desde já, a senhorita fique a par do atual estado político e econômico da Krósvia.

*Ai, ai, ai...* Será que eu queria mesmo saber?

— Ana, estamos enfrentando um momento delicado. — Zlater assumiu a palavra. Virei-me na cadeira para vê-lo de frente. — Há alguns meses, líderes da oposição estão pressionando Andrej para que ele tome algumas atitudes não muito louváveis. Sua recusa em fazer o que eles querem tem gerado um mal-estar daqueles, que vem afetando diversos setores do país.

Como não falei nada, ele prosseguiu:

— Seu pai governa pensando no povo, no bem da maioria.

Inflei o peito de orgulho. Se Andrej Markov reinasse de outra forma, eu não teria muito prazer em chamá-lo de pai.

— Mas isso incomoda os grandes, as pessoas que gostariam de ser beneficiadas acima de qualquer coisa só porque estão no topo da pirâmide.

Igualzinho ao Brasil: o lado forte quer sempre levar vantagem.

— Por exemplo: os banqueiros estão exigindo o aumento das taxas de juros porque, segundo eles, os lucros não são suficientes. Por outro lado, os empresários vêm lutando pela redução de impostos, pelos mesmos motivos dos banqueiros.

— Entendo... — murmurei, sentindo-me envolvida até os cabelos.

— Mas seu pai tem princípios sólidos e não se enverga diante das ameaças, que estão cada vez maiores — frisou o ministro da Justiça, cujo nome apaguei da memória.

— E não vão parar só porque ele está em coma, Ana — Zlater afirmou, olhando diretamente em meus olhos.

De repente, fez-se um silêncio sepulcral. Todas as cabeças da sala voltaram-se para mim. Como uma revelação paranormal, fui capaz de captar os pensamentos de cada um dos ministros.

— Eles vão se aproveitar do momento delicado e aumentar a artilharia, não é isso? — indaguei.

— Muito mais do que você pensa — Zlater não amenizou. — Mesmo que, para isso, precisem tirá-la da jogada.

Compareci a todos os outros compromissos do dia mais consciente do que nunca do papel que teria de representar. A reunião com os ministros me mostrara que eu não poderia vacilar, em nenhum aspecto.

Ao me ver sozinha, horas mais tarde, tratei de fazer uma lista de regras das quais não poderia me esquecer jamais.

1. Manter a boca fechada e os dedos parados. A partir daquela data, ao substituir meu pai de maneira tão inesperada, eu só poderia falar ou escrever para o público o que fosse estritamente necessário e previamente analisado por Ivan. Ou seja, nada de acordar de manhã é digitar no Twitter: "Eu odeio o álbum novo da Shakira", pois essa inocente frase poderia resultar no enfraquecimento das relações entre a Krósvia e a Colômbia. Ah, e, claro, a Espanha também.
2. Ter uma postura digna de rainha. Sorte ter a internet à disposição, porque eu não fazia ideia de como uma rainha tinha de

agir até acessar o YouTube e quase ficar cega de tanto assistir aos vídeos da rainha Elizabeth, da Lady Di e, mais recentemente, da duquesa Kate Middleton. Nossa Senhora, havia protocolo até mesmo para a posição das mãos! Se Irina não estivesse tão ocupada cuidando do meu pai, com certeza me ajudaria nessa.

3. Evitar demonstrações exageradas de amor por Alex. Sim, poderíamos continuar trocando beijinhos em público, andar de braço dado, fazer carinhos um no outro. Ser pegos agarrados, seminus ou coisa parecida estava fora de cogitação dali em diante, uma vez que não seria nada bom para a imagem de uma governante ter seu nome ligado a situações embaraçosas. Essas coisas só podem rolar com gente como a Britney Spears.

Resumindo: o único jeito de eu não ser enxotada do trono como uma barata cascuda era manter a compostura e ficar firme. Simples, simples...

Tudo por uma boa causa, claro. Saber que havia pessoas tentando corromper o governo e dispostas a tudo para alcançar seus objetivos era só mais uma pitada de tensão em minha vida. Como se ela já não estivesse tensa o bastante.

Depois da reunião com os ministros, Zlater me avisou de que a oposição ficaria de olho em meus passos. Bastaria eu cometer um mísero deslize para exigirem meu afastamento. Por mais que fosse arriscado transferir o poder para uma criança como a Luce, pelo menos ficaria menos complicado exercer o poder de manipulação, porque nada me tirava da cabeça que Marcus estaria disposto a abrir várias concessões se sobrassem vantagens para ele.

A verdade era que, de qualquer modo, eu estava frita. Não compreendia a política o suficiente para administrar uma nação. Como se não fosse o bastante, eu começava a sentir que a pouca liberdade que me sobrara acabaria reduzida a... nada.

Para provar, olhem só: eu quis visitar meu pai mais cedo; não pude. Os compromissos não permitiram. Tive que me contentar com uma rápida conversa com Irina, que não arredara o pé do hospital desde o acidente. Se antes eu desconfiava de que ela tinha sentimentos pelo rei, agora minhas dúvidas viravam certeza. Caso contrário, minha amiga — e pau para toda obra — se limitaria a cumprir seu dever durante o horário de expediente e ponto final.

Mas até que eu torcia para que as coisas se ajeitassem entre eles. Meu pai merecia ter uma mulher ao seu lado, de modo que sua vida não se resumisse a trabalho. Só que, antes de encontrar um amor, ele teria de voltar a ser o homem forte e cheio de saúde que todos conheciam — isso *se* voltasse.

Dei um suspiro profundo. Não permitiria que pensamentos pessimistas voltassem a me atormentar. Para o bem de todo mundo, eu, acima de qualquer um, precisava ter fé.

Acabei me lembrando da previsão de Zlater: nada me impediria de ser a governante que a Krósvia merecia se eu mantivesse a coragem e o otimismo dentro de mim. Na hora em que ele me disse isso, achei a teoria meio utópica demais, já que coragem e otimismo não são armaduras que a gente veste para se proteger. No entanto, acabei convencida de que o primeiro-ministro estava certo, especialmente quando propôs:

— Você assume as questões sociais, auxiliada por Ivan, e eu me ocupo da parte burocrática. O que acha?

O cara ainda perguntava? Claro que concordei na hora! Não que eu quisesse tirar o corpo fora, mas em que aspecto uma analfabeta política como eu poderia contribuir nesse caso? Claro que o primeiro-ministro me deixaria a par de tudo e só tomaria as decisões com meu consentimento, se é que a minha humilde e pouco sólida opinião valia alguma coisa.

Olhei para o relógio, inconformada com a falta de sono. Ainda não eram nem dez horas. Diante dessa constatação, tomei uma decisão repentina, disposta a dar ouvidos aos meus instintos.

Sentada num banco duro e frio, diante da porta fechada do CTI, à espera da autorização do diretor do hospital para ver meu pai, distraí-me trocando mensagens com Alex.

No meio da tarde, quando nos falamos rapidamente pelo telefone, achei-o meio estranho, inquieto até. Perguntei o que estava acontecendo, mas meu namorado afirmou que não era nada. Sei lá! Tendo passado por tantas emoções, não dava mesmo para confiar em minhas impressões.

"Queria dormir com você."

Ah! Como eu também gostaria! Mas não pegava bem abusar da ausência de Andrej, porque, quando ele ficava em casa, Alex não se atrevia a se enfiar na cama comigo. Não debaixo das barbas do rei.

"Eu também."

"Por que não vem para o meu apartamento, então? Estou aqui sozinho, solitário, mas com muito calor."

Sorri, sentindo o corpo esquentar. Alex tinha o dom de me distrair.

"Você hoje não se comportou como um garoto bonzinho. Está aqui uma marca horrorosa que não me deixa mentir. Além disso, não sei a que horas vou sair do hospital."

"Ah, só te dei um beijinho. rsrsrs" Ele deixou claro que riu, e eu podia apostar que foi de um jeito safado. "Quer que eu vá para aí?"

"Não precisa, amor. Está tarde. Amanhã é dia de trabalho. De mais a mais, sei que já esteve aqui hoje."

"Sim. E consegui ver o Andrej. Ele me pareceu bem."

"Gostaria de vê-lo também, mas a enfermeira disse que o horário é impróprio para visitas, mesmo sendo eu."

"Você disse *enfermeira*? Deveria ter tentado persuadir um enfermeiro. Garanto que ele abriria a porta para a princesa sem questionar."

"Bom, ainda bem que o diretor daqui é homem. Irina está usando seu poder de convencimento agora mesmo."

"Espero que ele não fique muito animado quando for dar a resposta a você. Odeio concorrência."

"Alex, ele deve ter uns 70 anos."

"E daí? Garanto que não lhe faltam hormônios."

"Fala sério..."

"Fala sério? Digo o mesmo daquele almofadinha que agora não larga do seu pé. Vi as fotos do evento de hoje à tarde. Ele precisava ter ficado tão perto de você?"

"Alex, o Ivan age com o maior profissionalismo. Pare de cismar com ele!"

"Profissionalismo. Sei. Aquela cara de protagonista de comercial de barbeador não me engana."

"Hahaha"

"Está rindo de mim? Vai ver o que vou fazer quando te encontrar. Provoca!"

"Que medo..."

"Que saudade..."

— Ana, o diretor permitiu que veja seu pai. — Irina interrompeu meu namoro virtual. Ainda bem. Do jeito que o papo rolava, sabe-se lá onde iria parar. — Mas só por dez minutos.

— Ai, que maravilha! — Pulei do banco, feliz. Puxei Irina e beijei seu rosto, e ela sorriu com o gesto carinhoso.

Antes de entrar no quarto, enviei a última mensagem para Alexander:

"Tchau, amor. Vou ver meu pai, finalmente! A gente se vê amanhã? Beijo!"

"Te espero aqui em casa. Não aceito desculpas. Te amo, *lyubit.*"

# 11

## *As garras da onça-pintada usam esmalte de grife*

Vovó Nair tem um costume curioso. Ela pode até não admitir, mas adora uma novela. Costuma rodear a TV como quem não quer nada por volta das nove da noite, o que quase mata meu avô de aflição. Ele acaba abrindo mão da televisão da sala só para ter um pouco de sossego.

Então ela se senta toda empertigada no sofá, à espera do capítulo do dia. O problema é que, como leva uma vida agitada, cheia de compromissos esportivos, não dá nem quinze minutos e vovó é vencida pelo sono. Dá cada pescada em frente à TV que nem chega a assistir à primeira parte antes dos comerciais. Quando tenho o privilégio de presenciar a cena, quase morro de rir.

Pois é. Já tive provas de que não devemos achar graça no constrangimento dos outros, especialmente se esses "outros" forem pessoas idosas ou membros da família. O castigo volta a cavalo.

Estava eu lá, diante de um considerável grupo de jornalistas, todos ávidos por respostas e promessas, e minhas pálpebras não paravam abertas. Era como se eu tivesse tomado um comprimido de Dramin, que previne enjoos mas causa um sono incontrolável.

De vez em quando, Ivan me dava uma cutucada discreta por baixo da mesa, mas estava mesmo difícil lutar contra a vontade de dormir.

Também, né? Eu tinha motivos para estar naquele estado.

Fiquei com meu pai no CTI bem mais do que o tempo estipulado pelo diretor do hospital. Ele resolveu fazer vista grossa e não seria eu a lembrá-lo do combinado.

Foi bom, porque quase tive uma crise de choro ao me deparar com Andrej sozinho naquele quarto frio e impessoal. Minha vontade era arrastá-lo de lá e cuidar dele dentro do castelo, no conforto de nosso lar.

Fiquei sentada ao lado do meu pai, segurando sua mão, num silêncio sepulcral, só imaginando coisas e tentando enviar mensagens positivas para ele.

Um pouco mais tarde, Irina apareceu. Ela tinha ido ao castelo tomar um banho e descansar um pouco. Foi um custo convencê-la a dar essa saída. Ela só concordou porque insisti muito e prometi não arredar o pé de lá até que voltasse.

Quando isso aconteceu, meu relógio marcava quase duas da manhã. Com os olhos embaçados de sono, mal consegui visualizar os ponteiros. Cogitei passar o restante da noite por lá mesmo, o que eu teria feito se não tivesse compromisso tão cedo. De acordo com a última atualização da agenda enviada por Ivan, meu dia começaria oficialmente às oito horas. Detalhe: dessa vez havia uma enorme recomendação sobre meus trajes escrita em vermelho-vivo.

Portanto, como o dever me chamaria pouco tempo depois, voltei para o castelo, muito a contragosto, não antes de me lembrar de dar uma informação a Irina:

— Minha mãe está para chegar.

Mesmo grogue de sono, fui capaz de notar a leve franzida na testa dela.

— Ela vem para lhe fazer companhia? — Irina arriscou um palpite.

— Vem mais para nos ajudar com meu pai — respondi, da porta, indiferente aos sentimentos de minha amiga e assessora do rei.

Só mais tarde, antes de apagar, que ponderei sobre a dimensão da vinda de mamãe para a Krósvia. No final das contas, o provável ciúme de Irina seria o menor dos problemas. Eu já era alvo da mídia havia um bom tempo e podia adivinhar que a imprensa adoraria encontrar um novo motivo para especular sobre a família real.

❦ ❦ ❦

Por falar em imprensa, se desde o início eu estivesse contando, provavelmente as perguntas que respondi somariam umas trinta. Orientados a não questionar a respeito de minha vida pessoal, os jornalistas se limitaram a indagar sobre a política de sucessão e minha preparação para dar continuidade aos trabalhos do meu pai.

Esperto que era, Ivan me instruiu para responder adequadamente cada uma delas. Sendo assim, eu meio que sabia o teor das perguntas, eliminando as chances de acabar dizendo besteira.

Por isso relaxei e me permiti dar umas pescadas, mas só porque sou realmente boa nisso, em cochilar disfarçadamente, quero dizer. Aprimorei a técnica na época em que frequentava o ensino médio.

Só me toquei que deixara um jornalista sem resposta depois que Ivan sussurrou:

— Ele está esperando.

Aprumei o corpo e olhei para o repórter. Rezei para recuperar as palavras perdidas durante a viagem ao subconsciente, mas não fui atendida. Envergonhada pela distração, pedi educadamente que refizesse a pergunta.

— Certo — concordou ele, com uma ligeira dose de impaciência. — Eu gostaria de saber se você estaria disposta a se submeter ao exame de DNA para comprovar que é mesmo filha do rei Andrej Markov.

Abri a boca, não para responder, mas porque fui pega de surpresa. Haviam se passado três anos quase. Por mais que essa possibilidade tivesse sido levantada algumas vezes durante esse período, meu pai nunca se importou em atestar sua paternidade por meio de um exame, que só serviria para comprovar o que já sabia.

— Você há de convir, princesa Ana, que a população da Krósvia merece ter essa certeza, especialmente agora, com sua subida ao trono, não acha?

Bastava um sim meu e tudo ficaria bem. Se eu tivesse agido com maturidade, teria evitado repercussões indesejadas. Mas não. Tive que abrir o bocão e colocar para fora minha raiva indisfarçada.

— Meu pai jamais quis esse exame. Não vou fazer nada contra a vontade dele — respondi, surpreendendo a todos.

Ivan se remexeu, desconfortável com o tom que usei. Só vi sua mão direita rabiscando algo num bloco. Discretamente, ele passou o papel para mim:

"Não se altere desse jeito. Perguntas polêmicas devem ser respondidas com tato."

Mas agora já estava feito. Minha reação enfezada surtiu o efeito que a maioria dos jornalistas queria: sem querer, movida pelo impulso, acabei criando uma nova polêmica.

— Então a senhoria se recusa a provar para a população que é mesmo filha do rei Andrej Markov? — insistiu o repórter.

Forcei a vista, com a intenção de ler as palavras em seu crachá, mas o esforço foi em vão por causa da distância que nos separava.

Apesar de a resposta ter chegado à ponta de minha língua, Ivan acabou agindo mais rápido e falou por mim, de modo bem mais condescendente:

— Amigos, a princesa Ana fará tudo o que for preciso para o bem deste país. Peço que entendam o momento pelo qual ela está passando. Portanto, não se ofendam com seu jeito... sincero de se expressar.

Fiquei furiosa com o discurso de Ivan, porque: a) ele se referiu a mim como se eu fosse uma criança sem cérebro, que precisa de um porta-voz para traduzir os diálogos a sua volta; b) o chefe de relações públicas do governo prometera algo que eu não pretendia cumprir, pelo menos não enquanto meu pai estivesse inconsciente.

Fechei a cara para ele — não que isso fizesse alguma diferença.

O restante da coletiva transcorreu relativamente bem e rápido. Depois de minha gafe, o clima deu uma azedada legal. O melhor a fazer era terminar tudo e seguir em frente.

Tão logo nos vimos sozinhos, sem o pessoal da imprensa por perto, Ivan me puxou de lado e armou uma bronca digna das dirigidas aos filhos desobedientes.

— O que você está querendo? — indagou, cheio de fúria. — Quer dar motivo para a oposição exigir sua saída antes mesmo de ter começado?

Era muito abusado mesmo aquele sujeito. Duvido que ousasse falar assim comigo perto do meu pai. Apontei o indicador para ele, fincando-o em seu peito, e esbravejei:

— Cuidado com o tom, meu camarada. Não sou uma boneca Barbie, que nunca vai questionar suas determinações — bufei, sem a menor elegância. — Estou longe de ter o perfil de uma verdadeira rainha, mas não pretendo agir contra a minha vontade só para agradar vocês do governo. — Tomei fôlego. — Andrej nunca quis que fizéssemos o exame de DNA. Vou respeitar o desejo dele, pelo menos até que se recupere.

Ivan coçou a cabeça e estreitou o olhar. Falou bem devagar, calculando cada palavra:

— É necessário que você saiba que o excesso de sinceridade não faz bem à imagem de uma pessoa pública. Ana, você não precisa dizer sim a tudo o que lhe for exigido. Mas um pouco de jogo de cintura não faz mal a ninguém. Seja inteligente.

— Está me chamando de burra? — questionei, incrédula. Meus pelos se eriçaram todos, como as penas de uma galinha choca.

— Não. Absolutamente. Só penso que deveria ser mais esperta. Ou acha que seu pai também não esconde certas coisas?

Parei para refletir. Eu não tinha dúvidas de que Andrej Markov, o todo-poderoso e amado rei da Krósvia, sabia a hora de ocultar determinadas informações. Antes de me tornar princesa, fui uma leitora ligeiramente voraz das revistas de fofocas. Se os artistas tinham o costume de encobrir certas coisas dos fãs, os políticos é que não seriam cem por cento transparentes, não é mesmo?

Havia sido mais um dia exaustivo. Entre reuniões, encontros e muito estudo sobre as leis e políticas krosvianas, quase não tive tempo para respirar.

Pelo menos fui poupada de algumas funções, delegadas de bom grado a Zlater. Mesmo assim, a carga de trabalho estava pesada, o que me levava a desejar viver como um aborígene na natureza selvagem. Duvido que matar leões e lutar contra rinocerontes chifrudos fosse mais difícil do que governar um país. E olha que era só meu segundo dia. Aff!

Quando fui liberada de minhas obrigações, decidi ir direto para o apartamento de Alexander, de onde eu só pretendia sair na manhã seguinte.

Boba que sou, revelei meus planos para Ivan e Mikaela, que organizava uns papéis sobre a mesa dele. Isso só serviu para que eu fosse obrigada a escutar uma nova sessão de recomendações. Sob os ouvidos atentos da secretária — uma alcoviteira, pelo que percebi —, Ivan tratou de sugerir que, pelo bem da minha imagem, eu agisse com bastante discrição no que se referisse ao meu namoro com Alex.

Só não o mandei para o raio que o parta porque não pegava bem. Bem que teria sido o máximo chegar a esse ponto, ainda mais na frente da curiosa Mikaela. Prometi a mim mesma que não refrearia a língua caso ele voltasse a me mandar ter cautela com Alexander.

Fiz de tudo para dispensar Jorgensen e ir dirigindo sozinha até o prédio de Alex, mas meus apelos não foram ouvidos. Quando Andrej me apresentou como sua filha, fui obrigada a abrir mão de minha liberdade em prol da segurança. Por vários meses, todos os meus passos foram seguidos de perto pelos "armários" Boris e Zlafer. Foi duro recuperar o direito de ir e vir por conta própria. Agora, mais uma vez, eu via minha liberdade bater asas para longe.

Deixei que Jorgensen me guiasse pelas ruas de Perla, que eu não me cansava de admirar. Almejava que todos, um dia, pudessem conhecer a Krósvia, principalmente sua capital. Além de ser um lugar belíssimo, com suas construções históricas misturadas aos edifícios modernos, tem um clima adorável. Impossível não se apaixonar.

Queria fazer uma surpresa a Alex. Por isso decidi não avisar que estava a caminho.

Apesar de todos os problemas, a expectativa de encontrar meu namorado em poucos minutos me animava num nível imensurável. E se alguém esperasse que eu tivesse remorso por me sentir assim ficaria decepcionado. Ainda que tudo em minha vida entrasse pelo cano, se Alex e eu nos mantivéssemos juntos, eu diria que sou uma sortuda. Ele era meu tudo, mesmo jamais tendo pronunciado perto de mim a palavra "casamento".

Jorgensen dirigiu com a habilidade que lhe era peculiar e em silêncio. Costumávamos trocar algumas palavras ao costurar o trânsito de Perla e cortar as estradas do país, mas não naquele dia. Preferi armazenar o pouco de energia que me sobrara para outros fins, se é que me entendem.

Por sorte, ao entrarmos na rua de Alexander, avistamos uma vaga livre exatamente na frente de seu prédio. Pedi a Jorgensen que me deixasse lá mesmo, contrariando aquilo que já se tornara costume: meu motorista sempre estacionava na garagem, que eu abria com o controle que Alex havia me dado, evitando, com isso, possíveis intervenções de estranhos.

Ele quis questionar, mas saltei do carro antes de ouvir o primeiro senão.

Apressei-me pela calçada, aproveitando o crepúsculo para passar despercebida. Prestes a alcançar a portaria, deixei cair o celular, que estava fora da bolsa, em minha mão. Ligeiramente preocupada com seu estado físico pós-tombo, abaixei-me para apanhá-lo.

De cara vi que ele tinha passado pelo acidente sem traumas, graças à capinha fofa que o protegia. Resolvi colocá-lo na bolsa antes de entrar no prédio. E foi logo depois dessa ação, no momento em que ergui a cabeça para retomar meu caminho, que a vi.

Lá estava ela, a poucos passos de distância, com toda a sua exuberância fatal: Nome de Cachorro!

Dizer que fiquei chocada não traduz a extensão dos sentimentos que me invadiram de repente. Parada na calçada, com a boca formando uma circunferência quase desenhada a compasso, eu só conseguia encarar a antiga fonte de meus maiores pesadelos.

Certo, certo. Sei que soa meio dramático, principalmente porque era a bunda dela que ainda doía com o chute que Alexander lhe deu, e não a minha. *Engole essa!* Mas eu peço que se ponham no meu lugar. Se aquele ser canino mancomunado com Lúcifer tivesse aparecido perto de qualquer outro lugar, eu olharia, sentiria um calafrio mórbido perpassar meu corpo, viraria as costas e tomaria meu rumo. Tranquilo...

Mas dar de cara com ela SAINDO do prédio do MEU namorado era para levar qualquer um à loucura. Nem a santa Madre Teresa aceitaria aquilo numa boa.

Respirei fundo, procurando manter a sanidade, enquanto a Nome de Cachorro caminhava alegremente até o carro, agarrada a uma caixa do tamanho de um forno de micro-ondas. Ela não tinha me visto, até porque optei por deixar minha pessoa encoberta atrás de uma pilastra. Bater boca não estava nos meus planos — e nem na lista de "deveres da Ana", redigida pelo agradável Ivan.

Então ela sumiu dentro de um sofisticado carro branco, deu a partida e desapareceu.

Juro, devo ter permanecido fincada no chão, sem prestar atenção no avançar dos minutos, por um bom tempo. A única frase que meu cérebro confuso conseguia processar era *O que essa mocreia veio fazer no prédio do Alex?* E ele ficava repetindo isso sem parar, como um cuco estragado.

Cogitei não subir. Do jeito que meu sangue fervia, seria bem capaz de soltar os cachorros em Alexander ainda com a porta fechada. No entanto, meu lado curioso e o outro justiceiro venceram a batalha e me motivaram a seguir.

Passei pelo porteiro sem dizer "olá". Ele, que costumava me cumprimentar cheio de entusiasmo e era retribuído da mesma forma, deve ter estranhado. Eu não estava nem aí. O mundo que esperasse a tempestade cair antes de me ver agindo com normalidade outra vez.

Nunca aquele elevador subiu tão devagar. Meu pé direito, a personificação da inquietude, ilustrava minha ansiedade batendo ritmadamente no carpete, provocando um barulho surdo e repetitivo.

Sem aguentar nem mais um minuto, ao me ver livre daquela caixa de aço, voei até a porta do apartamento de Alex e pendurei o indicador na campainha — eu até tinha a chave, mas não estava em condições de usá-la.

— Oi, amor! Que surpresa!

Alex abriu os braços para mim. Sem esperar que eu entrasse neles de livre vontade, enlaçou-me pela cintura e enterrou o rosto em meus cabelos.

Das duas, uma: ou ele não sabia que a Nome de Cachorro andou dando umas voltas pelo prédio, ou achava que poderia esconder de mim a visitinha dela. Rezei para que fosse a primeira alternativa.

— Alexander — falei, saindo de seu abraço.

Ele arqueou a sobrancelha de um jeito bastante culpado, se querem mesmo saber. *Filho da mãe!*

— Só vou perguntar uma vez. — Tomei fôlego. — Aquela asquerosa da sua ex-namorada esteve aqui?

A pele do rosto de Alex adquiriu uma tonalidade quase translúcida. Culpado!

Virei as costas, resolvida a me mandar dali. Mas ele, mais rápido que eu, alcançou-me com facilidade, impedindo-me de fugir com sua pegada forte.

— Não é o que você está pensando — Alexander se defendeu, usando a expressão mais batida do universo para justificar o injustificável.

Nem me dignei a olhar para ele. Se Alex fazia questão de se explicar, ele que se esforçasse para me manter ali.

— Podemos entrar? — sugeriu, nervoso. — Se ficarmos aqui, logo teremos plateia.

Eu quis dar um soco naquele nariz afilado. Ah, como quis! Mesmo que depois me arrependesse de estragar uma imagem tão agradável.

— Nada que você me disser vai limpar sua barra, Alexander — declarei, com os dois punhos cerrados nas laterais do corpo.

Apesar de prensado contra a parede, meu namorado — ou seria ex? — deixou escapar um sorrisinho safado. Normal! Ele sempre sorria assim quando eu pronunciava seu nome inteiro.

— Eu posso explicar, Ana. Vai deixar?

Não respondi, o que representou um sim para ele.

Entrei no apartamento muito a contragosto, mas me recusei a dar um passo sequer em direção ao interior. Finquei os pés na entrada da sala e queria ver se alguém teria coragem de me tirar dali.

— O que aquela... cadela veio fazer aqui, Alex? — explodi. Meu corpo inteiro tremia de raiva.

— Amor, ela apareceu do nada. — Com as duas mãos, Alex fez bagunça nos cabelos. — Disse que tinha deixado umas coisas aqui e pediu para pegar.

— O quê?!

Eu me recusava a acreditar naquilo. Dois anos sem ter notícias da Nome de Cachorro, com a graça de Deus, e agora essa desculpa esfarrapada para voltar a atormentar nossas vidas. Só mesmo alguém muito ingênuo — ou bobo — para acreditar.

Eu estava prestes a cometer um assassinato. Ou dois!

— É, foi só isso. A Laika entrou, pegou umas coisas e saiu. Isso tudo não durou nem dez minutos.

Gente, santa inocência!

— Que coisas a maluca pegou, Alexander? Hein?! Me diz! — Coloquei as mãos na cintura, um gesto de desafio declarado.

Ele coçou a testa.

— A máquina de café expresso. E uns CDs. — Sua voz saiu fraca.

Soltei uma gargalhada que nada tinha a ver com meu humor. Então era assim. A assombração voltava, afirmava coisas absurdas e meu namorado caía como um patinho?

— Eu não acredito numa coisa dessas! — Afundei no sofá, sem forças para questionar ainda mais.

Alex se sentou do meu lado e fez menção de abraçar meus ombros. Para evitar seu toque, encolhi-me feito um tecido de má qualidade depois de lavado.

— Ana, eu não tive culpa, tá legal? — explodiu ele. — Você não acha que teria sido pior se eu batesse com a porta na cara da Laika?

— Você devia ter feito exatamente isso. Alex, aquela mulher armou para cima da gente. Nós ficamos sem nos falar o maior tempão por causa dela. — Apontei, indignada. — E aí ela surge, para buscar uma cafeteira, e você simplesmente dá passagem àquele ser canino, numa boa!

Fiquei de pé novamente. Estava difícil encontrar uma posição confortável.

— Você queria que eu jogasse a máquina pela janela? — ele questionou, todo irritadinho. Cá pra nós, como os homens dominam a arte de inverter os papéis, né?

— De preferência, na cabeça dela — ataquei, já no meu limite.

Sem mais o que argumentar, Alex e eu nos encaramos, lançando faíscas um no outro, como um domador e seu leão dentro da jaula.

Depois de uns instantes, respirei fundo, ajeitei a bolsa no ombro e murmurei:

— Vou embora. Foi uma péssima ideia ter vindo aqui hoje.

Com suas passadas largas, Alexander se colocou diante da porta, deixando seu lado troglodita falar mais alto, para variar.

— Você não vai sair daqui assim, Ana. Ei, amor, não brigue comigo por causa da... como é que você diz? — ele olhou para cima — Nome de Cachorro! Você sabe que ela não significa nada para mim.

Claro que não. Se eu tivesse a menor dúvida sobre isso, não estaria com Alex.

— Fique aqui comigo, vai — ele insistiu, armando a maior cara de coitadinho.

Enquanto me distraí ponderando a respeito da melhor atitude a tomar, Alexander se aproveitou e prendeu meu corpo ao dele.

— Ela não vai mais aparecer.

— Como você pode ter certeza? — perguntei, quase me rendendo. Também, com o nariz de Alex fazendo cócegas em meu pescoço, ficava difícil raciocinar com clareza.

— Não sobrou nada aqui para a doida vir apanhar — ele riu. — Além do mais, a Laika sabe que eu tenho uma onça aqui dentro de casa, louca para mostrar as presas.

— É verdade — concordei, lutando contra um sorriso traiçoeiro que estragava minha expressão maligna. — Mas não pense que a onça aqui só ataca gazelas sem cérebro. Se for preciso, dou uma lição até em certos lobos com pele de cordeiro. Ah, se dou!

# 12

## Alex

Vou ser sincero: pensei que a Ana fosse ficar um mês sem olhar na minha cara. O que aconteceu é o que eu chamo de azar. Como eu poderia imaginar que ela e a Laika apareceriam no mesmo horário? Que vontade de estrangular aquela lá, viu!

Mesmo tendo conseguido convencer a Ana a ficar, o clima, depois da nossa discussão, azedou total. Ela permaneceu quieta, amuada, sem disposição para conversas e algo mais. Coube a mim tentar promover toda e qualquer interação entre nós, caso contrário seríamos massacrados pelo silêncio, não daquele tipo confortável, mas o opressor mesmo.

Tentei várias abordagens.

Falei sobre Andrej. Nada. O máximo que ela se permitiu foi pronunciar uns monossílabos quase ininteligíveis.

Comentei sobre o trabalho, primeiro o dela, para ser educado. Depois, o meu. Não surtiu efeito algum.

Comecei a me preocupar. A Ana e eu raramente brigávamos, mas, quando acontecia, se a culpa fosse minha, ela se fechava toda, me dando um gelo que poderia durar dias.

Uma vez, logo no início do namoro, na época em que nos dividíamos entre Belo Horizonte e Perla, precisei adiar uma ida ao Brasil por motivos que nem lembro mais. A Ana simplesmente murchou e resolveu me castigar, parando de falar comigo durante quase uma semana.

Ela é assim: cabeça-dura. E ainda diz que sou eu o intransigente.

Mas estou começando — começando, depois de dois anos! — a aprender a lidar com minha namorada. Quando ela emburra, é melhor deixar a cabeça esfriar.

E foi o que fiz. Sem sucesso após todas as abordagens de reconciliação, larguei para lá. A Ana pode ser a pessoa mais importante da minha vida, mas não sou homem de ficar pedindo penico.

Saí da sala, já puto com a situação, e fui tomar um banho. Frio. Saí sem dizer uma palavra, e ela encarando a tela da TV, impassível. Não moveu um músculo enquanto eu batia em retirada.

Soquei a porta do banheiro com força, de um jeito que até as paredes tremeram. Beleza! Fiquei torcendo para que a Ana captasse minha raiva e percebesse que seu chilique já tinha dado.

Pensei que recuperaria a calma no chuveiro, mas acabei me lembrando da foto publicada nos sites de notícia do dia, mostrando aquele babaca praticamente agarrado à minha namorada. Aquilo sim deveria ser discutido e não a visita (nem tão) inesperada da Laika.

De uma coisa a Ana precisaria saber: eu não ficaria de braços cruzados, feito um idiota passivo, enquanto o Ivan tirava uma casquinha dela em todas as oportunidades que surgissem.

Desliguei o chuveiro, sem me preocupar em enxugar o corpo antes de sair do box. Fui deixando poças no chão à medida que caminhava pelo banheiro. Só enrolei a toalha na cintura a fim de não aparecer no quarto completamente nu.

— Oi.

Ana tinha saído da sala. Fui surpreendido com a visão dela deitada em minha cama, vestida apenas com uma de minhas camisas, estampando no rosto a expressão mais angelical do mundo. Eu quis me jogar sobre ela e demonstrar o tamanho da indignação que sentia de um modo bastante particular. Mas me segurei. Agir movido pela raiva nunca é uma boa opção.

— Desculpe... — ela sussurrou, toda manhosa. — Sei que você não teve culpa. É que, quando se trata da Nome de Cachorro, perco a razão.

Continuei calado. Ana se apoiou nos cotovelos e me olhou mais intensamente. Tive uma contração involuntária dos músculos abdominais, porque aquele olhar me abalou, mas não só ele. Aqueles coxas descobertas também me tiraram um pouco do sério.

— Alex, você precisa entender — ela suspirou. Sua expressão era de puro cansaço, misturado com alguma outra coisa que não fui capaz de nomear. — Aquela mulher arrasa comigo não só porque é sua ex. Ela é maquiavélica, safada. Não tem um pingo de escrúpulo.

Ana se sentou na beirada da cama e, nesse momento, pareceu-me tão vulnerável — e linda — que não pude mais me manter distante. Ajoelhei-me diante dela, com as mãos apoiadas em seus joelhos.

Ela acariciou meus cabelos molhados e depois meus ombros e costas, mas de um jeito inocente. Pelo seu olhar opaco, pude ver que naquela noite não haveria gritos e gemidos. Minha princesa precisava de carinho e segurança, e isso era tudo o que eu queria lhe dar também.

— Prometa para mim que nunca mais vai deixar aquela Nome de Cachorro entrar aqui — Ana exigiu, a voz saindo num sopro fraco.

Encostei minha testa na dela, gentil, para que soubesse que podia contar comigo incondicionalmente.

— Prometo, *lyubit*. Porque só existe você, só quero você e não posso nem imaginar estar com outra pessoa que não se chame Ana Carina Bernardes Markov, minha princesa, meu amor.

Depois dessa declaração, que saiu tão naturalmente, Ana abriu um sorriso e me puxou para ela. Aconcheguei-a em meus braços, incapaz de avançar o sinal, mesmo que a toalha amarrada em minha cintura estivesse prestes a se soltar e revelar o... tamanho do amor que eu sentia por ela.

Acordei com a claridade bem no meio da cara. Com a tensão da noite anterior, nem me lembrara de fechar a cortina. Despertar desse jeito me dá nos nervos. É pior do que o barulho irritante do despertador.

Antes de abrir os olhos, joguei o braço para o lado, certo de encontrar a Ana toda encolhida na beirada da cama. Ela tem mania de dormir assim. Costuma passar a noite inteira numa só posição.

Mas me decepcionei ao perceber que seu lugar estava vazio. Talvez ela estivesse no banheiro ou, melhor ainda, na cozinha, colocando em prática seus dons culinários, providenciando um café da manhã caprichado para nós.

Só que não.

Assim que olhei para o travesseiro dela, ainda com a marca de sua cabeça, avistei um bilhete sobre ele, dobrado com capricho. Ergui o corpo e peguei o papel, infeliz por adivinhar o conteúdo. Se havia uma mensagem, a Ana já deveria estar a quilômetros de distância.

"Amor,

Sinto muito por sair à francesa. Hoje tenho um dia cheio e ainda preciso passar em casa para me arrumar. Tenho que estar no Palácio de Perla às oito. Portanto, se não correr, não chegarei a tempo, e, com isso, provocarei a ira do Ivan e companhia.

Mais uma vez, peço desculpas por ontem. Admito que exagerei. Passei do ponto mesmo. É que, quando se trata daquela mulher, perco a compostura.

Enfim, te ligo mais tarde. Vou estar fora de Perla por dois dias em função de um evento em Kief.

Tome conta de Andrej por mim. E me dê notícias dele.

Amo você.

Beijos,

Ana"

Ah, que incrível! Uma viagem de dois dias na companhia do almofadinha... E eu fiquei sabendo através de um bilhete.

Eu não sabia se a estratégia da Ana era essa mesmo, só para evitar outra discussão, ou se ela, por causa da briga, tinha se esquecido de me contar pessoalmente. De qualquer forma, saí da cama puto, contrariado, embora soubesse que compromissos semelhantes àquele faziam parte das obrigações dela.

Liguei a televisão do quarto enquanto puxava uma roupa do armário. Tinha pouco tempo para me arrumar e correr para o escritório, por isso decidi que comeria qualquer coisa na rua.

Tomei um banho rápido, com a mente de volta à visita da Laika. Quando o porteiro avisou que ela queria subir, mal pude acreditar. Apesar de ela ter deixado claro que apareceria, duvidei de sua coragem.

O pior é que fui obrigado a omitir coisas da Ana. Se ela sonhasse com o que realmente aconteceu, seria o nosso fim.

Não que eu tivesse contribuído para o que ocorreu, mas minha namorada jamais acreditaria em mim.

Deixei a Laika subir porque pretendia acabar logo com a palhaçada. Quanto antes ela apanhasse suas tralhas e sumisse, melhor. No entanto, assim que abri a porta, a maluca pulou no meu pescoço e me beijou.

A coisa aconteceu por uns cinco segundos, o tempo que levei para identificar o que acontecia. No momento em que a ficha caiu, afastei Laika com força e a coloquei para fora.

Quando penso na gritaria que ela armou no corredor, chego a ter vontade de estrangulá-la. Por medo de chamar a atenção dos vizinhos, perguntei o que ela tinha esquecido no apartamento e permiti que fosse pegar. Fiquei bem longe, só para garantir.

Sei que agi com ignorância batendo a porta na cara da Laika tão logo ela saiu. Só que, antes disso, tive de ouvir:

— Você não imagina no que se meteu.

Que mulher infernal! Como se eu fosse me abalar por uma frase idiota daquelas, provavelmente plagiada de um livro besta.

De qualquer modo, a Ana nunca poderia ter conhecimento de nada daquilo. Nada.

Voltei para o quarto depois da chuveirada, e minha concentração mudou totalmente de rumo. Fui atraído pelo programa de entrevistas exibido pela TV. Tratava-se de um daqueles *talk-shows,* e o entrevistado era especialista em determinado assunto. Até aí, nada de mais. O que chamou minha atenção foi o assunto do dia: a *performance* da princesa da Krósvia enquanto substituta do rei.

Sentei na beirada da cama, boquiaberto. A dupla não só analisava com pouco caso a atuação da Ana durante os poucos dias no comando do país como previa uma possível queda, causada, segundo eles, por sua falta de experiência e jogo de cintura.

— Ela não é má pessoa — dizia o especialista, um cientista político metido a conhecedor de todas as causas. — Mas é preciso enxergá-la além da moça boazinha e meiga que aportou neste país como a filha recém-descoberta do rei. A princesa Ana é ideal para o papel de figurante do pai em eventos sociais. Afinal, ela é bonita, extrovertida e carismática, especialmente entre as crianças e jovens, que a admiram e chegam até a se espelhar nela.

— Mas não está preparada para a função a que foi, repentinamente, destinada. O senhor concorda? — questionou o entrevistador.

— Infelizmente, sim. Apesar de ter se formado em Direito, a princesa não conhece a fundo a legislação do nosso país. Também não tem traquejo político suficiente para lidar com autoridades nacionais e lideranças mundiais. É tudo muito novo para ela. Até mesmo lidar com a imprensa tem sido difícil. Você viu como foi na coletiva de ontem.

— Ah, claro. A pergunta a respeito de um possível teste de DNA, não é isso?

— Sim, sim. Exatamente. O modo como a princesa Ana respondeu abriu brecha para especulações desnecessárias, e tudo poderia ter sido mais simples. Mas esse é só um pequeno exemplo. A oposição ficará atenta a todo e qualquer deslize dela. Um passo em falso e a princesa será descartada sem o menor remorso pelos inimigos políticos do rei Andrej Markov.

De que merda de pergunta feita na coletiva de imprensa o cara estava falando? Em nenhum momento ao longo da noite a Ana havia mencionado qualquer coisa do tipo.

— Se Andrej não melhorar logo — prosseguiu o cientista —, talvez as autoridades krosvianas sejam obrigadas a repensar a política de sucessão. A princesa Ana é muito jovem e, definitivamente, não aparenta estar preparada para se tornar a rainha.

Desliguei a droga da TV e joguei, com violência, o controle remoto em cima da cama. Não queria ouvir mais nada. Tudo indicava que as pessoas estavam dando muito pouco crédito a Ana, quando o que ela mais precisava era de apoio e votos de confiança.

Eu tinha certeza de que a imprensa iria enfiar o dedo na ferida cada vez mais fundo. Assuntos polêmicos dão audiência.

Queria ter o poder de fazer alguma coisa por minha namorada, de um jeito que ela ficasse bem na fita definitivamente.

Esfreguei os cabelos, de repente atacado por uma vontade irritante de fazer justiça. Mas eu sabia que qualquer besteira que viesse a fazer espirraria diretamente na imagem já comprometida da Ana.

Mais do que nunca, desejei que fôssemos um casal comum. Tudo seria bem mais simples no conforto do anonimato. Mas isso era querer demais.

# 13

## "Mas eu me mordo de ciúmes"

Sim, passei a noite com Alex. Mesmo tendo todos os motivos do mundo para dar um gelo nele, acabei cedendo. Isso porque eu acreditava que ele seria incapaz de ter qualquer tipo de relacionamento com a Nome de Cachorro. Apesar de tê-lo perdoado, não foi fácil digerir o fato de Alexander ter aberto a porta para ela.

Cheguei ao castelo faminta. Minha nova vida não me dava muitas possibilidades, nem mesmo para sustentar minhas necessidades mais primitivas — comer, por exemplo. Com o estômago lá no buraco, como dizia vovô Felisberto, fui direto para a cozinha, à procura do bom e velho café da manhã preparado por Karenina.

Antes disso, trombei com Bruce, o labrador chocolate que eu havia adotado como meu — só na teoria, pois ele fazia parte do grupo de cães do castelo —, e lhe fiz um carinho nas orelhas. Ele cutucou minhas mãos com o focinho, fazendo um convite mudo para um passeio à beira-mar.

— Também estou sentindo falta disso, amigão — confessei a ele. — Daria tudo para passar umas horinhas de bobeira com você.

Despedi-me dele sem olhar para trás, porque bastaria encarar aqueles olhos tristonhos para eu acabar cedendo ao impulso.

Encontrei Karenina debruçada sobre a mesa, aparentemente com a concentração voltada para uma leitura muito interessante. Subitamente, senti saudade da biblioteca do castelo e de todos os livros que eu ainda não tinha lido. Levaria uma vida inteira para conseguir fazer isso.

Suspirei. De nada adiantava eu ficar me lamentando pelas coisas que se interromperam pelas reviravoltas do destino.

Ao notar minha presença, Karenina levantou o olhar. Parecia abatida, mas não escondeu o sorriso assim que me viu.

— Estudando uma nova receita? — indaguei, sentando-me ao lado dela. — Se precisar de uma degustadora, sabe que pode contar comigo, né?

— Sempre com fome a minha menina... — Karenina deu um tapinha em minha bochecha. Sua expressão não era a de alguém que estava se divertindo com a conversa. Entendi o porquê em seguida. — Isto não é um caderno de receitas. Estou rezando. São as minhas orações.

Karenina não tinha família. Ela um dia me contou que fora criada no castelo por um casal de empregados, depois que seus pais morreram. Cresceu no Palácio Sorvinski e dedicou sua vida à família real. Nem mesmo quis se casar. Por tudo isso, eu sabia muito bem a quem eram direcionadas as suas orações.

— Ele vai melhorar — falei, para confortá-la.

— Claro que sim.

De pé, Karenina foi até a bancada de granito e voltou com o bule de café e uma cesta que, pelo cheiro, deveria estar entupida de algum tipo de pão que eu amava.

— Por falar em fome, pelo jeito você está de barriga vazia até agora, né? — Observou ela, enquanto enchia minha xícara. — Não acredito que o Alex está regulando comida a você.

Corei. Então Karenina sacara que eu havia dormido fora. Por mais que não fosse atípico, sempre me encabulava o fato de as pessoas perceberem.

— Ele não me viu sair — admiti. — Tenho muito o que fazer hoje e não achei legal incomodá-lo. Meus novos horários são muito loucos.

— Você sabe que não precisa ter vergonha de mim, não é, minha querida?

Fiquei mais vermelha ainda. Isso sempre acontece quando alguém diz que não devo ficar envergonhada. Quero dizer, provoca efeito contrário *e* instantâneo.

Karenina se abaixou e olhou dentro dos meus olhos. Vi um brilho travesso atravessar os dela.

— Você gosta de surpresas?

Não entendi a pergunta, ou melhor, estranhei o emprego dela naquele contexto. Franzi a testa, com a intenção de explicitar minha incompreensão.

— Gosta ou não gosta? — Karenina insistiu.

— Gosto... Se for surpresa boa — tratei de esclarecer.

— Ótimo! Agora tome seu café.

Ela se afastou e andou até o fogão, toda despreocupada. Tive vontade de sacudi-la.

— Ei, Kare! Vai me deixar arder de curiosidade? Do que você está falando, afinal de contas? Que surpresa é essa?

Sem se voltar para mim, olhando por cima do ombro, Karenina respondeu, cheia de mistério:

— Se eu disser o que é, você vai se atrasar para o trabalho. Mas a decisão é sua, Ana.

Verifiquei as horas, o que fez minha ansiedade se intensificar. Passava um pouco das sete da manhã. Eu ainda tinha que tomar banho e me arrumar para estar no Palácio de Perla às oito. Se houvesse alguma distração, com certeza eu perderia a hora e levaria uma bronca de Ivan, além de dar mais motivos para ser criticada pela oposição.

Porém, curiosidade era meu nome do meio, apesar de todos os argumentos pesarem contra mim depois.

Azar! Seria só uma espiadinha na surpresa e pronto.

— Se você não me contar o que é a surpresa, corro o risco de ficar distraída e me atrapalhar toda durante o dia — argumentei, tentando convencer mais a mim mesma. — Então, melhor revelar de uma vez.

Karenina soltou uma gargalhada gostosa, dessas que fazem o peito balançar.

— Esta é a Ana que eu conheço! — Dando um beijo em minha testa, ela completou: — Está lá em cima, no quarto azul.

Preparei-me para correr. Mas, antes que eu saísse da cozinha, Karenina deu um último conselho:

— Sugiro que ligue para o Ivan e avise que vai chegar um pouco mais tarde.

O quarto azul, o mesmo em que Estela costumava se instalar quando vinha me visitar, ficava no corredor do meu. Durante o trajeto da cozinha até ele, criei inúmeras conjecturas sobre a surpresa.

Confesso que cheguei a pensar que meu pai estava de volta, mas descartei a ideia, por ser inconsistente demais. Se fosse o caso, ele teria ido para o seu próprio quarto. E mais: eu não seria a última a saber, obviamente.

Puxei a maçaneta da porta com força assim que fiquei de frente para ela e, então, descobri o que me aguardava do outro lado. Ou melhor: quem.

Nem fazia tanto tempo que a gente não se via, mas ter minha mãe por perto durante aquela fase complicada facilitaria muito, ou melhor, me fortaleceria.

— Mãe!

Corri para seus braços, já abertos, esperando por mim, e me aconcheguei neles. Mamãe cheirava a perfume francês, mesmo depois de horas sobrevoando o Oceano Atlântico e parte do continente europeu. Eu sinceramente não entendia como ela conseguia estar fresca e exuberante. Queria ter nascido com esses traços.

— Olá, minha querida! — ela me cumprimentou, com beijos estalando em minhas bochechas. — Parece que a Karenina não resistiu e acabou revelando a surpresa antes da hora.

Afastei-me um pouco, só para olhar o rosto dela, confusa com sua declaração.

— Não precisa franzir essa testa — ela disse, esfregando as rugas que se formaram involuntariamente no alto da minha cabeça. — Sei que suas manhãs começam cedo, e, como não passou a noite aqui, pensei que seria melhor deixar você ir trabalhar antes de contar que cheguei. Não quero ser a causa de uma situação complicada depois.

Sorri, a) porque fiquei, mais uma vez, constrangida com a menção subentendida de que eu havia dormido com Alex; b) porque, sendo minha mãe a causa ou não, de qualquer modo eu estaria ferrada.

— Que bom que está aqui! E ainda bem que fiquei sabendo disso antes de sair! À noite vou para Kief... Vou ficar lá por dois dias.

— Então, ainda bem, mesmo. — Mamãe fixou o olhar em meu rosto. — Dias difíceis, meu amor?

— Ô, e como!

Ela me apertou mais um pouco. Durante esse tempo, reparei em suas malas, apoiadas em um canto do quarto. Era a primeira vez que ela ficaria hospedada no castelo desde que eu soube que Andrej Markov era meu pai. Ela fazia jogo duro quanto a ficar debaixo do mesmo teto do antigo namorado, mesmo eu implorando que fizesse esse sacrifício por mim. "Não pega bem", costumava argumentar. "E eu gosto de ficar na cidade. Afinal, Perla é um encanto", defendia-se.

No entanto, quando recebemos a notícia do acidente, saí do Brasil tão devastada que minha mãe deve ter mudado de ideia por pena de mim. É por essas e outras que defendo a tese de que inspirar compaixão nas pessoas não é tão ruim.

— Pretende ficar por quanto tempo? — eu quis saber, esperançosa.

Mamãe me puxou pela mão e nós duas nos sentamos na cama.

— Adiantei uns serviços no buffet e deleguei funções às meninas. Acho que consigo ficar ausente por pelo menos uns quinze dias. Espero.

— Ah, mãe! Obrigada! Nossa!

Do nada, comecei a chorar. E não foram algumas poucas lágrimas sentidas. De repente, deixei escapar de dentro de mim uma bola de sentimentos acumulados, a maioria gerada pelas preocupações com meu pai, embora uma parte se devesse ao fato mal digerido de que Alex não apenas havia sido "visitado" pela horrenda Nome de Cachorro como abrira a porta para ela catar o que "supostamente" havia deixado lá na casa dele.

— Ana... Meu bem, não fique assim. Tenha fé — pediu minha mãe, sem saber que meu pranto era motivado por muitos fatores além da saúde de Andrej.

— Tenho até vergonha de confessar — admiti, enxugando os olhos nas mangas da blusa. — Mas não é só por medo que estou assim.

Minha mãe estreitou o olhar.

Dei um suspiro profundo, angustiado, antes de, finalmente, contar o que me incomodava de fato.

— É também por raiva.

— Raiva? De quem?

— Do Alex.

A expressão facial de mamãe mostrou que ela ficara mais confusa ainda. Então narrei os fatos da noite anterior. Apesar de ter me convencido de que Alexander não tinha culpa, relembrar tudo fez minha ira retornar também, numa intensidade talvez ainda maior. Eu quis voltar ao apartamento dele e apertar aquele pescoço sensual até me sentir vingada por ter sido obrigada a presenciar aquela cena de filme de terror *trash*. Não que eu seja uma mulher vingativa, movida por instintos selvagens, como a Sharon Stone.

Enquanto me ouvia, mamãe tomou minhas mãos nas suas, preocupada em me confortar, pois era mesmo seu papel de mãe fazer isso. Seu rosto, porém, exibia uma expressão condescendente, o que me levou a interpretar que ela não havia tomado minhas dores como eu gostaria que tivesse feito.

Quando terminei de falar, já não chorava mais. Foi bom desabafar. Pena que a compreensão que busquei em minha mãe não tenha vindo.

— Ana, os homens conseguem ser muito inocentes — justificou ela, ajeitando meus cabelos atrás dos ombros. — A cabeça deles não funciona como a nossa. Nós fazemos milhares de conexões cerebrais, enquanto as deles são menos intensas.

O que era aquilo? Por um momento, cheguei a pensar que havia trocado de mãe. Desde quando dona Olívia era perita em Biologia?

— E essa ingenuidade os cega, às vezes, para aquilo que é óbvio — ela continuou, em tom professoral. — Para nós, mulheres, é um absurdo um cara permitir a entrada da ex em seu apartamento.

— Mãe, o absurdo não é esse — contra-argumentei. — O problema está no fato de a ex em questão ser a Laika, a bruxa!

— Mesmo assim, Ana. Os homens são o que são. Filha, não fique se roendo de raiva. Seja menos radical e mais tolerante. O Alex é louco por você e já mostrou isso de várias formas.

— Não sei... — dei de ombros. Não que eu duvidasse do amor de Alexander por mim. Mas a tal inocência masculina defendida por minha mãe não era tão fácil de engolir.

— Proíbo a senhorita de ficar remoendo essa história — ela brincou. — Não se deixe levar por um problema que não existe.

Eu estava pronta para responder que tentaria esquecer o episódio quando meu celular apitou na bolsa. Sem precisar checar o visor, já sabia quem estava do outro lado da linha.

Apontei para a tela e comentei, resignada.

— Trabalho. Gostaria de ficar com você, mas sabe como é, né?

Mamãe beliscou minha bochecha, como fazia quando eu tinha quatro anos.

— Coragem, Ana! Vai lá ser a grande rainha que seu pai espera que seja.

Ela foi até a janela, deu uma espiada na paisagem e depois voltou a ficar de frente para mim.

— Estou pensando em dar um pulo no hospital. Tudo bem?

Na boa, por mim estava ótimo. Só não sei o que Irina pensaria sobre a visita inesperada da ex do seu amado. Se ela fosse como eu, não ficaria nada satisfeita.

# 14

## *Tocando o terror*

Não levei um pitozinho discreto de Ivan. Ao chegar atrasada ao Palácio de Perla, fui obrigada a ouvir todo tipo de repreensão do cara que se achava no direito de mandar em minha vida.

Ainda bem que, quando pequena, para escapar dos sermões de mamãe, desenvolvi uma estratégia que chamava sorrateiramente de "corpo presente". Por meio dessa técnica, consigo desligar o cérebro de tudo o que não me importa e deixo a mente vagar até o que me interessa. A pessoa pode passar meia hora ou mais jogando palavras ao vento que não vai surtir efeito algum.

Uma vez, depois de quebrar boa parte da coleção de objetos de porcelana da vovó Nair, minha mãe armou um discurso daqueles para cima de mim. Imagino que tenha falado sobre ter cuidado com os objetos que não nos pertencem e que eu deixei vovó chateada, além do blá-blá-blá de costume. Só imagino mesmo... Enquanto dona Olívia desfiava o terço, eu articulava um plano, junto com meus botões, para conseguir convencê-la a me dar o novo CD dos Backstreet Boys. No final das contas, a bronca nem doeu.

Fazia tempo que eu não lançava mão desse recurso, mas foi ótimo ter me lembrado de sua existência. Sendo assim, o falatório de Ivan passou feito uma brisa fraca, ou seja, completamente despercebido.

Por outro lado, iniciar os trabalhos do dia mais tarde não garantiu que ele passasse depressa. Que nada! Em vez de ir para casa no começo da noite e sentir a maciez do meu colchão, tive que dar só uma passadinha para fazer as malas e partir no avião da família real para a cidade de Kief, onde participaria de uma conferência ambiental por dois dias.

Conclusão: não consegui ir visitar meu pai no hospital, não vi minha mãe — ela já estava dormindo — e não pude encontrar Alexander.

Cheguei ao meu quarto no hotel chutando os sapatos de salto para cima, jogando as roupas pelo chão e xingando até a décima nona encarnação de Ivan e, por tabela, da chata da Mikaela, a secretária. Tudo porque, como se não bastasse a história do teste de DNA que eu não queria fazer, acabei metida em mais uma situação embaraçosa que me custou alguns pontos diante da oposição.

Mer... Digo, saco!

A sequência dos fatos ocorreu mais ou menos assim:

- 9h30: Inauguração de uma nova escola, Colégio Catarina Sorvinski, num bairro da periferia de Perla — Eu era esperada pelas autoridades para chegar antes das nove. Acabei aparecendo minutos depois do início das solenidades. A maioria dos políticos presentes me olhou torto. Optei por fingir que não notei. Ivan havia preparado um discurso para eu ler antes do corte da faixa de inauguração, mas não consegui fazer uma leitura prévia. Quando chegou o meu momento de falar, gaguejei feito boba. Foi horrível. Dava para perceber que as únicas pessoas contentes comigo eram os alunos da escola e alguns professores. Para piorar a situação, no meio da fala do prefeito de Perla, meu celular começou a apitar. Dei um sorriso amarelo e pedi desculpas, mas ninguém achou graça. Quando consegui despistar, verifiquei quem era o responsável por minha vergonha pública. Estela. Tinha que ser! Coitada, não que ela tenha me ligado. Era só uma mensagem inocente pelo *WhatsApp*. Mas foi o suficiente para concluir que deslizes não são bem tolerados quando cometidos por alguém que ocupa uma posição como a minha.

"Ana, você sumiu. Preciso falar com você, criatura. Veja se consegue anotar na agenda um tempinho para a velha — e esquecida — amiga aqui, viu? Caso contrário, vou ter que colocar outra pessoa no posto de melhor amiga. Beijo!"

Li de esguelha a mensagem de Estela, para que ninguém notasse minha escapulida. Ela tinha razão. Eu andava mesmo negligenciando nossa amizade nos últimos tempos.

Disposta a reverter essa realidade, respondi o torpedo em poucas palavras, o suficiente para provar que estava ali, pensando em Estela e desejando que minha amiga estivesse por perto.

"Te ligo mais tarde. Estou presa numa solenidade aqui. Beijão!"

- 13h: Almoço com representantes do Comitê Olímpico Internacional — Até que gostei desse compromisso. Não sou um ás no esporte nem nada, mas, como espectadora, não faço feio. Sou fã de várias modalidades esportivas e, quando criança, cheguei a nadar para a equipe mirim da escola. Gosto o suficiente de futebol para dizer que sou torcedora do Cruzeiro, embora não consiga lembrar o nome dos jogadores, exceto do goleiro, Fábio, uma relíquia do time, vamos combinar. Então, por causa da minha afinidade com o assunto, achei divertido discutir com o COI a possibilidade da Krósvia sediar um evento olímpico de grande porte, no caso, as Olimpíadas da Europa. De tão animada que fiquei, cheguei a bater palmas. Ivan me lançou um olhar enviesado, para variar, e eu retribuí, com a intenção de esclarecer, de uma vez por todas, que ele não mandava em mim. Meu Deus! Que cara chato! O compromisso acabou terminando com saldo positivo: 1º) Não cometi nenhuma gafe. 2º) Tudo indicava que o país entraria na concorrência para receber os jogos. Ao me ver livre de olhares curiosos, fiz uma dancinha em comemoração à minha — quem sabe? — primeira vitória.

- 15h: Visita às obras de construção do metrô que interligaria Perla e outras metrópoles dos arredores da capital — Pensei: "Tranquilo. Vou tirar de letra". Chegando ao local, me deram um capacete de segurança e me fizeram calçar aquelas botas de operários. Até aí, tudo bem. Os fotógrafos aproveitaram, principalmente os da assessoria de imprensa do governo. Deixei que registrassem a visita o quanto quisessem. Relaxada, saí conversando com todo mundo. Apertei inúmeras mãos, abracei os empregados da construtora, fiz pose para as câmeras junto com eles e até dei autógrafos. Juro, imaginei que estivesse fazendo tudo certo. Ah, mas como me enganei! No final do dia, o adjetivo menos pesado que recebi da imprensa foi "aparecida". Em krosvi, claro.

- 17h30: Reunião com a cúpula do governo no Palácio de Perla — Foi aí que o bicho pegou de vez. Minha aparência já estava arruinada por volta das quatro da tarde. Entre um compromisso e outro, a maquiagem se dissolveu, os cabelos grudaram na cabeça e o perfume... bem, foi para o espaço. Apareci para o encontro com os figurões um tanto esbaforida e totalmente cansada. Sabia que estava lá para fazermos um balanço dos últimos dias. Ivan me entregara os relatórios, que fiz questão de analisar um por um. Não sou burra. Pelo contrário, sempre me gabei de minha inteligência e sagacidade. Já tive que procurar compreender textos mais intrincados do que aqueles que Ivan me dera. Portanto, eu sabia o que seria discutido. Ninguém teria motivos para me acusar de alienação. A menos que estivessem completamente a fim de me crucificar.

Depois de alguns dias sem me encontrar com Zlater Muriev, receber um abraço caloroso do primeiro-ministro não foi nada mau. Ele era um bom homem, além de amigo do meu pai. De certa forma, sua presença me fazia sentir menos desamparada. Zlater me passava uma sensação de segurança, tudo o que eu mais necessitava nos últimos tempos.

— Preparada para mais uma pedreira? — questionou, com uma expressão entre divertida e preocupada.

— Ops! Eu deveria ter vestido uma armadura? — brinquei, apesar de meu humor não estar muito para gracinhas.

Zlater sorriu e me conduziu até a cadeira onde Andrej costumava se sentar. Ajeitei-me nela, demorando minhas mãos nos apoios para braços. Eu quase podia sentir a presença do meu pai ali. Quase.

Olhei ao redor. Todos os políticos mais importantes da Krósvia estavam reunidos lá. Alguns me encaravam abertamente; outros jogavam conversa fora. Não importava o que faziam, tudo o que eu sentia vindo deles era uma massa de ar fria, como as que atingem o sul do Brasil no inverno.

Ivan com certeza percebeu meu desconforto, pois sorriu para mim de modo afetuoso — fato inédito — e apertou meu pulso, como se pretendesse me confortar.

Preciso esclarecer que não gostei do gesto? Eu tolerava Ivan me seguindo feito um fantasma porque não havia outro jeito. Mas isso não significava que gostava dele ou que permitiria que fôssemos amigos.

Puxei meu braço antes que ele pensasse que poderia segurá-lo por mais tempo. Depois, sugeri:

— Não precisa ficar aqui só por minha causa. Se quiser, pode ir.

Claro que Ivan não encarou minha sugestão como algo positivo.

— Ana, eu sei que você não é muito favorável à minha presença, mas, infelizmente, não posso sair de perto de você. No momento, essa é a principal função a que fui designado.

Revirei os olhos. Se ele achava que eu desmentiria suas deduções, provavelmente acabou decepcionado.

Ainda bem que fomos poupados de um constrangimento maior pelo início da reunião. Zlater assumiu a palavra e passou a relatar os acontecimentos dos últimos dias e suas implicações para o futuro.

Uma vez ou outra o primeiro-ministro se dirigia a mim, demonstrando aos presentes o quanto eu era importante naquele cenário. Não que eu fizesse questão disso, que fique bem claro.

Parecia que tudo terminaria bem. Essa sensação positiva permitiu que eu desse uma relaxada.

Depois de tudo, já quase no fim da reunião, puseram em pauta um assunto bastante polêmico: as articulações dos países quanto ao seu posicionamento perante o terrorismo. Nessa hora empertiguei-me toda. Tenho uma opinião contundente sobre o tema, formada antes de eu descobrir que era filha de Andrej Markov. Se quisessem saber o que eu pensava a respeito, bastava perguntar.

Então fiquei quieta, não querendo me manifestar sem ser chamada. Zlater presidiu a discussão, o que me levou a concluir qual era o papel da Krósvia nesse contexto. Percebendo que o posicionamento do governo se assemelhava ao adotado pelo Brasil, relaxei. Entendam: sempre fui absolutamente contra os ataques terroristas, como o que aconteceu às Torres Gêmeas, nos Estados Unidos. Mas sei que as ações que fomentam reações extremas assim não têm nada de inocentes. Eu ficaria arrasada se a Krósvia fosse aliada das grandes nações da Guerra ao Terror. Afinal, toda história tem dois lados, por mais que seja difícil aceitar isso.

Cheguei a pensar que terminaria o dia sem maiores problemas. Até que um senhor, membro do partido contrário ao governo, pediu a palavra.

Zlater resmungou algo ininteligível ao meu lado. Deduzi que não ficara satisfeito com a manifestação do tal homem. Sendo assim, senti meu sexto sentido ser acionado. “Lá vem bomba”, pensei.

Dito e feito.

Voltando o corpo em minha direção e encarando meus olhos com um brilho que tinha um quê de maligno — pelo menos eu acho que vi isso —, o homem quis saber, à queima-roupa:

— E o que a princesa Ana Markov, atual chefe de estado do país, pensa a respeito da postura em cima do muro adotada pela Krósvia? Sim, porque, enquanto países como Estados Unidos e França procuram elaborar estratégias para aniquilar definitivamente esse mal que afeta o mundo inteiro, nós permanecemos sentados confortavelmente em nosso *trono*, fazendo a política da boa vizinhança. E então?

Primeiro: a ênfase pejorativa dada à palavra "trono" subentendia uma gama de significados. Como sou boa em interpretação — graças às excelentes aulas da minha antiga professora de Português, dona Luciene —, captei cada um deles e não gostei nada, nada do que estava nas entrelinhas.

Segundo: fiquei na maior saia-justa — só para variar um pouco. Qualquer resposta que eu desse irritaria um dos lados. Eu só tinha que escolher a quem gostaria de irritar menos. Só isso.

Por fim, depois de passar alguns segundos refletindo e pesando as possibilidades, decidi ser verdadeira. Só faltou eu começar esclarecendo: "Eu não estou interpretando só para conquistar a simpatia de vocês. Estou apenas sendo eu mesma", como adoram enfatizar os participantes do Big Brother. Mas, pelo menos no meu caso, estava sendo sincera mesmo.

— Não classifico, de forma alguma, a postura deste país como *em cima do muro*. Temos boas relações políticas com todas as nações diretamente envolvidas. Somos respeitados. Fazemos negócios tanto com os Estados Unidos quanto com o Oriente Médio, não é mesmo, Zlater? — Ele concordou, movendo a cabeça para cima e para baixo. — Não podemos nos juntar a um lado e sair ameaçando bombardear o outro. Até porque no meio do fogo cruzado existem milhares de inocentes. Portanto, sou completamente a favor da política de relações internacionais adotada pela Krósvia. — Parei para recuperar o fôlego. Notei que a oposição me olhava com cara de harpia. Isso me inflamou ainda mais. — De mais a mais, quem são os Estados Unidos para exigir o desarmamento se eles detêm o poder nesse setor?

Antes eu tivesse parado quando terminei a primeira parte. Assim não teria sido obrigada a encarar a repercussão do meu pequeno discurso, traduzida na forma de manchetes dos jornais do dia seguinte, como esta, por exemplo:

"Princesa Ana Markov, em reunião com a cúpula do governo, dá a entender que é a favor do terrorismo."

Ninguém merece!

# 15

## Mensagem para você

Precisei de todas as minhas energias para suportar o evento de dois dias em Kief sem desmoronar. Depois que os jornais resolveram atrelar meu nome aos grupos terroristas, passei a ser perseguida pelos fanáticos de ambos os lados.

Ou seja: uma parcela da população mundial queria a minha caveira; a outra, me usar como bandeira do movimento. Não é necessário discriminar com todas as letras os representantes da cada lado, não é mesmo?

E todo esse transtorno porque, provavelmente, alguém da oposição pagou a algum jornalista miserável para sair divulgando essa mentira deslavada. Pelo menos era isso que Zlater pensava. E Alex também.

Já Ivan... Ah, esse sim deveria trabalhar para a Al Qaeda. Que sujeitinho mais fundamentalista, meu Deus! Assim que ficamos a sós, depois da reunião, ele encheu minha cabeça de sermão, enfatizando que eu não aprendia mesmo a controlar minha boca, o que refletia muito mal para a imagem do país.

Perguntei o que ele esperava de mim, afinal de contas, porque, perante o *todo-poderoso* assessor do rei e chefe das relações públicas do governo, eu significava apenas um poço bem fundo de problemas.

Eu não via a hora de me livrar dele. E, por tabela, da irritante da Mikaela, que surgiu toda cheia de trelelê, avisando que a imprensa não parava de ligar em busca de esclarecimentos sobre minha declaração.

Ivan estreitou o olhar em minha direção e saiu todo esbaforido atrás da secretária, como se estivesse prestes a apagar um incêndio — o que não deixava de ser verdade, de todo modo.

Eu só queria ir para casa e aproveitar o colinho aconchegante da minha mãe. Mas Kief estava no meio do caminho. Que remédio eu tinha a não ser suportar a cruz?

Pelo menos à noite, no hotel de luxo onde fiquei hospedada, pude curtir uma privacidade pela qual eu batalhava fazia dias. Adorei deixar a roupa espalhada pelo chão e me deitar só de camiseta sobre um colchão no qual caberiam facilmente umas cinco pessoas. Mas aquele espaço era só meu!

Depois de conversar com Alex pelo telefone e sentir tanta saudade que quase sufoquei, decidi dar uma navegada na internet. Apesar de tentar esconder seus sentimentos, ficou bastante perceptível quão preocupado meu namorado estava. Coitado... Ele não vinha tendo uma boa vida ao meu lado, não nos últimos tempos.

— Gostaria que estivesse aqui comigo — sussurrei, manhosa, já completamente esquecida da Nome de Cachorro e seu ressurgimento das cinzas.

— Bem que eu poderia ter ido com você mesmo — Alexander concordou. — Não fossem os inúmeros projetos que preciso terminar até o final da semana que vem...

Eu compreendia. Alex não podia viver em função de mim. Se fizesse isso, eu acabaria me sentindo sufocada. E ele morreria de tédio.

— Vai chegar tarde amanhã? — ele quis saber.

— À noite.

Para mim aquele pequeno espaço de tempo parecia uma eternidade.

— Passo no castelo depois do trabalho. — Alexander baixou o tom de voz, o que provocou um arrepio instantâneo dos meus pelos. — Se você deixar, posso ficar por lá até de manhã.

Meus lábios se alargaram num sorriso extasiado.

— Minha mãe está em Perla.

— Bom, então... — Alex não conseguiu esconder a decepção.

— Nada te impede de dormir em seu antigo quarto, ora — retruquei. — Pelo menos na teoria, se é que você me entende.

— Danadinha. É claro que entendo. Boa noite, então. E sonhe comigo.

— Vou ver o que posso fazer.

Rimos juntos antes de eu desligar o celular.

Mais relaxada depois de falar com Alex e ligada demais para conseguir dormir, como eu disse antes, fui fuçar na internet. Conforme sempre faço, deixei o Outlook carregando as mensagens enquanto conferia os sites de notícias mais acessados do país. Deixei meus olhos vagarem pelas páginas, sinceramente nem um pouco incomodada com aquela baboseira de eu ser defensora do terrorismo. Fala sério. Há mentiras que magoam de verdade. Outras nem fazem cosquinha.

Assim que o Outlook começou a apitar, dando seu recado de que os e-mails estavam caindo na caixa de entrada, desliguei-me dos sites e fui conferir as mensagens. Eu devia uma resposta a Estela e não pretendia deixar minha amiga no vácuo por mais tempo.

Felizmente a caixa não estava muito cheia, graças ao fato de ela ser exclusivamente de uso pessoal. Havia uma ou outra mala-direta de lojas *on-line*, além de um item desconhecido, que me despertou a atenção. Como ele não se encontrava no meio do lixo eletrônico, resolvi abrir o e-mail a fim de saber do que se tratava.

De: Olho Grego
Para: Ana Carina Bernardes Markov
Assunto:

Cara Ana,

Você pensa que tirou a sorte grande porque descobriu que é a única filha do rei Andrej Markov. Tenho certeza de que vai mudar de opinião a partir dos próximos dias, a não ser que desista de tudo, de TUDO mesmo, e volte para o Brasil sem olhar para trás. Caso contrário, coisas ruins vão acontecer.

Este é apenas um aviso. Espero que não o ignore, para o seu próprio bem e de todos a seu redor.

Sinceramente,

Olho Grego

O que significava aquilo, afinal? Eu estava sendo ameaçada? Por e-mail? Só podia ser uma brincadeira, e de muito mau gosto, por sinal. Ainda por cima o tal brincalhão assinara a "ameaça" como Olho Grego. Que falta de imaginação! E de coerência também. Todos sabem que o olho grego é um amuleto de proteção contra inveja e mau-olhado. Aff!

Desliguei o notebook, enojada. Até onde o cérebro maldoso de um ser humano era capaz de ir?

Pelo sim, pelo não, tomei a decisão de não deletar a mensagem. Se fosse um trote idiota — no que eu realmente acreditava —, serviria de piada para o futuro. Se não fosse, bem... Talvez servisse como pista ou algo assim.

Cansada, deitei a cabeça no travesseiro e tentei me desconectar de tudo para conseguir dormir. Mas meus olhos não me obedeciam e insistiam em ficar abertos, encarando o teto cor de marfim. Eu estava igual ao Shrek quando foi conhecer os pais da Fiona. Só faltava a foto do Justin Timberlake no alto do cortinado para ficar igual. A única diferença era que a linda carinha do astro norte-americano com certeza me distrairia de um modo bastante positivo, ao contrário do que fez com o ogro das telonas, que ficou mordido de ciúmes quando percebeu que sua *bela* esposa era fã do Justin.

Mas, enfim... divagando longe assim, logo, logo eu peguei no sono, sem falar com Estela nem me preocupar com as implicações do e-mail anônimo.

Olhando para trás, hoje vejo que deveria ter sido mais cuidadosa, em ambos os casos.

1. Porque Estela pode ser a mais descolada das garotas deste universo, mas sofre de complexo de inferioridade. Ficar sem falar com ela por muitos dias é pedir para escutar: "Você não gosta mais de mim. Arranjou uma amiga melhor para me substituir, né? Aposto".

2. Quando uma ameaça é feita, não deve ser ignorada, mesmo que, no final das contas, seja apenas uma brincadeira.

# 16

## Alex

Puta que pariu!!

Ou eu estava tendo um daqueles sonhos irritantes em que as sensações parecem tão verdadeiras que a gente acaba acordando ou era mesmo meu celular que tocava sem parar àquela hora da madrugada.

Só para me certificar de que não era um pesadelo, abri um dos olhos e encarei o relógio sobre a mesa de cabeceira: uma e meia da manhã!

Atendi o telefone muito a contragosto, só porque havia a chance de ser do hospital — e que não fosse, caso houvesse más notícias —, mas também poderia ser a Ana. Ela estava fora da cidade e talvez estivesse precisando de mim.

Procurei controlar a voz para meu mau humor não dar muito na cara, mas não sei se fui muito feliz nessa empreitada, já que até mesmo eu fiquei assustado com o timbre.

— Quem é?

Não falei o previsível "alô". Preferi encurtar o caminho e ir direto ao ponto.

— A-Alex. É a Estela, amiga da Ana, aqui do Brasil.

Estela? Claro que eu sabia quem era. Não precisava dar tantas referências. Mas não deixei de estranhar o fato de ela estar ligando *para mim*. Bom, poderia ter imaginado que a Ana estivesse comigo.

— Desculpe se te acordei — continuou ela, com a voz um pouco trêmula. — Estou um pouco nervosa. Nem me dei conta do lance do fuso horário.

— Não esquenta — eu disse, para tranquilizá-la. — Está tudo bem?

— Aqui, sim. Tudo tranquilo. Mas ando muito preocupada com a Ana, muito mesmo. Ela não está aí, está?

— Não. A Ana está em Kief, a trabalho. Só volta amanhã à noite — expliquei, ainda sem compreender a ligação de Estela.

— É verdade. Li algo a respeito na internet.

Estela deu um longo suspiro e permaneceu muda por alguns segundos, como se estivesse travando uma batalha consigo mesma.

— Ultimamente é só assim que tenho notícias de minha amiga. Não que eu esteja reclamando — ela emendou depressa. — Sei que a vida dela anda uma loucura, com todas essas coisas acontecendo ao mesmo tempo. A Ana é uma pessoa súper do bem, por isso tenho me preocupado muito com ela. Ainda mais depois das últimas notícias dos jornais.

Franzi a testa, perguntando a mim mesmo se eu tinha perdido alguma coisa. De que últimas notícias Estela estava falando? Será que era a história do terrorismo ou já havia outras?

— Você está se referindo a...

— Às mentiras que a imprensa anda espalhando pelo mundo, de que a Ana apoia grupos terroristas.

Então eram essas... Menos mau. A coitada da minha namorada merecia uma trégua.

— E a Ana não fala comigo — Estela se queixou. — Não sei como ela está conseguindo lidar com tudo isso. Preciso saber se a minha amiga está bem, Alex, apesar dos fatos me levarem a pensar que está levando numa boa.

— Para ser sincero, Estela, a Ana não está abalada com esse último boato. Conversamos mais cedo, pelo telefone, e ela me disse que está bem.

Recostei-me na cabeceira da cama e puxei o porta-retrato que ficava sobre a mesa de cabeceira, ao lado do relógio. Olhei para a modelo da foto, ciente de tudo o que ela significava para mim. A Ana estava tão linda, olhando para o horizonte, sentada na areia da praia particular do Palácio Sorvinski.

— Desculpe, Alex, mas conheço aquela cabeça dura há muito mais tempo do que você. Não se engane. Quando a Ana diz que está bem, pode apostar que é só da boca para fora. Ela adora dar uma de durona, ser a senhora da situação. Mas, por dentro, fica em frangalhos.

Pior que ela tinha razão.

— Acho que estão pegando pesado com a princesa de vocês. — Estela emitiu sua opinião, que tinha um toque de contrariedade. — No seu lugar, eu procuraria mostrar para esse povo que quer ver a caveira dela que a Ana não está sozinha.

— Ei, espere um minuto — interrompi, aprumando o corpo. — Você não está insinuando que não tenho feito nada para apoiá-la, está?

— Não, Alex. É claro que não. Você é tudo para ela. Mas alguém tem que calar a boca dos urubus. Na ausência do rei Andrej, acredito que você seja a pessoa mais indicada para essa tarefa.

— A oposição decidiu bater de frente com a Ana de uma forma muito radical — comentei, mais para mim mesmo. Era como se eu estivesse pensando alto. — Com o Andrej eles eram mais moderados.

— Posso imaginar por quê. — Estela deu uma risadinha. — Então, era isso o que eu queria falar. Espero não ter sido muito intrometida.

— Muito, não — brinquei, dando um jeito de quebrar o clima meio pesado.

— Que bom! Quando estiver com a Ana, diga que mandei um puxão de orelha para ela. Se não me ligar em dois dias, corto relações com aquela ingrata. E me recuso a ser a madrinha do casamento de vocês.

"Que casamento?", pensei. A Ana e eu nunca havíamos tocado nesse assunto.

— Pode deixar que eu falo, sim.

— Joia! Pode voltar a dormir, agora.

Notei que alguém comentou algo com Estela. Ela riu e completou:

— O Artur está lhe mandando um abraço.

Só faltava essa! Respondi um "obrigado" a contragosto, mas me recusei a mandar outro para ele. Uma coisa era ser simpático; outra, completamente diferente, era dar uma de otário.

# 17

## "Andar com fé eu vou"

— Ana, minha linda, sou eu, tia Marieva!

Pisquei os olhos umas vinte vezes antes de conseguir assimilar o texto e o contexto. Isso porque acordei fora da minha cama. E tampouco era a de Alexander, com a qual eu já estava habituada. O outro motivo para o meu espanto se devia ao fato de tia Marieva estar me ligando tão cedo.

Sim, a gente se falava sempre, às vezes mais de uma vez por dia. Mas jamais às sete horas da manhã! A não ser que se tratasse de uma emergência. Seria esse o caso?

Assim que recobrei a consciência das coisas e me dei conta de que a cama em questão era do hotel onde eu estava hospedada em Kief, tratei de agir com normalidade. Afinal, tudo indicava que minha tia me daria notícias do meu pai, senão deixaria para telefonar mais tarde. Não é?

— Tia? Aconteceu... alguma coisa?

O medo de que as novas não fossem boas fez minha voz tremer.

— Aconteceu — ela foi direta. Senti o sangue se esvair do meu rosto e precisei respirar fundo para me manter inteira. Não foi fácil lidar com o trágico acidente que tirou Andrej do nosso convívio. Eu não suportaria o pior. — Estou aqui no hospital. Acabei de chegar, na verdade. E não poderia ter tido uma recepção melhor.

— Como assim? — eu quis saber. Ao mesmo tempo, o meu celular de trabalho começou a tremer e a piscar sobre a mesinha de cabeceira.

Ah! Ele que tivesse suas convulsões quieto em seu canto. Eu não adiaria a conversa com tia Marieva por nada.

— Está sentada?

— Deitada.

— É claro! Ainda é cedo. — Minha tia soltou uma pequena gargalhada. Pequena porque ela é elegante demais para se permitir cometer excessos. — Como eu disse, acabei de chegar aqui. Encontrei sua mãe e Irina fazendo vigília na porta do CTI. Não chegamos a trocar meia dúzia de palavras, pois o Doutor Dimitri apareceu e pediu para falar comigo.

Meu coração martelava num ritmo alucinado, como se estivesse influenciado pelas batidas pesadas das bandas de *heavy metal*.

— Ah, Ana! Você nem imagina! O médico informou que houve uma melhora no estado de saúde de Andrej.

Sem forças para responder, comecei a chorar. Lágrimas de felicidade e alívio desciam por minhas bochechas. Tudo o que eu queria era estar lá.

— Claro, ele ainda precisa de aparelhos e permanece inconsciente. Mas os sinais vitais evoluíram, o que, para a equipe médica, é um ótimo indício de que seu pai vai se recuperar.

Ainda muda, o choro passou de sutil para o aguaceiro jorrado pelas Cataratas do Iguaçu. Queria tanto ver o meu pai. Por mais que ele ainda estivesse debilitado e em coma, qualquer avanço significava uma vitória.

— Ana, você ainda está aí? — tia Marieva checou, provavelmente estranhando minha falta de reação.

— Sim, tia, estou — respondi, aos soluços. — É mesmo uma notícia muito boa.

— Demais... Espero que tenhamos outras ainda melhores nos próximos dias.

— Ai... Tomara que sim. — Limpei as lágrimas do rosto com as costas das mãos. — E, tia?

— Fala, querida.

— Estou com saudades do Lar, das meninas, de você, das crianças... Vá jantar no castelo amanhã? Por favor... — quase supliquei.

A impossibilidade de fazer o que mais amava, como estar com as meninas do Lar Irmã Celeste, estava me deixando muito emotiva e desconsolada.

— Claro! Será um prazer.

— E leve meu trio de primos. Estou sentindo falta daquelas figurinhas.

Não consegui evitar um sorriso. Luka, Luce e Giovana eram meus xodós. Eu tenho outros primos, todos por parte de mãe. Mas os três filhos de tia Marieva, talvez por serem pequenos ainda e terem aquelas carinhas de anjo, tinham um espaço especial em meu coração.

— Iremos todos, pode deixar.

Eu esperava que, entre *todos,* Marcus, o horripilante tio-torto, não estivesse presente. Queria aproveitar a noite com pessoas que eram queridas para mim. Se ele aparecesse, diluiria substancialmente minha empolgação.

— Combinado!

— Ótimo! Agora vou tentar conseguir autorização do médico para ver Andrej.

— Tia, dê um beijo nele por mim, tá? Vou vê-lo assim que chegar aí, amanhã — avisei, desejando já estar lá no hospital.

— Pode deixar. E sua mãe e Irina também mandam um pra você.

Abri um meio sorriso, imaginando como aquelas duas estariam se dando. Por saber que minha mãe não nutria qualquer interesse amoroso por meu pai, concluí que, da parte dela, as coisas deveriam estar fluindo dentro da normalidade.

Em compensação, Irina certamente não estaria muito à vontade com a presença dela lá.

Prometi avaliar a situação sob o meu próprio ponto de vista, assim que tivesse um tempinho para isso.

Já que estava acordada e o trabalho me chamava cedo — o celular tremia a cada intervalo de três minutos —, suspirei profundamente e me obriguei a tomar o rumo do banheiro.

Uma grande conferência ambiental contava comigo pelas próximas trinta e seis horas. Eu podia não ter sido muito feliz em diversos aspectos desde que assumira o trono no lugar do rei, mas aproveitaria a oportunidade para mostrar a todos quem eu realmente era e calaria a boca da oposição e da imprensa com categoria — assim eu esperava.

❧ ❧ ❧

Eu não disse?

Voltei de Kief, na noite seguinte, sentindo-me vingada sete vezes. Que sensação maravilhosa sair por cima de um evento daquela proporção, com dignidade e respeito. A conferência foi um sucesso e muitas ações importantes foram tomadas em prol do meio ambiente. Só por isso eu já poderia me sentir feliz.

No entanto, ao contrário do que vinha acontecendo, lá eu fui aclamada, especialmente pela postura que adotei. Ninguém teve motivos para me acusar de alienação ou de desinteresse. Até aquela palhaçada de eu ser simpática ao terrorismo ficou para trás. Isso porque o assunto foi levantado por um repórter, no momento da coletiva de imprensa, e eu pude colocar tudo em pratos limpos.

No final, ainda dei boas risadas e fiz uma piadinha — está certo que bem leve — com os membros da oposição e os jornalistas que tentaram sujar minha imagem dias antes.

Renovada e sentindo-me mais forte, viajei de volta para Perla com um estado de espírito diferente. Só conseguia pensar que as coisas pareciam estar finalmente tomando novos rumos, a começar pela saúde do meu pai.

No avião, retornando para casa, abri mão da companhia enfadonha de Ivan, que ficava cada dia mais carrancudo, e tirei um cochilo, desses reparadores de cútis e de alma.

Ao aterrissar no aeroporto da capital, saí saltitando, animada com meus planos para o resto da noite:

a) Visitar meu pai no hospital.

b) Voltar para o castelo e fofocar com minha mãe.

c) Tomar um banho demorado de banheira e vestir uma roupa bem velha, um moletom folgado, de preferência. Não suportava mais aqueles terninhos e *tailleurs* de executiva sem sal. Também calçaria um par de Havaianas com meias. Meus pés mereciam ficar numa boa.

d) Beijar, beijar e beijar muito Alex quando ele aparecesse. Mas só beijar mesmo, porque, antes, a gente iria...

e) Jantar com tia Marieva e meus primos.

f) Driblar todo mundo e levar Alexander para dormir comigo.

Perspectiva melhor não havia.

Saí do avião toda renitente, mandando para Ivan um "tchau" sem entusiasmo. Mas, como alegria de pobre dura pouco — pobre no sentido figurado, tipo pobre coitada, porque, modéstia à parte, uma princesa não tem do que reclamar, financeiramente falando —, ele me pediu para esperar um minuto e informou, com o peito estufado, todo orgulhoso de si:

— Fui orientado a acompanhá-la até o hospital.

Cada gota de sangue distribuído em meu magro e comprido corpo ferveu. Fiquei paralisada, olhando para Ivan, sem saber se virava as costas e o ignorava de propósito ou se arremessava um dardo envenenado no peito dele.

No final das contas, achei uma terceira alternativa.

— Obrigada, mas não preciso da sua companhia. — Não queria ser grossa, mas a raiva cega a gente, não é mesmo? — Meus compromissos profissionais terminaram há algumas horas. Agora estou por minha própria conta.

Ivan chegou perto, parando a uns dois passos de distância, e estreitou o olhar.

— São ordens de cima — explicou ele, arrogante.

Dei uma risada irônica, não acreditando que estava ouvindo aquilo.

— E quem pode estar mais acima da princesa, que, no momento, já ocupa o posto mais elevado? Fala sério, Ivan!

Joguei as mãos para o alto, inconformada. Sem dar mais papo para ele, girei nos calcanhares. Não permitiria, por nada neste mundo, que aquele metidinho me acompanhasse a qualquer lugar fora do horário de expediente — se é que eu tinha um. Fazia dias que quase todo o meu tempo era dedicado ao trabalho.

Mas Ivan me alcançou num instante, evitando que eu partisse ao se postar diante de mim.

— Não posso desobedecer o primeiro-ministro.

— Rá, rá, rá! Até parece que o Zlater mandaria você me seguir até o hospital.

Ivan ergueu uma das sobrancelhas, incentivando-me a desafiá-lo. Como ficou calado, soltei um grunhido exasperado e passei por ele, pouco me lixando para as hipotéticas ordens de Zlater.

Perto do saguão do aeroporto, numa área privada aos passageiros de voos particulares, senti a presença de Ivan novamente. Ele estava bem atrás de mim, firme no propósito de me acompanhar até o hospital. Disposta a acabar de vez com a empáfia da criatura, parei de caminhar abruptamente. A ideia era dar uma dura no assessor e colocá-lo em seu lugar. Porém, ao girar meu corpo, meus sapatos escorregaram no piso ultraliso. Eu teria me estatelado de cara no chão, não fossem os reflexos precisos de Ivan, que impediu minha queda segurando-me pela cintura.

Levei algum tempo para processar o que nos levou àquela situação, digo, nós dois agarrados um ao outro, como um casal de equilibristas do *Cirque du Soleil*.

Reforço: *eu* levei um tempo para entender, porque uma terceira pessoa, nova no cenário, apareceu do nada e tirou suas próprias conclusões no ato. Pena que ele concluiu tudo errado.

# 18

## Alex

A ligação de Estela serviu para abrir meus olhos em um sentido. Eu não podia deixar a Ana sozinha diante de tanta cobra prestes a dar o bote. Não que antes eu estivesse indiferente. Eu só achava que ela precisava de espaço para se acostumar com o cargo que não pedira para assumir.

Sei lá! A Ana, embora tivesse aquele jeito de garotinha, de menina do interior, toda na dela e tal, não corria de suas responsabilidades e sempre procurou dar o melhor de si em tudo o que fazia. Pensei que ficaria bem sem mim por perto o tempo inteiro.

Não que eu me achasse o salvador da pátria — literalmente —, de modo a colocar medo na oposição a ponto de espantar os adversários. Mas, porra, eu era o namorado dela, o homem em quem a Ana confiava mais do que em qualquer outro. Se não dava para ajudá-la concretamente, dando um pau em quem a estava incomodando, por exemplo, pelo menos, ao lado dela, eu poderia ser o seu apoio constante e a prova viva de que ela não estava sozinha.

Sabendo que seu voo aterrissaria por volta das sete da noite, decidi lhe fazer uma surpresa. Em vez de esperar a Ana no castelo, eu esperaria por ela no aeroporto e, depois, a levaria para ver Andrej.

Cheguei lá meio em cima da hora. Por isso, fui obrigado a correr até a ala privativa para não me desencontrar dela. Tive sorte por encontrar rápido uma vaga para o carro.

Não quis telefonar. Se fizesse isso, acabaria com a graça da surpresa.

Considerando a quantidade de gente que precisei ultrapassar e o esforço que fiz para convencer a moça do portão de desembarque a me deixar entrar — até que isso não foi difícil, e eu nem faço ideia do porquê —, não levei mais que alguns minutos para chegar ao saguão. Vi a Ana parada a alguns metros, no meio do caminho, conversando com o almofadinha do Ivan. Eles estavam perto demais um do outro, mas pareciam estar discutindo.

Tive vontade de ir até eles e afastá-los na marra. Mesmo se o assunto ali fosse uma briga daquelas, eu não queria que eles ficassem a menos de dois metros de distância. Que inferno!

Então a Ana se distanciou e seguiu pisando duro, a prova de que não se sentia satisfeita com alguma coisa. Eu soube, naquele momento, que precisava ser mais presente mesmo.

Uma pena eu não ter ido de moto ao aeroporto. Descontaria toda a frustração que sentia acelerando fundo.

Com o maxilar doendo de raiva, esperei para ver o desfecho daquela cena, que estava me tirando do sério. Tudo indicava que a Ana chegaria ao saguão e o idiota ficaria para trás. Ponto-final.

Assim que comecei a relaxar, porém, Ivan voltou a acelerar o passo. Num segundo, faltava pouco para minha namorada me ver e a gente sair dali, só nós dois. No segundo seguinte, ela havia sido enlaçada pelo cara que se dizia assessor do rei ou sei lá que outra porcaria era.

Voei até eles, como um bicho irritado. A Ana vivia me acusando de ser meio irracional, mas dava para agir de outro modo naquela situação?

— Que merda é essa aqui? — questionei. Precisei de todo o meu controle para não esmurrar o safado, aproveitador de princesas abaladas.

— A-Alex? — a Ana gaguejou, com o rosto vermelho.

Por outro lado, Ivan não pareceu nem um pouco constrangido.

— Acho que cheguei na hora errada.

E me virei para ir embora. Se ficasse mais, eu poderia me arrepender depois.

— Alex, espera!

A Ana se livrou de Ivan e correu atrás de mim. Não olhei para ela. Continuei meu passo, furioso.

— Ei, não é o que você está pensando — ela disse, com a voz embargada. — Essa não é a melhor frase para explicar o que aconteceu aqui, mas você precisa acreditar.

Peguei-a pela mão e nem me importei em saber se queria me acompanhar ou não.

— Onde estão suas malas? — perguntei, enquanto nos encaminhávamos para a saída do aeroporto.

— No avião. — Eu mal pude ouvi-la.

Não sei que rumo o filho da mãe do Ivan seguiu. Por mim, ele poderia ir para a puta que pariu e nunca mais voltar.

— Alex... — a Ana tentou puxar conversa.

— Ana, a gente fala depois, certo? Não quero discutir agora.

Dirigi sem dar uma palavra, e a Ana também não tentou interagir comigo. Eu estava com a cabeça quente, a ponto de explodir. E ela parecia ter mudado de humor: de receosa quanto a minha reação a P da vida.

Ficou olhando pela janela, com os pensamentos perdidos e os cabelos tapando o rosto. Quase os puxei para trás, só para ver os olhos dela e tentar entender o que houve, sem precisar armar uma discussão.

— Me leve para o hospital — ela pediu, ainda sem olhar para mim.

Então a Ana estava a fim de se fazer de difícil. Eu também sabia ser bem impossível.

Sem lhe dar ouvidos, mantive o trajeto até meu apartamento. Quando a Ana percebeu, sua irritação aumentou e ela nem esperou a gente descer do carro para começar a protestar.

— Eu quero ver meu pai! Se não estiver disposto a me levar até ele, pego um táxi agora mesmo.

— Ana, neste exato momento você vai me explicar por que aquele idiota estava te agarrando pela cintura — exigi. Contornei o carro e abri a porta dela, deixando bem claro o que esperava que ela fizesse.

Ela nem se mexeu. Cruzou os braços sobre o peito e virou a cara para mim.

— Se não disser nada, vou começar a acreditar que você está escondendo coisas de mim e que esse Ivan é muito mais que um assessor metido a besta. — Bati no capô do carro com tanta força que o barulho repercutiu por toda a garagem. Mas mexi com a Ana, afinal.

Ela ficou de pé diante de mim, arrepiada feito uma onça brava.

— Não quero falar, Alexander, porque não fiz nada para merecer essa raiva toda. Eu escorreguei e o Ivan fez o favor de não me deixar cair.

— Nossa! Que atencioso é o rapaz, não? — ironizei.

— Ele nunca avançou o sinal para cima de mim. Nunca! Apesar de ser controlador, sempre me tratou com distanciamento.

A Ana se afastou um pouco e ficou de costas. Seus ombros subiam e desciam no compasso de sua respiração acelerada.

Eu sabia que ela estava dizendo a verdade. Confiava nela. Mas era um saco ter a consciência de que minha namorada passava mais tempo com um cara que a apalpava daquele jeito do que comigo.

Não consegui dizer isso em voz alta. Porque ela se exaltou a ponto de gritar em alto e bom som tudo o que parecia estar entalado dentro dela, sem parar nem mesmo para recuperar o fôlego.

— Alex, o que o Ivan fez, uma gentileza, não chega nem perto do choque que levei ao ver a ordinária da Laika saindo do seu prédio. E você não ia me dizer nada! Ele, ao contrário daquela... daquele ser canino, não tem segundas intenções.

Ah! Então ela queria fazer comparações.

— Ana, ou você é muito ingênua ou está se fazendo de boba — mais irritado do que nunca, soltei essa.

É claro que ela não gostou nem um pouco.

— Me fazendo de boba? Era só o que me faltava — ela suspirou, jogando os cabelos para trás. — Se bem que eu devo ser uma boba mesmo, por deixar passar a visitinha que a Nome de Cachorro te fez e acreditar que você realmente acreditou que ela só queria pegar uma cafeteira.

— É diferente! Você não percebe, Ana? — Segurei-a pelos ombros e a fiz olhar para mim. Seus olhos cinzentos, que eu tanto amava, brilhavam, mas não de um jeito meigo. — Eu conheço a Laika e sei que ela não pode fazer nada para nos atrapalhar. Já o Ivan... Ele pode ser um daqueles cretinos que ficam de olho numa oportunidade para subir na vida.

— Que coisa horrível! Está deduzindo agora que o Ivan quer dar o golpe do baú em mim?

Ao contrário do que eu esperava, a Ana começou a rir. E também a chorar.

— Você é encanado com isso, Alex. Foi o que pensou de mim no início, lembra? E estava errado, como está agora também.

— Como você pode saber? — eu indaguei, assustado com a colocação que ela fez.

— Eu simplesmente sei.

Mais calma, a Ana recostou-se na lateral do carro e limpou as lágrimas com as costas das mãos.

— O Ivan é mesmo um idiota, mas não pelos motivos que você levantou.

— Por quais motivos, então?

— Ele quer mandar em todos os meus passos e critica minha postura o tempo inteiro. Acha que, a qualquer hora, vou acabar com a imagem do país, tão bem administrada por Andrej.

— Babaca.

— Sim.

Peguei o queixo dela e o ergui.

— Sinto muito — disse, arrependido de ser o agente de mais chateação. — Por tudo — completei, pensando na conversa com a Estela.

— Tudo bem.

— Mesmo?

Antes de responder, a Ana apoiou a cabeça em meu peito e deu um longo suspiro, o que só fez crescer o meu remorso.

— Alex, você não precisa se preocupar comigo desse jeito. Eu amo só você, e isso deveria ser o bastante para deixar de lado picuinhas tão pequenas.

Concordei, balançando a cabeça.

— Agora me leva para ver o meu pai?

Eu levaria a Ana para o fim do mundo se ela me pedisse.

# 19

## *Não gosto desse cara!*

O jantar no castelo não saiu conforme eu planejara. Desejei tanto encontrar minha tia e primos, mas confesso que não contei com a possibilidade de Marcus aparecer também. Todo o bom humor que recuperei ao ver meu pai depois da discussão com Alex foi embora.

Nem cheguei a subir ao apartamento de Alexander. Assim que acertamos os ponteiros, ele cumpriu a promessa de me levar ao hospital. Quando chegamos, vimos minha mãe e Irina sentadas em lados opostos da pequena sala reservada para a família e assessores do rei. Uma — minha mãe — lia uma revista distraidamente; a outra — Irina — trocava mensagens com alguém pelo celular.

Alex e eu nos entreolhamos. Com certeza o clima entre elas não era dos melhores.

— Olá, garotas! — falei, com o intuito de suavizar a atmosfera carregada. Deu certo. Ambas se levantaram com um sorriso no rosto e foram me cumprimentar.

— Oi, minha querida! Que bom ver você! — Mamãe me puxou para um abraço, que eu recebi de bom grado.

— Ana! Que alegria ter você aqui! — Irina me roubou dos braços da minha mãe e me apertou nos dela.

— Como vão? — eu quis saber, atrapalhada com a disputa velada pelo direito de me abraçar.

Alex mal conseguia segurar o riso.

— Eu também estou aqui — ele disse, acenando para ser visto.

— Oi, Alex. Conseguiu pegar a Ana no aeroporto? — minha mãe perguntou. Pelo jeito, ele já havia mencionado que me buscaria.

— Sim, cheguei a tempo.

Percebi que naquela declaração ficaram subentendidas insinuações que iam muito além da pergunta de minha mãe. Preferi me fazer de desentendida.

— Foi bom vocês terem chegado — Irina falou. — Assim a Olívia tem carona para voltar para o castelo mais tarde.

Alex e eu nos entreolhamos de novo. Que climão!

— É verdade.

Por sorte — ou por bom senso —, minha mãe concordou. Mas não deixou de completar:

— Só penso que a Irina também deveria ir. Faz dias que a pobrezinha não dá uma relaxada.

Gente, aquela mulher era a minha mãe mesmo, a Olívia Bernardes? Porque não parecia. Desde quando ela ficava alfinetando as pessoas daquele jeito?

— De forma alguma — Irina rebateu, com o peito estufado feito um galo de briga. — Este é o *meu* papel, o *meu* trabalho. A não ser que a Ana queira que eu vá.

*Eu? Imagina!*

Daquele conflito eu queria distância. Bastavam os que eu já tinha.

— De maneira nenhuma, Irina. Só tenho a agradecer a você por tamanha fidelidade. — Nossa! Meu vocabulário começava a ser afetado pela convivência com tanto dinossauro da política krosviana. Credo!

Ela me lançou aquele Sorriso Colgate, triunfante.

Depois dessa, pedi licença e fui ver meu pai. Arrastei Alexander comigo, pois sabia que ele não era o melhor apaziguador de conflitos femininos.

Eu já disse em várias outras ocasiões que em questões ligadas à paranormalidade sou uma verdadeira leiga. De todo modo, tão logo entrei no quarto onde ficava meu pai, senti no ar algo diferente.

— Percebeu? — perguntei a Alex, olhando ao redor.

— O quê?

— Não sei... Só notei que o ar parece menos... carregado.

Sim, o clima estava mais ameno, embora Andrej continuasse deitado naquela cama, de olhos fechados e inconsciente. Por outro lado, podia até ser viagem minha, mas sua face já apresentava certa cor, um leve tom corado, que sugeria a presença da vida que deixara de se manifestar havia dias.

Cheguei perto dele e encostei uma das mãos em seu rosto. A barba crescia e eu desejei que alguém pudesse resolver aquele detalhe, um incômodo, ao que me parecia.

Sem que eu precisasse me expressar em voz alta, Alex compreendeu minha intenção.

— Posso barbeá-lo, se quiser. Ou pedir a uma enfermeira, caso ache melhor.

— Você faria isso por ele? — indaguei, mesmo tendo a certeza de que Alex, assim como eu, não hesitaria em fazer qualquer coisa pelo nosso pai.

— Claro que sim, *Lyubit.*

Sorri para Alexander de um jeito que deixou bem explícito quão agradecida eu estava. Então ele foi atrás dos apetrechos necessários e eu fiquei lá, parada na frente de Andrej, com o espírito renovado de esperança.

Não demoramos muito no hospital, a) porque eu receberia visitas para o jantar; b) o médico plantonista pediu que deixássemos meu pai de modo que ele pudesse ter uma noite tranquila.

Queria ficar mais um pouco, talvez até dormir por lá, mas querer não era sinônimo de poder em minha nova — e tumultuada — vida.

Irina, relutante como ela só, manteve-se firme em seu posto de guardiã do rei. Nem tentando chantageá-la com a iminência de se fartar com a comida maravilhosa de Karenina foi suficiente para que a fiel assessora cedesse.

Minha mãe, por sua vez, nos acompanhou e eu aproveitei para saber se estava tudo bem entre ela e Irina.

— É claro que sim, Ana Carina! — respondeu ela, um tanto quanto exaltada demais para o meu gosto. — E por que não haveria de estar? A Irina é um amor de pessoa e faz tudo para agradar.

Olhei de relance para Alex e segurei um sorrisinho. Se ela estava dizendo, quem era eu para negar, não?

Assim que estacionamos no pátio do castelo, meu humor sofreu um revertério irreversível. Tudo porque não foi com o carro de tia Marieva que deparei, mas sim com o possante importado de Marcus. Ou seja, todas as esperanças que nutri sobre o fato de não o encontrar naquela noite foram para o brejo. Que saco!

— Algum problema? — mamãe indagou. Devo ter deixado transparecer minha contrariedade.

— Não — respondi sucintamente. Optei por guardar a birra que sentia para não propagar meu mau humor.

Não demorou muito para que escutássemos os gritinhos de Luce, Luka e Giovana. Com a animação de sempre, eles nos alcançaram e me cercaram de um jeito que não havia saída a não ser abraçá-los de volta.

— Ana, sabia que a Giovana está de castigo? — Luka entregou.

— É mentira! Ele que está — retrucou ela, irritada a ponto de ficar vermelha.

— Você que está!

— Você!

— Você!

— Ei, ei, ei! Que tal se a gente conversasse sobre outro assunto? — sugeri, de modo a eliminar o embate verbal.

— Não adianta. — Luce revirou os olhos. Com dez anos, ela já parecia uma mocinha, uma miniatura da mãe. — Esses dois são uns bebezões.

Antes que o trio iniciasse uma briga de verdade, Alex puxou Luka e o colocou sobre seus ombros. Primeiro combatente fora da batalha. Por sua vez, cada uma das meninas segurou uma de minhas mãos, enquanto Giovana aumentou a corrente, enlaçando o braço de mamãe.

Fizemos o trajeto até a sala de estar do palácio conversando alegremente, principalmente a respeito das últimas peripécias escolares do trio. Luce havia conquistado o primeiro lugar num concurso de redação; Giovana entrara para o time mirim de ginástica rítmica. Em compensação, Luka tinha ido parar na diretoria por conta de uma briga com um colega, a qual resultou em dois olhos roxos: um dele e o outro, do menino.

Alguns passos adiante e já era possível distinguir as vozes das pessoas presentes na sala: Karenina, tia Marieva e Marcus. Meus pelos dos braços se arrepiaram. Rezei para que minha sanidade não me abandonasse naquela noite.

— Manhê, olha quem chegou! — meu priminho anunciou do alto das costas de Alexander.

— Olá! Que bom ver vocês! — tia Marieva comemorou, levantando-se da poltrona onde, recostada confortavelmente, bebericava vinho numa taça de cristal.

Ela abraçou cada um de nós e beliscou as bochechas de Alex para completar.

Marcus não. Permaneceu impecavelmente sentado. NA CADEIRA DO MEU PAI!!

Só não rugi porque estava me esforçando para ser uma pessoa mais racional, equilibrada. Afinal, fora a antipatia que sentia por Marcus desde o dia em que o conhecera, ele nunca havia feito algo concreto para justificar minha implicância.

Respirei fundo, contei até dez mas, por fim, coloquei um simpático sorriso no rosto, mais em consideração à tia e aos primos do que por consciência pesada.

Não fui capaz de aceitar com desprendimento o abraço e o beijo de boas-vindas que recebi dele no instante em que nos aproximamos. A palavra "eca" ficou retumbando em meu cérebro como um pisca-alerta frenético.

— Ana, como tem passado, querida? — perguntou Marcus, com uma afetuosidade forçada e sem cabimento.

Tratei de me afastar e permanecer a uma distância segura pelo resto da noite, que, até certo ponto, transcorreu na santa paz.

O jantar preparado por Karenina, como sempre, estava divino, e todos nós, aliviados pela sutil melhora do estado de saúde de Andrej. No final das contas, preciso confessar: até que relaxei e me deixei levar pela conversa descontraída em volta da mesa, como nos velhos — bom, nem tão velhos assim — tempos.

Alex, sempre ao meu lado, segurou o diálogo com Marcus, poupando-me de ter que interagir com o asqueroso. Minha mãe e tia Marieva ficaram falando sobre amenidades, como se fossem amigas de longa data. E eu, recostada no ombro de Alexander, dediquei quase toda a minha atenção às traquinagens do trio infantil, que me fez recordar o quanto eu amo crianças sapecas.

Por estar sem relógio, não sei dizer que horas eram quando a vontade de fazer xixi apertou. Saí de fininho, cruzando as pernas, ciente até demais de que, a cada passo mais perto do banheiro, a necessidade aumentava na mesma proporção.

Ainda bem que havia um toalete bem ao lado da sala de jantar, apesar de fora da visão de qualquer pessoa que estivesse no cômodo. Que alegria!

Passado o aperto, ao lavar as mãos na linda e secular pia de mármore, dei uma boa conferida em meu rosto refletido no espelho. Como o cansaço mostrava seus sinais! E por que o alvo dele era apenas eu? Meu pai não exibia traços de exaustão, mesmo nos dias mais pesados. E olha que ele era rei em tempo integral!

Dei de ombros. O estrago feito pelas olheiras não significava nada perto de um bom corretivo facial.

Destranquei a porta e saí do banheiro com a cabeça — e a bexiga — mais leve. O alívio é um dos sentimentos mais reconfortantes, se querem saber.

— Olá, minha sobrinha!

Pulei para trás, tamanho o susto que levei ao trombar com Marcus.

— Fico contente em ver que está mais feliz — ele comentou, encarando-me feito uma anaconda diante da capivara.

— Sim — respondi apenas por responder e para me livrar da conversa.

Marcus deu um jeito, não sei se de modo intencional ou não, de me deixar contra a parede, tanto no sentido figurado quanto no significado real da expressão.

— Comentei com Marieva sobre o tamanho da pressão que estão colocando em cima de você — ele disse, com seu sotaque italiano, que poderia ser considerado um charme se pertencesse a outra pessoa. — Não acho justo. Você é só uma *ragazza* inocente perto desses políticos espertos.

Meu estômago deu uma cambalhota, como se estivesse prestes a colocar para fora o fino jantar que acabara de degustar. Por instinto, coloquei a mão nele e apertei o local, mandando uma mensagem subliminar: *Fique calmo, meu filho!*

— Eu, no seu lugar, tomaria um pouco de cuidado.

E então, como se nossa relação fosse afetuosa, Marcus tocou uma mecha do meu cabelo e a segurou por alguns segundos, sentindo a textura. De agitado, meu estômago atingiu picos de tormenta aguda, deixando-me pronta para vomitar.

— Penso que deve haver muita gente disposta a puxar seu tapete — prosseguiu o marido da minha tia, sem soltar a mecha. — Sabe que a estou alertando porque não quero que nada de mau aconteça a você, não é?

Assenti, mexendo a cabeça para frente e para trás. Faria tudo para sair daquela situação.

— Ótimo! — Marcus soltou meu cabelo, mas deixou seu rosto a poucos centímetros do meu.

Eu não raciocinava direito na hora, mas tive a estranha sensação de que ele, além de me intimidar escancaradamente, estava, de certa forma, me assediando. Que nojo!

— Gosto de você não só porque é sobrinha da Marieva — com o hálito recendendo a peixe assado, Marcus fez essa declaração —, mas também porque é uma *ragazza* especial.

Depois dessa, ele deu um sorriso muito parecido com o dos vilões das novelas de Glória Perez e se afastou.

Custei a conseguir voltar para a sala de jantar. Fiquei encostada na parede fria, repassando a cena que acabara de ocorrer. De repente, o e-mail ameaçador que havia recebido na noite anterior deixou de parecer uma brincadeira de mau gosto. E se eu realmente estivesse na mira de alguém disposto a me arrancar do trono?

Pior ainda: será que Marcus sabia de algum fato concreto, tinha conhecimento de alguma conspiração contra mim?

Um frio percorreu minha espinha. Talvez eu precisasse ficar mais atenta mesmo. Não custava nada evitar outro encontro a sós com meu adorável tio-torto. Afinal, alguma coisa me dizia que eu logo, logo saberia quem ele era de verdade. E essa constatação me deixou com muito medo.

# 20

## Alex

A Ana nunca foi com a cara do Marcus, desde o primeiro dia. Eu sabia que ela ia pirar quando soubesse que o cara apareceria para jantar. No entanto, diante das circunstâncias, até que a danada tirou de letra a situação. Tudo bem que o papel de interlocutor dele foi meu. Mesmo assim, em outras ocasiões, minha namorada já armou muita tromba, deixando claro o quanto desprezava o tio-torto. Não sei como Marieva não desconfiava.

Cheguei a acreditar que a noite acabaria numa boa. Mas não. Ao voltar do banheiro, a Ana já não apresentava a mesma expressão relaxada. Não entendi a mudança repentina de humor, mas não pude fazer nenhum comentário porque as outras pessoas estavam perto demais. Cochichar, naquela situação, também não cairia bem.

Fui obrigado a engolir a curiosidade, pelo menos até ficarmos sozinhos.

A Ana se aconchegou ao meu lado numa das poltronas da sala de estar. Senti toda a tensão que ela tentava não demonstrar. E mais: toda vez que Marcus abria a boca, ela se encolhia, como se tivesse levado um pequeno choque ou qualquer outra merda parecida.

Alguma coisa estava errada...

Com uma paciência não muito típica da minha pessoa, esperei que a reunião de família terminasse, com cada um tomando seu rumo e me deixando sozinho com a Ana. Ainda bem que as crianças da Marieva começaram a reclamar de sono. Foi só isso acontecer para ela dar um jeito de cascar fora rapidinho.

Por sorte, Olívia também se despediu em seguida, não antes de desejar boa-noite a nós dois.

— Durmam bem — ela disse. — E cuidado ao dirigir de volta à cidade, Alex.

Isso iria depender. Voltar ou não voltar para casa, quero dizer.

— Ei, amor, vamos subir? — A Ana me agarrou por trás, mas o gesto estava longe de denotar a sensualidade que sugeria. Ela continuava tensa, embora relutasse em deixar transparecer.

Virei-me e a encarei.

— Ana, o que houve? — questionei, puxando-a comigo de modo que nos sentássemos no sofá.

Ela suspirou. Abriu a boca, pensou e depois olhou para o chão. Mau sinal.

— Nada — afirmou, por fim, com um sorriso fajuto pregado na cara. — Só estou cansada e não vejo a hora de deitar. Vamos?

De pé outra vez, a Ana segurou minhas mãos e tentou me puxar. Fiquei exatamente onde estava, sem mover um músculo para acompanhá-la.

— Não é só cansaço — retruquei, esfregando os cabelos. — Depois que você voltou do banheiro, seu comportamento mudou.

De novo ela preferiu se mostrar reticente, não negando minha afirmação, embora também não confirmasse. Mas a mentira estava lá, clara. Não nasci ontem e sei quando alguém, principalmente minha namorada, está escondendo alguma coisa de mim.

— Porra, Ana, está difícil, hein? — explodi, socando o braço da cadeira.

Ela se encolheu e tentou argumentar, mas dessa vez eu é que não queria ouvir mais porcaria alguma.

— Tudo bem. Vou deixar você descansar — avisei. Caminhei em direção à saída, sem olhar para trás.

Então me lembrei de uma notícia que precisava dar a ela e voltei dois passos.

— Fui convidado a participar de um congresso de arquitetura no Canadá. Vou precisar ficar fora do país por duas semanas.

Ana franziu a testa, deixando seu lado genioso mostrar as garras. Sua atenção estava toda em mim.

— A ideia era que você fosse comigo, mas... — deixei o restante da frase no ar.

— Mas o quê?

Puxei o ar com força, de saco cheio.

— Mas você é ocupada demais, tem outras prioridades, e o congresso não vai esperar que a sua vida se ajeite — mandei, sem me preocupar em filtrar os pensamentos. Do jeito que eles brotavam no cérebro, eu os colocava para fora.

— Alex, eu não tenho culpa...

Vi que os olhos dela brilharam, mas não cedi. Eu, nervoso, fico meio intransigente.

— Eu também não, Ana. Tenho feito de tudo para tentar entender você, mas parece que você não quer que eu me aproxime tanto, não a ponto de saber demais, de ser seu apoio.

— Isso é injusto! — Ana gritou, irada.

— Talvez — concordei, ciente de que poderia ter pegado pesado. Mas, naquela noite, depois de tudo (aeroporto, Ivan, mudanças de humor), escolhi ser o vilão e não o cavalheiro. — Só que não vou me desculpar por isso. Não agora.

Então virei as costas e saí, sem remorso, sem dor na consciência.

Se alguém estivesse assistindo àquela cena de fora, poderia achar que eu era um cretino por deixar a Ana num momento tão delicado. E eu seria obrigado a concordar com essa pessoa. Fui mesmo um imbecil. Porém, antes um imbecil assumido do que um babaca arrependido.

Abri a porta do meu apartamento cuspindo marimbondo, como os brasileiros dizem. A verdade era que duas semanas longe de tudo me fariam respirar novos ares, menos carregados. Vamos combinar: minha rotina com a Ana estava mais ou menos assim: discute, adula, volta às boas, discute de novo, adula um pouco mais, volta mais ou menos às boas, e assim vai.

Eu precisava de um tempo e ela também. No final das contas, minha viagem traria um pouco de paz a nós dois. Depois, quando eu estivesse de volta, com a cabeça mais tranquila, iríamos conversar e ver o que seria preciso fazer para anular nossas últimas diferenças.

Passei direto pela sala, largando peças de roupa e os sapatos pelo caminho. Entrei no quarto disposto a me jogar na cama e apagar até o dia seguinte. Foi isso o que eu fiz. Quero dizer, mais ou menos. Assim que larguei o corpo sobre o colchão, um objeto fora do lugar habitual chamou minha atenção.

Cheguei perto do rack da TV e agachei para apanhar o porta-retrato caído no chão. Claro que havia uma ou outra justificativa para o fato de ele ter saído do móvel e ter ido parar no piso. Eu nem teria me preocupado e o largaria lá sem a menor culpa *se* não tivesse certeza de que o deixei exatamente em seu local de origem quando saí de manhã para trabalhar.

Dominado pelo instinto investigativo, saí abrindo e fechando gavetas, à procura de outras provas de que havia algo errado ali e de que eu não estava ficando maluco. Não era a primeira vez que eu sentia que as coisas não estavam em seus devidos lugares dentro do meu próprio apartamento.

Além do porta-retrato caído, cismei que o banheiro estava recendendo a um perfume que não era meu, embora não tivesse certeza.

O único jeito de tirar a dúvida era perguntar ao porteiro se alguém havia me procurado e/ou subido até o meu andar com alguma desculpa esfarrapada.

— Boa noite, Nowak! É o Alex. — Fui direto ao ponto: — Viu algum estranho no prédio? Apareceu alguém querendo falar comigo hoje?

— Boa noite, senhor Alex. Como vai?

As boas maneiras passaram longe quando comecei a conversa, e Nowak fez questão de deixar isso claro.

— Depende da resposta que você me der, cara. — Sinceramente, aquele não era o melhor momento para eu demonstrar a educação impecável que tive. — E então? O que me diz?

— Não, não. Ninguém procurou o senhor hoje — ele respondeu, com tranquilidade. — Pelo menos, ninguém em especial, como a princesa Ana, por exemplo.

Agora ele estava extrapolando.

— A não ser o técnico da TV a cabo.

Espere aí! O que ele estava dizendo?

— Técnico da TV a cabo? Que técnico, Nowak?

— Ué, o que o senhor chamou para ver o sinal do receptor. Ele me mostrou a requisição que o senhor fez para a operadora.

Dei um tapa na testa, já que me encontrava a oito andares de distância do idiota do porteiro. Como ele foi capaz de cair numa pegadinha tão batida?

— E você abriu a porta para ele. — Isso não era difícil de deduzir.

— Sim, senhor — ele respondeu, orgulhoso de sua eficiência. — Como das outras vezes.

Verdade. Como eu não parava em casa, sempre que havia um problema doméstico, um dos porteiros ficava responsável por resolvê-lo para mim. Mas eu sempre deixava tudo esclarecido. Não é que eles tivessem autorização para entrar em meu apartamento quando bem entendessem.

— Presumo que você não o conhece — averiguei, sabendo de antemão a resposta.

— Na verdade, senhor Alex, nunca o vi na vida.

Soquei o fone com toda a força de volta à base, sem me importar se o porteiro me chamaria de animal. Esse era o menor dos meus problemas.

O maior de todos era a constatação de que alguém realmente havia entrado em minha casa, com a clara intenção de mexer e fuçar lá dentro e não deixar vestígios. Agora me digam por quê.

# 21

## *Ruim com você? Pior sem...*

Se eu pensava que aproveitaria a presença de mamãe na Krósvia para matar a saudade e trocar com ela figurinhas de mulher na hora do almoço e durante o jantar, bem, enganei-me bonitinho.

Apesar da sensível melhora no estado de saúde do meu pai, ele permanecia inconsciente, o que me mantinha na condição de governante do país. Sendo assim, nada de descanso para a Ana. Minha rotina continuava puxada, e até piorou depois que o Alexander viajou para o Canadá. Sem ele por perto, perdi não apenas o meu pé de apoio, mas também o meu antídoto antiestresse. Bem-feito para mim!

Claro que a gente se falava. Nossa briga não foi um rompimento. Deus me livre! Mas o clima mudou, e eu não tinha como negar isso. Estávamos superficiais um com o outro, melindrosos.

Para completar, tive que ouvir o maior sermão da Estela, que se achava a personificação de Sigmund Freud. Bem-feito ao quadrado!

ESTELA: Um dos piores defeitos do ser humano, Ana, é a burrice. Deus nos agraciou com o dom da inteligência não à toa. Ele quer que a gente a use, bastante inclusive, antes de tomar determinadas atitudes.

EU (quase indignada): Calminha aí, Estela! Pega leve! O peso sobre mim é grande.

ESTELA (com voz de profeta): Seria menor se você fosse mais esperta, se aproveitasse o apoio que recebe.

EU (de consciência pesada): Eu só queria aliviar a pressão que jogo no Alex, Estela. Não é justo que eu despeje meus problemas em cima dele. É tanta coisa que eu preferi poupá-lo desta última vez. E deu no que deu. O Alexander ficou bravo, foi para o Canadá de nariz torcido e você ainda me xinga.

ESTELA (rindo): Minha função na vida é essa, afinal de contas sou sua melhor amiga. Se eu passasse a mão na sua cabeça, estaria mimando você, e isso não é nada saudável, já dizia a vovó Tetê.

EU: Aff! Só me faltava essa. Como se a marcação cerrada do Ivan já não fosse o bastante...

ESTELA (batendo palma — eu não entendia como, uma vez que ela estava segurando o telefone): Esse cara está a fim de você.

EU (me jogando de costas sobre os travesseiros): Ai, minha santa mãe do céu! Você é tarada, sabia?

ESTELA: Pode escrever. Eu não erro quando o assunto é romance.

EU (rindo): Claaaaro que não. Imagine! Nem é você que namora o Artur, contrariando todas as suas próprias expectativas, não é mesmo?

ESTELA (a convicção encarnada): Essa não conta. O que importa é que você mesma me contou que o Ivan anda mais simpático, mais atencioso ultimamente. Lembra?

EU (de má vontade): Hum, hum...

ESTELA: Não disse que o cara está menos mandão, menos irritante?

EU: Hum, hum. Mas não é aquilo no que você *quer* acreditar, Estela. Ah! Tenha dó! Pare de usar a imaginação sem moderação.

ESTELA: Está certo, está certo. Pense o que quiser. Mas depois não diga que eu não avisei, hein?

EU: Prometo.

No fim daquela semana, milagre dos céus, tive uma folga. Uma tarde antes, Ivan entrou no gabinete do meu pai — meu agora, por determinação do destino — e deu a grande notícia:

— Agenda vazia amanhã.

Quase não acreditei.

Decidi aproveitar o dia em Craiev, no Lar Irmã Celeste. Não pensei duas vezes. Precisava visitar as meninas, não apenas para levar meu carinho a elas mas principalmente para receber a energia inocente que elas distribuíam.

Jorgensen mal havia estacionado o carro no pátio em frente ao Lar, e várias cabecinhas apontaram do interior da casa. De repente, um bando delas, todas de uniforme comportado, surgiu ao meu redor.

Começamos a rir juntas, como uma turma de loucas, e quase caímos no chão, feito peças de dominó.

— Que saudade! Que saudade! — elas repetiam sem parar, em português, como eu havia ensinado. Criança tem boa memória.

Entramos juntas, agarradas, falando todas ao mesmo tempo. Nem mesmo Irmã Sonja, habituada a lidar com crises infantojuvenis femininas, conseguiu controlar a confusão.

Passamos uma manhã deliciosa. Eu me permiti agir sem preocupação, ligada apenas às meninas e às suas vontades: joguei bola com elas na grama, deitei de costas sobre almofadas coloridas para contar histórias, me escondi dentro de uma manilha pintada de rosa-chiclete enquanto me procuravam, andei descalça sem medo de ir contra o protocolo.

Na hora do almoço, sentei à mesa no meio delas e repeti as palavras da oração que sempre faziam. Impossível não lembrar da pequena Madeline, personagem de um desenho animado sobre meninas francesas órfãs.

Comemos com alegria, sem a pressão de tempo ou da etiqueta. Depois me esbaldei com o doce de laranja que fizeram questão de me oferecer. Mais de uma vez, aliás. Ai, meus quilinhos perdidos!

Um pouco mais tarde, tia Marieva chegou, com sua costumeira elegância, fazendo do meu dia, já agradável, um acontecimento muito especial. Tudo porque ela levou um DVD da Disney para assistirmos comendo pipoca e tomando refrigerante.

No final do dia, sinceramente, meu corpo dava sinais do revigoramento proporcionado por aquele spa às avessas.

— Ana, ficamos muito felizes com sua visita — declarou Irmã Katja quando me levou até a porta. — Não suma, minha querida.

— Não pretendo, Irmã. Espero que as coisas se acalmem o mais rápido possível.

— Vamos rezar por você.

Sorri, agradecida e emocionada.

— Obrigada. Vou ficar com *saudade*.

Tia Marieva não me liberou para voltar a Perla sem que eu passasse na casa dela primeiro. Insistiu, alegando que eu não ia lá havia muito tempo e que meus primos adorariam me ver.

Os argumentos eram válidos, mas e o medo de me deparar com o Marcus, como ficava?

Para não deixar minha apreensão dar na vista, dei uma despistada, tentando obter a resposta que desejava ouvir sem precisar perguntar diretamente.

— Ah, tia, está meio tarde. Vou tirar o sossego dos meninos. E do Marcus também.

— Que nada! — Ela deu de ombros, indiferente. — Meus meninos são sem sossego por natureza. Quanto ao meu marido, mesmo que estivesse em casa, não ficaria incomodado com você, querida. Ele te adora!

Ai, ai... Como tia Marieva era desligada, além de mal-informada. Se o Marcus viesse mesmo a me adorar, não acredito que fosse de um modo paternal ou do tipo amor de tio pela sobrinha. Até me arrepiei com esse pensamento.

No entanto, como a área estaria limpa sem a presença dele, topei esticar até a casa de tia Marieva. Afinal, se voltasse para Perla, passaria o resto do dia remoendo a ausência de Alexander.

Então eu fui.

E foi bom porque Luce, Luka e Giovana preencheram o vazio que começava a se abrir dentro de mim por conta da aproximação da noite — dramático isso, não? Mas o que eu podia fazer se, desde que Alex viajara, minhas noites eram sinônimo de insônia e solidão?

— Ana, posso falar com você um minutinho? — indagou Luce, torcendo a ponta da camiseta estampada com a foto dos meninos do One Direction. Lembrei que já passei por essa fase, a de ser apaixonada por cantores, astros do cinema e, no meu caso, jogadores de vôlei.

É sério. Não me esqueço de um episódio cômico — que poderia ser trágico — pelo qual Estela, Marcela (minha prima de Itabirito) e eu passamos quando cismamos de ir ao ginásio do Mineirinho para uma maratona de jogos da Liga Mundial de Vôlei Masculino. Tínhamos uns 14 anos e nenhum adulto podia nos levar. Era meio de semana — quinta-feira, se não me engano —, e nenhum ser vivo caridoso estava a fim de ajudar as três fanáticas. Então encasquetamos de ir por própria conta, prometendo às mães, avós e tias que voltaríamos, de ônibus, antes de o último jogo acabar.

Ah! Nem consigo expressar como ficamos felizes. Éramos três adolescentes soltas na Pampulha, armadas até os dentes de empolgação com a liberdade recém-adquirida. A alegria aumentou assim que passamos pela portaria e ganhamos a camisa amarelinha da torcida organizada, além de umas catracas barulhentas, que não cansávamos de rodar, provocando um barulho ensurdecedor.

Mas não estávamos nem aí.

1. Iríamos ver nossos ídolos: Giovane, Gustavo e Maurício, os jogadores brasileiros mais bonitos na época.
2. Pegamos lugares excelentes no ginásio, no meio e bem perto da quadra.
3. Sentíamo-nos responsáveis e autossuficientes.

Foi um dia inteiro de jogos: Itália contra Sérvia e Montenegro, Rússia contra Polônia, Brasil contra Estados Unidos — bom, eu acho. Seria impossível lembrar das partidas com tanta convicção, né?

De um fato eu não me esqueço: o Brasil acabou se curvando aos Estados Unidos por três sets a dois. Ficamos arrasadas. Muito mesmo, a ponto de perdermos o horário do último ônibus, que sairia antes do final da partida. Quando conseguimos deixar o ginásio, todos os pontos estavam lotados. As filas davam voltas. Minha prima começou a chorar.

— Ana, e agora? O que vamos fazer?

Nem preciso dizer que não tínhamos celular. É. Em 2004, meninas de 14 anos não ganhavam telefones no Natal.

Estela e eu nos entreolhamos. O que iríamos fazer?

O jeito era encontrar um orelhão e ligar para casa. Até acharmos um que funcionasse, uma hora se passou. No momento em que conseguimos entrar em contato com alguém — o premiado foi meu avô —, uma equipe de resgate formada por minha mãe, o pai de Estela e vovó Nair já estava a caminho.

Nem preciso comentar que, passado o susto inicial, levamos uma bronca daquelas ainda dentro do carro. Ficamos de castigo o maior tempão, sem poder ir ao shopping ou assistir aos episódios de Malhação.

Nossa! Eu fui mesmo uma dessas meninas fanáticas. Nem vou contar minhas crises por causa do Bon Jovi. Outro dia, quem sabe? Espero que, quando eu ficar velha, ninguém invente de escrever minha biografia.

Voltei a atenção para Luce assim que ficamos sozinhas no quarto dela. O lugar já não se parecia mais com o reduto de uma criança sonhadora. Estava cheio de pôsteres de bandas juvenis espalhados pelas paredes e portas do armário. Será que com dez anos eu já me comportava assim? Hum... Acho que sim.

— Ana, senta aqui — pediu Luce, batendo com a palma da mão sobre a cama forrada por uma colcha com estampa de... vampiros?!

Obedeci a ela, agora muito mais interessada no assunto, que parecia ser um grande segredo.

Luce demorou a começar a conversa. Primeiro olhou para as unhas pintadas de azul-celeste, depois ajeitou um elefante de pelúcia no colo para, em seguida, pigarrear umas três vezes.

Para tirar a pobrezinha daquela situação, tive que lhe dar uma mãozinha:

— O que está querendo me dizer, minha linda?

As bochechas brancas da menina foram tingidas por um tom vermelho-tomate. Só por isso, adivinhei o tema que ela estava toda melindrosa para tratar.

— Ana, como a gente sabe... que está... apaixonada?

Bingo!

Eu queria rir, mas não podia. Por que meninas têm que ser tão precoces? Aos dez anos elas já sofrem por amor, enquanto os garotos só pensam na última jogada do craque do momento.

— Olha, Luce, acredito que, se o coração dispara só de pensar em uma pessoa, se a fala some quando você está diante dela e se é impossível tirá-la da cabeça, bom, creio que esses são sintomas fortes de uma paixão.

Eu não quis acrescentar outras reações — um pouco mais intensas — devido à faixa etária da minha prima. Aquelas que eu citei já estavam de bom tamanho.

Luce balançou a cabeça para a frente e para trás, demonstrando concordar comigo, mas a vermelhidão do rosto não passou.

— Acho que estou apaixonada, então — concluiu ela, toda tímida.

Que bonitinha! Essa fase da inocência é muito fofa. Pena que passe rápido.

Ergui a sobrancelha, mas fiquei calada, estimulando-a a contar mais. Deu certo.

— É que tem um menino lá na escola, do sexto ano. O nome dele é Petrov. Minhas amigas dizem que ele é um gatinho, e é mesmo. — Luce abriu um sorriso sonhador, exibindo quase todos os dentes da linda boquinha. — Então comecei a reparar, sabe, e acho que ele fica olhando para mim também.

Ela suspirou. O sorriso morreu em seguida.

— E se ele gostar de mim, Ana? O que vou fazer?

Bom, levando em consideração que ela só tinha dez anos, eu não poderia ser leviana nessa situação. Até porque, se desse um palpite errado, Marcus iria comer meu fígado depois — não que ele já não estivesse a fim de fazer isso.

— Olha, Luce, você é linda, doce, meiga, inteligente. Tenho certeza de que os meninos ficam mesmo de olho em você — comecei, usando a técnica de soprar antes de morder. — Mas ainda é uma criança, e crianças não namoram, sabia?

— Eu não sou criança!

Opa!

— Luce, o que eu quis dizer é que ainda é muito cedo para começar um namoro. O gostoso dessa fase é aproveitar a vida com as amigas, curtir as bandinhas de rock e falar dos meninos pelas costas. Era isso o que eu fazia na sua idade.

— Na escola, eu conheço uma menina de doze anos que já beijou um monte de garotos.

*Ai, ai...* Em todo lugar, em qualquer época, sempre vão existir as mais avançadas.

— Pior para ela. Os meninos podem ser uns chatos. — Ah, se podem. Até mesmo quando se tornam homens. Exemplo mais recente: Alexander Jankowski. — Eu, Luce, no seu lugar, aproveitaria a paquera, mas só de longe. No futuro, assim que completar uns treze, quatorze anos, você mesma vai sentir que está chegando a hora de dar uns beijinhos.

Pelo olhar que Luce me deu, acho que ela concordou com meus argumentos. Fiquei duplamente feliz: fiz uma boa ação e percebi que minha veia de advogada ainda não tinha parado de pulsar depois de abandonar — provisoriamente, eu presumia — a profissão.

Alegres, mudamos de assunto. A nova pauta se referia aos gêneros musicais do momento. O embate estava bom, até que, do nada, a porta do quarto de Luce se abriu e um Marcus muito sorridente passou por ela.

— Boa noite, meninas!

Luce correu e pulou no pescoço do pai. Como é que a minha sensação poderia ser só cisma se, enquanto o cretino apertava a filha nos braços, não tirava os olhos malignos de mim?

# 22

## Olho Grego

Por incrível que pareça, quando voltei para o castelo, em vez de encontrar minha mãe, quem estava lá era Irina. Demonstrava estar contrariada e eu até imaginava por quê. Não pretendia tocar no assunto, mas ela mesma o colocou na roda.

— Surpresa por me ver?

— Hã... — travei. Deveria dizer que sim ou que não?

Irina, graças a Deus, não esperou pela resposta.

— A Olívia ficou no meu lugar hoje — ela revelou, meio mal-humorada. — Insistiu tanto que não tive como retrucar.

Por que mamãe fazia questão de cuidar do meu pai? Nem eu estava entendendo. Não mencionei esse detalhe em voz alta, afinal não pretendia colocar mais cafifa na cabeça de Irina.

— É bom que você descansa um pouco — comentei. Dei um abraço caloroso nela e me virei para subir até meu quarto. No meio do caminho, deixei a língua adquirir vida própria: — Quando meu pai se recuperar, espero que ele lhe dê o seu verdadeiro valor.

Irina abriu a boca, num "O" chocado, mas de dentro dela nada saiu.

Dei-lhe uma piscadinha cúmplice e segui adiante. Não fosse pelo olhar atravessado que Marcus me lançara horas antes, não me importaria em ficar batendo papo à toa com ela.

Isso porque determinação era meu nome do meio naquele momento. Cheguei ao meu quarto decidida a investigar na internet a vida pregressa, atual e, se desse, até futura do meu *querido* tio-torto.

Joguei a bolsa no chão — contrariando a lenda de que bolsa no chão repele dinheiro — e parti para cima do computador, confiante que encontraria um podre que servisse de base para colocar Marcus contra a parede.

Fucei tudo, de reportagens sobre seu sucesso profissional à Wikipédia, que me trouxe:

"Marcus Angelo Accetti (Trento, 3 de novembro de 1967) é um empresário italiano.

É presidente do Grupo Colline Viola, formado por três vinícolas listadas no Novo Mercado da Bolsa de Valores da Krósvia, segmento com os mais elevados padrões de governança corporativa.

Em 2012, Marcus Accetti teve sua fortuna aumentada em US$ 3 bilhões em virtude da venda de parte do Grupo Colline Viola para uma empresa chilena. A transação o tornou a 6ª pessoa mais rica da Krósvia e a 77ª mais rica do mundo, com uma fortuna avaliada em US$ 12,4 bilhões de dólares."

Até assoviei com essa informação. Que coisa, hein? Eu não imaginava que o homem tivesse tanto dinheiro.

Porém, infelizmente, nada daquilo revelava algum desvio de caráter, que eu sabia que existia, mas não tinha como provar.

Suspirando de frustração, fechei a página do Google e abri o Outlook, com o objetivo de reler a mensagem do tal Olho Grego e quem sabe receber um contato do além que abrisse minha mente e me fizesse enxergar o que andava por trás da trama novelesca em que eu estava metida.

Nem cheguei a ler o e-mail antigo. Assim que minha caixa de entrada carregou, descobri que o Olho Grego havia feito um novo contato. Providencial!

De: Olho Grego
Para: Ana Carina Bernardes Markov
Assunto: Eu avisei!!

Cara Ana,

Se você tivesse sido esperta e feito o que mandei na primeira vez, eu não precisaria estar aqui de novo, gastando meu precioso tempo para alertá-la sobre o tamanho da enrascada em que se meteu.

Não tenho paciência para joguinhos, então vou avisando de uma vez: prepare seu espírito, que sua hora está chegando. Já que não me obedeceu por bem, vai se dar mal. Você e/ou alguém que lhe seja importante.

Espero que estejamos conversados.
A gente se vê em breve.

Um abraço,
Olho Grego

Fiquei arrepiada! Eu não queria me deixar contagiar pelo pavor que aquelas palavras transmitiam, mas um frio glacial percorreu meu corpo, uma sensação de mau agouro impossível de ignorar.

O que eu deveria ter feito: chamado a equipe de segurança do governo, mostrado a ela os e-mails ameaçadores, pedido para investigar e, só então, deitar a cabeça no travesseiro e suspirar aliviada, ciente de que tudo seria esclarecido rapidamente.

O que eu fiz: liguei para um antigo colega da faculdade — por sorte eu ainda tinha o seu telefone —, um *nerd* fanático por informática (que redundante!), e expus, em partes, os acontecimentos, de modo que ele pudesse rastrear o autor das ameaças.

BRENO: Ana? A que devo a honra deste telefonema?

EU (sem graça, afinal não falava com o cara desde a formatura): Desculpe o sumiço, Breno. Pode me xingar, falar mal de mim pelas costas depois. Mas o bicho anda pegando por aqui. Você nem imagina.

BRENO (rindo): Imagino, sim. Ser celebridade não deve ser fácil, especialmente quando se é obrigado a assumir, do nada, a gestão de uma nação, né?

EU (envergonhada ao quadrado): Pois é. Mas admito que poderia me esforçar mais. Muito chato esse meu comodismo.

BRENO: Não esquenta, princesa. Me diga: em quê eu posso te ajudar?

Meu rosto esquentou. Fazia anos que Breno e eu não nos falávamos. Claro que ele deduziu que eu o estava procurando por necessidade.

EU (decidida a ser direta): É o seguinte. Tenho recebido uns e-mails estranhos e gostaria de saber quem está fazendo isso sem alarmar o governo ou mesmo a minha família.

BRENO: Entendo...

EU: Pode não ser nada, sabe? Talvez só um engraçadinho querendo aparecer. Quero descobrir quem é para tomar uma atitude.

BRENO: E então você pensou em mim e em meus magníficos dotes informáticos.

EU: Isso! O que acha?

BRENO: Posso tentar. Encaminha esses e-mails pra mim e eu vejo o que dá para fazer.

EU (eufórica): Ah! Obrigada, Breno! Muito obrigada mesmo. Nem sei como agradecer.

BRENO: Vamos combinar assim: você me paga com um passeio guiado pela Krósvia, que tal?

EU (rindo gostoso): Claro! Sinta-se convidado. Será um prazer para mim.

BRENO: Mesmo se eu levar a galera toda?

EU (brincando): Bem, aí vou precisar me aconselhar com a equipe de relações públicas do governo.

Fiquei a noite toda na expectativa da resposta de Breno. Sabe aquela coceirinha que dá quando estamos à espera de um dia especial, como o Natal ou o nosso aniversário, só porque sabemos que vamos ganhar presente? A sensação era mais ou menos essa.

Já que dormir se tornou impossível, tentei engatar uma leitura para fazer o tempo passar mais depressa. Eu andava mesmo relapsa com meus livros.

Passei a madrugada relendo *Senhora*, de José de Alencar, um romance brasileiro do século XIX que tem o dom de me prender, mesmo eu conhecendo a história praticamente de cor. Amo os dramas que rondam a vida da heroína Aurélia Camargo. Por causa dela — e da Lizzie Bennet, de *Orgulho e Preconceito* —, sempre desejei ter vivido como as grandes damas do passado, com aqueles vestidos luxuosos e luvas de renda. Muito chique! Se bem que eu questiono e muito o nível de higiene delas.

Levando em consideração os nervos à flor da pele, até que consegui me deixar absorver pela história. E da leitura para o sono foi um pulo.

Acordei de manhã com o celular gritando. Levei um susto tão grande que me sentei depressa, com o peito arfando em busca de ar.

— Alô! Alô! — Atendi no piloto automático, sem checar a tela.

— Ana, é o Breno.

Notícias sobre as mensagens anônimas!

EU (esperançosa): E aí, Breno? O que você descobriu?

BRENO (desanimado demais para o meu gosto): Ana, sinto muito dizer que não consegui ajudá-la.

EU: Não?

BRENO: Infelizmente o IP da pessoa está protegido contra rastreamento. Fizeram a coisa direitinho. Se eu fosse você, Ana, não deixaria essas ameaças passarem despercebidas, não.

EU (massageando o peito, dolorido com a intensidade das batidas do meu coração): Tem razão. É melhor pedir um *help* pro pessoal aqui.

Mesmo assim, Breno, agradeço demais pelo que você fez. O convite para visitar a Krósvia está de pé, certo?

BRENO: Beleza! Foi bom falar com você de novo, Ana. Vê se não some mais.

Prometi que manteria contato e esperava, sinceramente, poder fazer isso.

Naquele momento, porém, toda a minha atenção estava voltada para o fato de que alguém andava maquinando contra mim.

Olhei ao redor.

Ai, ai... Pelo jeito eu começaria a ficar paranoica, um temperinho adicional às tormentas com as quais já estava me acostumando.

# 23

## Alex

Eu não conhecia o Canadá a não ser pela televisão. Pensei que chegaria lá e encontraria um país semelhante aos Estados Unidos, mas me enganei. O Canadá é muito mais charmoso e interessante, pelo menos os lugares aonde fui. Eu estava gostando bastante de passar aqueles dias lá.

Um dos motivos, além da beleza do país — sou arquiteto, reparo nessas coisas —, era a qualidade do congresso do qual participava. Cada minuto dedicado aos fóruns, palestras e conferências valia a distância da Krósvia e da Ana.

Aliás, a Ana era a outra razão pela qual eu aproveitava ainda mais minha temporada no Canadá. Nossa última briga havia nos abalado como nenhuma outra antes. Ela ficou chateada e eu também. Por isso, meu afastamento, de certa forma, foi providencial. Afinal de contas, se a Ana preferia me manter à parte de seus problemas profissionais, fazia mais sentido eu não insistir.

Não que eu não estivesse sentindo falta dela, mas valia a pena dar um tempo de tudo e aproveitar a oportunidade que caíra de paraquedas sobre mim e respirar novos ares. Ficar bem não significa trair. Estou errado?

No final de cada dia do congresso, eu saía com os amigos para beber. O legal foi que acabei conhecendo diversos bares estilosos de Toronto e experimentei um dos melhores chopes da minha vida.

No quesito "mente sã" eu estava mandando bem. Até deixei para me preocupar depois com a invasão no meu apartamento, quando estivesse de volta à Krósvia. Àquela distância de casa, não havia nada que eu pudesse fazer.

— E aí, cara? Qual é o roteiro de hoje? — perguntei a um dos companheiros no final do meu oitavo dia em terras canadenses.

Brian, um americano metido a entendedor das noites de Toronto, deu a dica:

— Vamos ao *Clinton's Tavern*. O lugar é antigo, mas é um dos mais legais por aqui, inclusive pelas frequentadoras — Brian baixou o tom de voz, como quem revela um segredo de estado. — Só gata sarada. Você vai ver.

Eu ri, como não poderia deixar de ser. As frequentadoras quentes do bar eram o que menos me interessava, mas não expus objeções. Estar lá, rodeado de mulheres a perigo, não me colocava na categoria de solteiro disponível e interessado. Fui com os caras, por honra da firma, e não me arrependi. Só de me sentar num dos bancos do balcão e segurar a caneca gelada valia a pena estar ali. Éramos quatro homens, cada um de uma nacionalidade diferente, reunidos pelo amor à profissão e à cevada.

E Brian não mentira. A mulherada só faltava pular em cima de nós ou carregar uma bandeira com os dizeres: "Estamos aqui para o que der e vier".

Tive que ficar na defensiva, ignorando o movimento ao redor. Não pretendia dar motivos para um rompimento definitivo com a Ana. Não mesmo.

Só que nem tudo pode ser do jeito que a gente quer.

Essa teoria foi comprovada lá pelas dez da noite, quando a porta do bar se abriu. Tudo bem, isso aconteceu umas cem vezes desde a hora em que chegamos ao *Clinton's*. Só tive a oportunidade de reparar no entra-e-sai porque a maldita porta fazia parte do meu campo de visão. Mas nada me deixou mais surpreso do que assistir à entrada da Laika naquele bar de Toronto.

*Cacete!*

Ela apareceu acompanhada por uma outra garota. As duas caminharam entre as pessoas, conversando descontraidamente, como se não houvesse uma só preocupação na cabeça. Foram se aproximando do balcão, sem notar minha presença, mas eu sabia que isso fatalmente aconteceria. Era apenas questão de segundos.

Respirei fundo, tentando elaborar uma rápida estratégia de fuga. Mas Laika notaria no ato qualquer movimento meu. Então, tudo o que pude fazer foi aceitar o destino com resignação. Talvez ela só me cumprimentasse rapidamente e seguisse seu rumo. *Oi e tchau!*

— Alex! — Laika gritou ao me ver, com uma expressão de genuína surpresa. — Meu Deus! Não acredito! Que mundo pequeno é este?

Logo após a esfuziante demonstração de incredulidade, ela pulou em meu pescoço e me deu um abraço apertado, como se fôssemos grandes amigos.

Minha esperança de ela partir para longe logo depois de me ver evaporou.

Os caras do meu lado soltaram uns risinhos safados. Que vontade de distribuir uns murros bem ali, na frente de todo mundo.

— Como pode ser? Quero dizer, é o cúmulo da coincidência estarmos aqui, a quilômetros de Perla, não acha? — indagou Laika, irradiando entusiasmo.

— Pois é — respondi, sem a menor vontade de engatar uma conversa com ela e maldizendo o destino intimamente.

— Vocês se conhecem de onde? — quis saber um dos arquitetos do grupo. Olhei para o teto, desejando que ele ruísse e aterrasse a Laika nos escombros.

Ela aproveitou a pergunta para me lançar um olhar carregado de significados e deixar pairar no ar diversas mensagens subliminares.

— Hum... Alex e eu fomos namorados por um tempo.

Brian engasgou com a bebida; os outros me encararam com curiosidade.

*Lá vamos nós!*

Por conta própria, todo mundo se apresentou para todo mundo e as duas mulheres foram convidadas a se juntar ao grupo. Claro que não passou pela cabeça da Laika recusar o convite. O que ela fez foi jogar o sapo n'água e se divertir com a oportunidade de me infernizar.

A acompanhante dela, bom, com certeza sabia detalhes de tudo o que envolvia a Laika e eu. Por isso não abandonou a cara de cachorro bem tratado pelo dono e ficou lá, babando em cima da amiga e lançando olhares que insinuavam um monte de coisas sobre mim.

Quando minha tolerância àquela palhaçada chegou ao limite, dei uma desculpa qualquer e fui até o banheiro. Esperava encontrar por lá uma pista que me indicasse a saída mais rápida daquela roubada.

Se a Ana ao menos desconfiasse de que naquele momento eu tomava cerveja na companhia da Nome de Cachorro (apelido que a minha própria namorada inventou), acredito que seria o fim da linha para mim.

Ao chegar ao banheiro e fechar a porta atrás de mim, senti o inconfundível tremor do celular no bolso de trás da calça jeans. Era uma mensagem de texto. Da Ana!

"Estou com taaaanta saudade de você! E muito arrependida por ter provocado nossa última briga. Não sei onde estava com a cabeça. Queria que você estivesse aqui do meu lado. Preciso que saiba, amor, que não escondi meus problemas de você por medo ou falta de confiança, tá? Eu só não estava disposta a sobrecarregá-lo com meus dramas. Então, por favor, volte logo para casa, para mim, e vamos esquecer de vez toda essa bobagem de dar um tempo. Se meu apelo não for suficiente para convencê-lo, quem sabe a nova coleção da *Victoria's Secret* faça isso por mim, hein? Te amo! S2"

A Ana sempre conseguia amolecer meu peito quando me enviava aquelas mensagens com pedidos de desculpas e promessas tentadoras. Desde o começo.

Li o texto umas quatro vezes, e ele me levou a acreditar que o destino estava me dando um toque. Não era para eu estar naquele bar, jogando meu tempo fora com a Laika.

Meu lugar era outro, a quilômetros dali, ao lado da minha mulher, com ou sem problemas.

Eu não tinha o dom da palavra, não conseguiria dar uma resposta à altura da Ana. Por isso escolhi umas carinhas engraçadas na lista de opções do telefone e enviei a ela, esperando que minha namorada entendesse que eu concordava com tudo o que ela havia escrito.

Tão logo eu voltasse para a Krósvia, daria um jeito de ajeitar as coisas definitvamente. Daria à Ana uma noite de reconciliação inesquecível, na Ilha de Catarina talvez, com direito a jantar romântico e muitas outras coisas mais.

*Casamento.*

A palavra surgiu de repente, como um sopro do além. Pela primeira vez comecei a visualizá-la como algo concreto, possível.

Sorri.

*Quem sabe?*

# 24

## *Capa de revista*

Eu conheço Alex muito bem. Sei, então, que as carinhas sorridentes que ele me mandara como resposta ao testamento que escrevi — deixando claro o tamanho do meu arrependimento por tê-lo afastado de mim — significavam algo positivo.

Apesar da carência de palavras, a mensagem me dizia muita coisa. Só por esse motivo pulei cedo da cama, com a animação contagiando meu corpo, e me vesti para uma caminhada na praia.

Voltei aos velhos tempos, quando aproveitava o sol e a brisa fresca da manhã, acompanhada pelo terrível Bruce, com o intuito de entrar em sintonia comigo mesma à beira do mar mais azul do que todos que eu já tivera a oportunidade de ver.

Passei sorrateiramente pela cozinha, onde roubei uma pera, e escapuli porta afora antes que Karenina me visse e me obrigasse a comer feito um soldado.

O dia estava lindo e meu humor, melhor ainda. A recuperação de Andrej ficava a cada momento mais certa, conforme informavam os últimos boletins da equipe médica.

Vovô Felisberto vivia filosofando: quando as coisas estão tão ruins a ponto de parecer sem solução, a vida dá um guinada para provar que não há nada definitivo neste mundo, exceto a morte. Ele tinha razão.

Motivada pela mudança positiva na atmosfera ao meu redor, enfiei os pés descalços na areia da praia e grudei um sorriso bobo no rosto, que nem quando eu ia para Guarapari, na adolescência. Naquela época, minha prima Marcela e eu achávamos que a Praia do Morro era o melhor lugar do planeta, já que tínhamos permissão para andar sozinhas. Então aproveitávamos. E o sorriso Colgate não nos abandonava. Tempos bons...

Uma vez, fizemos amizade com um hippie que vendia pulseirinhas de couro trançado no calçadão. Parávamos com ele, geralmente à tardinha, e conversávamos muito, bem ao estilo "papo cabeça". Ele sempre nos perguntava se sorrir tanto não fazia as bochechas doerem. Resultado: ríamos ainda mais.

Ah, a adolescência...

Envolvida nas recordações do passado, foi estranho ouvir o toque do celular naquele cenário. Suspirei, com medo de ser Ivan ou algum outro estraga-prazer pronto para tirar o meu sossego.

Para a minha alegria, era Estela.

EU: Oi, amiga! Que surpresa boa!

ESTELA (estranha): Oi, Ana... Tudo... bem?

EU (intrigada): Tudo. E com você? Algum problema aí?

ESTELA (hesitante): Não, não. Tranquilo.

EU (não acreditando nela): É o Artur, né? Pode falar. O que aquele sujeito aprontou? Não me diga que está se engraçando para cima de alguma amiga sua. Se ele estiver fazendo isso, o cara precisa mesmo de um tratamento.

ESTELA (melindrosa): Não, Ana. O Artur está quietinho. Até agora, pelo menos. Só liguei para saber como você anda, se está tudo em paz aí.

EU (sentando-me na areia): Que eu saiba, sim.

Então comentei sobre a ligeira melhora do meu pai, falei também sobre a folga que a imprensa andava me dando e relatei minhas esperanças em um futuro mais equilibrado com Alex.

Foi nessa hora que ela engasgou.

EU (ultra, mega, hiperdesconfiada): Estela, Estela, eu te conheço. Quando as coisas estão realmente bem, nosso papo é diferente. Cadê sua eloquência, suas filosofias, seus sermões?

ESTELA: Eu... Bom...

EU (estressada): Fale logo. O que está pegando? Diga depressa, senão vou desligar o telefone e paro de falar com você até que desista de me enrolar.

Ouvi um longo suspiro do outro lado da linha. Interpretei a ação como um gesto final de tomada de coragem. Eu soube, nesse minuto, que as notícias não prestariam.

ESTELA: Ana, você já acessou a internet hoje?

Dei um salto na areia e fiquei de pé por um reflexo involuntário.

EU (nervosa): Falo com você depois, tá?

Então a imprensa voltara a me cutucar. Mesmo revirando a memória, não consegui sequer imaginar o assunto do momento. A questão das ameaças anônimas por e-mail definitivamente não era, já que eu ainda não tinha decidido o que fazer em relação a elas. Até porque o tal Olho Grego sumira. E ninguém sabia de nada, exceto Breno, que, se tivesse que dar com a língua nos dentes, já teria feito.

Latejando de curiosidade, corri de volta ao castelo. Bruce entendeu meu gesto como um convite para uma corrida e partiu acelerado na minha frente.

— Ana, minha querida! — saudou Karenina. — Venha provar um bolo de chocolate que acabei de tirar do forno. Eu mesma inventei a receita.

— Depois, Kare. Depois. — Nem parei para falar com ela. — Desculpe. Estou com uma pressa danada.

Karenina ainda tentou insistir, preocupada com a correria.

— Aconteceu alguma coisa, minha filha?

— Daqui a pouco vamos saber.

Voei para o quarto, com a ansiedade a mil. Para Estela ter me ligado daquele jeito, boa coisa não andavam espalhando sobre mim por aí.

Que inferno! Quando eu recuperaria a minha paz?

Quase não consegui controlar o nervosismo enquanto o computador executava os cansativos procedimentos de inicialização. Enfiei a unha do polegar na boca e a chupei com o mesmo ímpeto que usava para chupar jabuticaba.

Assim que consegui entrar na internet, fui direto para o principal site de notícias da Krósvia.

Engraçado... Na página inicial não havia nada além das informações sobre política, economia, esportes e o mundo. Isso significava que meu nome estava na boca — ou nos textos — do pessoal da fofoca.

Ciente desse fato, cliquei num link específico. A página mal havia carregado e meus olhos depararam com uma imagem que quase me levou, literalmente, ao chão.

Bem ali, ocupando um espaço de honra, Alex exibia seu lindo rosto. Até aí, tudo bem. Não fosse o cenário ao redor: ele num bar, bebendo com amigos e com ninguém menos que a Nome de Cachorro, em carne, osso e veneno.

*Puta que pariu!*

Desculpem, não costumo falar palavrão à toa. Mas nenhuma outra frase expressaria melhor o que eu senti.

Se a foto me chocou, a legenda tirou todo o ar dos meus pulmões:

"Seria um ensaio para uma reconciliação?"

Eu não estava lendo aquilo. Eu. Não. Estava. Lendo. Aquilo.

Como é que Alexander havia se metido com a Nome de Cachorro lá no Canadá? Por mais que eu quisesse dar crédito a ele, de que forma eu poderia ignorar aquela cena grotesca?

Masoquismo ou não, decidi ler a matéria até o fim. Afinal, eu precisava saber, não é mesmo?

Em visita ao Canadá para participar do XIII Congresso Internacional de Arquitetura e Urbanismo, Alexander Jankowski, enteado do rei Andrej Markov, que permanece hospitalizado devido a um grave acidente aéreo ocorrido há algumas semanas, foi visto numa casa noturna de Toronto, na última quinta-feira, acompanhado pela ex-namorada, Laika Romanov.

Alexander e Laika namoraram por quase três anos, mas se separaram quando ele conheceu a princesa Ana Carina Bernardes Markov, a brasileira que conquistou não apenas o coração do galã, mas também o de todo o país.

Há rumores de que o relacionamento de Alexander com a princesa não anda bem. E, pelo jeito, o bonitão parece estar se recuperando nos braços da ex. Será?

Eu já tomei atitudes precipitadas antes. Já julguei meu namorado e me lasquei toda por causa disso. Não quis ouvi-lo. Dei razão ao que meus olhos viram e quase o perdi.

Não queria cometer o mesmo erro desta vez. Por outro lado, estava na cara que aquela imagem não era montagem. Alex e Laika estiveram juntos, sim. Beberam juntos num boteco canadense, sim. Por mais que eu quisesse ser benevolente, como eu poderia ignorar as evidências esfregadas bem no meio da minha cara?

Minha vontade era confrontá-lo, conversar com ele e escutar sua versão. Mas não consegui tomar a iniciativa de procurá-lo. Travei diante do computador, estarrecida.

Ao contrário de mim, Alex não parou para conjecturar o que poderia acontecer. Antes que eu tivesse tempo de pronunciar a frase "Chamem a carrocinha!", vi seu nome aparecer na tela do meu celular junto com o toque especial que programei para identificá-lo: a música "Só hoje", do Jota Quest.

Então ele já sabia que eu sabia ou pretendia sondar o terreno?

Só atendendo a chamada para saber.

Apertei a tecla verde, mas continuei muda. Não conseguia fazer minha voz me obedecer.

— Ana... — Alex disse, demonstrando estar agoniado.

Travei os dentes, lutando contra a vontade de chorar e de soltar o verbo. Desta vez eu pretendia escutá-lo primeiro.

ALEX: *Lyubit,* você sabe que aquela foto não significa nada, não sabe?

Como ele ficara sabendo que eu já tinha visto eu não fazia a menor ideia. Vai ver a culpa o levasse a ter premonições.

EU (meio catatônica): ...

ALEX (nervoso): Ana, tudo não passou de uma horrível coincidência. Saí com uns caras para tomar um chope depois do congresso. Estávamos só nós quatro. Até que, do nada, a Laika apareceu e praticamente se convidou para ficar com a gente.

EU (recuperando a fala, consumida pela raiva): E você não pôde fazer nada a respeito, não é, Alexander? Fico imaginando quão difícil deve ter sido para você ficar lá, confraternizando com aquela... aquela imbecil, enquanto eu me declarava por torpedo.

ALEX: Ana, a coisa não era tão simples assim. Eu não fiquei confraternizando com a Laika. Desde o momento em que ela pôs os pés no bar, fiquei tentando encontrar um jeito de escapar de lá o mais rápido possível. Quando sua mensagem chegou, eu estava no banheiro, prestes a dar o fora dali. Nós não ficamos juntos a noite inteira.

EU (dividida entre acreditar nele e desligar o telefone): Alex, neste exato momento, não sei o que pensar a respeito disso tudo. Você não faz ideia do que é entrar na internet e dar de cara com uma foto do seu namorado bebendo em companhia da ex, em outro país, a milhares de quilômetros daqui. É querer demais que eu processe tudo isso agora. Essa história é no mínimo muito surreal. Eu preciso de um tempo para pensar.

ALEX: Ana, amor, por favor, você precisa acreditar em mim. Tudo o que eu disse é a pura verdade. Se a Laika apareceu lá de propósito ou não, isso não importa.

EU: Não?!

ALEX: Claro que não! *Eu* não sabia de nada. Esse é o detalhe que realmente importa.

Inspirei. Muito fundo.

Eu amava meu namorado. Era um sentimento tão poderoso que estava acima do meu entendimento. Ainda assim, não fui capaz de ceder ao pedido de Alex, não naquele momento. Uma garota tem o direito de se sentir confusa e de querer ruminar suas dúvidas antes de tomar uma decisão.

Então EU falei: Alex, por mais que eu queira acreditar em você, agora eu não consigo. Preciso pensar. É melhor a gente deixar para conversar quando você voltar.

ALEX: Ana...

Desliguei o telefone. Não estava disposta a ouvi-lo mais. Esse tipo de assunto é para ser discutido pessoalmente, quando as palavras são reforçadas pelas reações físicas, pela linguagem não verbal.

Fechei o notebook com força e me joguei sobre a cama. Tinha consciência de que meu corpo estava salpicado de areia da praia e de que precisava me arrumar para o trabalho. Apesar disso, não resisti a ficar ali, deitada feito um bezerro recém-nascido, sentindo pena de mim mesma.

# 25

## Alex

Que saco! Que inferno! Quantas vezes eu teria que repetir para a Ana que a Laika não significava nada para mim? Que diabo de mulher teimosa eu fui arrumar!

Sem cabeça para ficar no congresso até o encerramento, dei um jeito de antecipar minha volta para a Krósvia. Eu não ia permitir que chegássemos ao ponto de desistir um do outro, como quando a Laika aprontou aquela emboscada com os fotógrafos na Ilha de Catarina.

Eu sentia que chegava o momento de tomar uma atitude mais definitiva, para o bem do nosso relacionamento. Ela precisava acreditar de uma vez por todas que não havia outra mulher no mundo para mim, nem que para isso a gente precisasse... se casar.

De novo, a palavra "casamento" ficou dançando no meu cérebro. Antes de conhecer a Ana, pensei que jamais admitiria essa possibilidade um dia. A Laika sempre quis que ficássemos noivos e andássemos de aliança no dedo. E eu sempre me esquivava do compromisso.

Com a Ana, ainda que eu soubesse que queria ficar com ela para sempre, nunca cheguei a cogitar que precisava deixar isso claro por meio de uma união definitiva. Cacete, ela é filha do rei! E eu, o enteado dele. Em que espécie de presepada eu seria forçado a me meter? Seríamos obrigados a desfilar novamente pelas ruas de Perla e receber convidados que não tinham nada a ver com a gente só para garantir o espetáculo? Nem morto!

Mas agora era diferente. *Eu* estava diferente. A Ana era minha, até o fim. Se para provar isso a solução era subir ao altar, então, que fosse.

Ainda no aeroporto de Toronto, dei um passo que simbolizava minha decisão e, mais que isso, provava que era para valer. Ao deparar com uma joalheria no *free shop*, entrei sem pensar duas vezes.

— Posso ajudá-lo, senhor?

Uma mulher magra e loira, impecavelmente vestida e penteada, abriu o que talvez fosse o melhor dos seus sorrisos, tão reluzente quanto as pedras preciosas expostas nas vitrines, sentindo o cheiro de uma venda gorda no ar.

Não a desapontei.

— Preciso de um anel de noivado. — Dei uma checada no horário. — Rápido, porque o meu voo sai daqui a pouco.

— Claro! O senhor tem alguma preferência? — quis saber a vendedora, agora com o brilho atingindo os olhos.

— Quero um anel digno de uma princesa — falei, torcendo para que ela não captasse a verdade embutida naquela frase.

— Hum... Então o senhor precisa de algo especial.

A mulher me levou até um balcão de vidro todo espelhado, onde uma única joia reinava sobre uma superfície forrada com tecido azul. Com destreza, ela abriu o cadeado — de ouro, parecia — e retirou o anel, encarando-o como se ele fosse uma divindade das mais importantes.

— Este é o *Round Brilliant With Channel-set Band*. Uma preciosidade, senhor...

— Alexander.

— Está vendo o aro? É de ouro branco, 18 quilates, incrustado de pequenos diamantes. E aqui no centro o diamante principal, que é muito raro. Esta joia enfeitiça qualquer mulher, senhor Alexander. Não vai se arrepender.

Era mesmo um anel maravilhoso. O preço, nem tanto. Mesmo assim, eu disse à vendedora que o queria, e isso a levou ao delírio. Fiz o dia dela, com certeza.

Logo depois, coloquei em ação a segunda parte do meu plano de convencer a Ana a se casar comigo. Liguei para a Olívia, pois precisava de uma cúmplice.

Ela já sabia da foto. Por isso, no início da ligação, ficou meio resistente a me ajudar. No entanto, ao contrário da filha, Olívia percebeu minha sinceridade bem mais rápido.

Pedi a ela que organizasse um jantar no chalé da Ilha de Catarina, para dois, é claro, e que caprichasse na decoração romântica. Lógico que bateu um certo constrangimento, afinal ela era a mãe da minha namorada. Mas empurrei a vergonha para um canto e expliquei tudo o que pretendia, inclusive o pedido de casamento.

Pude sentir a alegria na voz da minha futura sogra, como se ela estivesse esperando por aquele momento havia séculos. Depois ela argumentou que, com o Andrej ainda em tratamento, talvez fosse mais prudente não apressar tanto as coisas.

Expliquei que ficar noivo da Ana era apenas o primeiro passo. E que eu só pretendia oficializar o pedido quando meu padrasto estivesse em casa, bem de saúde. Se isso não acontecesse, bem, aí era outra história.

Olívia me garantiu que deixaria tudo no jeito para que a surpresa fosse feita quando eu chegasse e ainda prometeu dar uma amansada na fera, que, segundo a mãe, andava cuspindo fogo para todo lado.

Eu já imaginava.

Assim que desliguei o telefone, afundei numa cadeira da sala de embarque, com a cabeça a mil. Enfiei a mão no bolso da jaqueta e apalpei a caixa que guardava o anel. Achei que ficaria mais tranquilo, mas saber que ela estava lá, com todo o significado que carregava, só fez aumentar minha tensão.

Eu esperava que a Ana gostasse da ideia. Caso contrário, pagaria o maior mico da história da Krósvia.

# 26

## Vai ter que ser assim

De repente, todo mundo decidiu que precisava me consolar. Meu telefone não parava de tocar, indicando que a história do encontro — intencional? — entre Alex e a Nome de Cachorro no Canadá já tinha virado o assunto do momento.

Ignorei todo mundo, sem culpa. Nem as chamadas de Estela eu quis atender. Precisava de um tempo para organizar meus pensamentos e não ficar remoendo o problema a cada toque do celular.

Tampouco passei o dia deitada, sofrendo feito uma diva traída, bebendo martíni, ao som da Mariah Carey.

*I can't live if living is without you*
*I can't live, I can't give anymore*
*I can't live if living is without you*
*I can't give, I can't give anymore*

Pois é. Não dava, né? Tratei de aprumar o corpo e me dedicar ao trabalho, o melhor remédio nessas horas.

Contrariando todas as expectativas, Ivan mostrou-se compreensivo, capaz de gestos admiráveis, como se oferecer para atender as ligações para mim e dar a elas o tratamento adequado. Quem diria! Às vezes, onde menos esperamos, encontramos apoio.

— Puxa, Ivan. Obrigada por estar sendo tão gentil comigo — agradeci, prestes a acreditar que Estela tinha razão quando afirmou que ele sentia algo por mim. Porque só alguém que se preocupa muito com uma pessoa faria o que ele estava fazendo.

Ele arqueou as sobrancelhas e se recostou na mesa do meu escritório no Palácio de Perla, cruzando os braços sobre o peito. Olhando com atenção, ninguém podia negar que ele tinha seu charme.

— E isso a deixa surpresa, não é? — Ivan observou, fazendo meu rosto corar.

— Bom, é que você nunca foi um sujeito muito paciente com minhas... neuras.

Ele achou graça.

— Ana, confesso que, no começo, eu quis enquadrá-la nos padrões palacianos. Agora penso que, se eu tivesse conseguido, metade do seu charme teria evaporado.

Surpresa com a declaração, arregalei os olhos. Que homem estranho!

— Você é do jeito que é, e todo mundo a adora assim.

Ivan contornou a mesa e se sentou na minha cadeira, todo folgadão. Se querem saber, nem me importei. O que era uma poltrona com rodinhas e estofado de couro diante dos meus problemas?

— Quanto ao seu namorado, nunca imaginei que ele fosse esse tipo de cara.

Franzi a testa, mudando de postura. *Eu* tinha o direito de falar mal de Alexander, *eu*, apenas *eu*.

Ivan não parecia preocupado se as suas críticas me irritavam:

— O Alex sempre me pareceu um sujeito volúvel e irascível, mas, quando o assunto era você, eu tinha certeza que ele estava envolvido. Afinal, sempre o vi protegendo você como um leão protege as suas leoas — falando com os próprios botões, Ivan completou: — E como eu já quis testar essa fidelidade.

— Como é? — indaguei, pasma. Será que eu havia ouvido aquilo mesmo?

O assessor empertigou-se na cadeira e me encarou com muita seriedade. Desejei que ele não fizesse uma declaração bombástica, tipo que estava apaixonado por mim ou coisa parecida.

— Ana, é bem provável que quase toda mulher deste país gostaria de estar no seu lugar. Além de ser uma princesa e poder usufruir de todas as regalias exclusivas à sua posição na sociedade, você namora um dos homens mais bonitos deste planeta.

*Hã? Para tudo!*

— Quase toda mulher... e uma boa parcela de homens, estes mais por causa do segundo item da lista que eu mencionei — completou Ivan, ainda me olhando intensamente, como se quisesse que eu adivinhasse seu pensamento.

A perplexidade me deixou muda.

— Eu mesmo já desejei que ele jogasse no meu time.

Abri a boca, chocada, esquecendo-me momentaneamente da safadeza que Alex aprontara comigo do outro lado do mundo.

— Entendeu o que eu disse, Ana? — Ivan piscou e se posicionou, à espera de que eu me manifestasse.

— Ivan, você está me dizendo, indiretamente, que é... — travei, sem jeito de completar a frase.

— *Gay*.

Minhas reações diante da revelação:

1. Senti o rosto queimar de vergonha por me permitir embarcar na viagem de Estela. Ivan a fim de mim? Piada!
2. Fiquei tentando encontrar as palavras certas para responder, que demonstrassem o quanto sou desencanada em relação a esse assunto. Para mim, pessoas são pessoas, independentemente de sua orientação sexual. Mas, entendam, jamais desconfiei da opção de Ivan, por isso o meu choque.

Ele mesmo me tirou do embaraço:

— Ana, não precisa dizer nada. Só contei porque senti necessidade de fazer isso.

Ivan se levantou. Ficou de frente para mim, bem perto, e segurou meus ombros.

— Confesso que minha intenção era distraí-la dessa angústia que a está consumindo desde cedo hoje. — Apertando minhas bochechas, ele prosseguiu: — Não é como se fosse um grande dilema na minha vida. Eu sou gay, minha família sabe, todo mundo leva numa boa, e estamos todos bem. Certo?

Movi a cabeça para baixo e para cima, ainda impossibilitada de falar.

— Ei, mocinha! Não precisa ficar sem graça. Me deixe abraçá-la.

E Ivan me abraçou mesmo, com uma ternura que julguei ser impossível de partir dele. Sentindo-me confortável — e exausta de emoções — em seus braços, desatei a chorar, como não havia feito desde que falara com Alexander sobre a foto dos infernos.

Fui consolada pelo mesmo cara que não desgrudava de mim a partir do dia em que meu pai se acidentou. Ele ficava que nem um peixe oportunista nas costas do tubarão. Mas ali não estava o Ivan de antes. Ah, não mesmo! Que surpresa ele se mostrar uma pessoa diferente — para o bem! — justo no momento em que eu mais precisava.

— Ah, Ivan... — balbuciei, entre soluços.

Não fosse por uma batida intrometida na porta, acho que teríamos ficado assim a tarde inteira.

Afastei-me dele e andei até a janela, para que não fosse flagrada às lágrimas. Ivan abriu a porta, conversou rapidamente com alguém e depois voltou a fechá-la. Virei-me para ele. Meu novo amigo já não apresentava a mesma expressão de antes. Preocupei-me.

— Ana, não quero mentir para você, mas, se preferir, não digo nada.

Meu peito afundou. Gente, quando me dariam uma trégua?

— É melhor falar de uma vez para que eu não seja pega de surpresa de novo.

Em vez de me contar, Ivan estendeu uma folha de papel para mim.

— Leia.

E lá estava: o tiro de misericórdia.

> Por quantas situações embaraçosas vamos ser obrigados a ver a princesa Ana Markov passar? O povo a abraçou sem refletir sobre as implicações de sua chegada ao nosso país. Está certo que ela é meiga, simpática e tem uma beleza interessante. Mas essas características não fazem uma rainha. Para isso é preciso ter traquejo político, experiência administrativa e zelar pela imagem pública.
>
> No entanto, a todo momento nos deparamos com relatos da imprensa de mais um deslize da princesa, mais uma conduta questionável, que a desvia, proporcionalmente, do foco principal: o comando responsável desta nação.
>
> Até quando vamos permitir que sejamos levados tão pouco a sério? É hora de o povo da Krósvia acordar e mostrar que sabe o que quer!
>
> *Partido Republicano*

Devolvi o papel para Ivan e avisei:

— Chega por hoje. Vou dar uma saída agora.

— Ei, Ana! Aonde vai? E com quem?

Dei um suspiro profundo. Essa pergunta nem eu mesma sabia responder. Falei o que veio primeiro à minha cabeça:

— Não sei. Só quero andar um pouco.

Antes que Ivan pudesse dizer alguma coisa para me impedir, parti sem olhar para trás.

Eu não sabia mesmo para onde iria. Na verdade, o lugar pouco importava. Precisava apenas me afastar um pouco e arejar a cabeça. E eu tinha de ir sozinha.

Desci até o estacionamento do palácio e avistei o carro que Jorgensen usava para me levar de um lado para o outro. O motorista não estava lá, uma vez que nem de longe poderia imaginar que eu sairia àquele horário.

Por sorte, a chave se encontrava na ignição. Sem pensar demais, dei a partida, não antes de prender o cabelo com um elástico que estava jogado na bolsa e colocar os óculos de sol. Se desse certo, eu atravessaria despercebida as ruas da capital.

Passei pelos seguranças do castelo com facilidade e pisei fundo no acelerador. Só por uns instantes eu agiria como se fosse uma garota qualquer, dirigindo o carro do pai. Acho que merecia esse presente.

Saí da cidade sem nem notar. De repente, entrei na autoestrada. Até que achei bom. Assim pude dirigir com mais liberdade, sem me preocupar com trânsito e pedestres.

Tive de colocar o celular no silencioso. Além das pessoas que desde cedo tentavam falar comigo, Ivan entrara na lista, aumentando consideravelmente o número de chamadas. Se pensava que eu atenderia, ele estava doido. Naquele momento, eu só queria saber de mim mesma e de mais ninguém.

Tentei sintonizar uma rádio que prestasse, pois as músicas gravadas no *pen drive* de Jorgensen davam azia. Parei de procurar assim que escutei a voz grave e melodiosa da Lana Del Rey, interpretando *Ride*. Maravilha!

Abri a garganta e, para não chorar outra vez, cantei junto com ela, em alto e bom som, para que o universo inteiro escutasse:

| | |
|---|---|
| *I've been out on that open road* | Tenho passado muito tempo naquela estrada |
| *But you can be my full time, daddy* | Você pode ser meu tempo integral, papai |
| *White and gold* | Branco e dourado |
| *Singing blues has been getting old* | Cantar blues está ficando antiquado |
| *You can be my full time, baby* | Você pode ser meu tempo integral, baby |
| *Hot or cold* | Quente ou frio |

| | |
|---|---|
| *Don't break me down* | Não me critique |
| *I've been traveling too long* | Tenho viajado muito |
| *I've been trying too hard* | Tenho tentado com muito empenho |
| *With one pretty song* | Com uma bela canção |

Interrompi a cantoria bruscamente. Isso porque uma SUV grande e preta, com vidros escuros, fez uma ultrapassagem digna dos embates alucinados entre Vettel e Alonso nas corridas de Fórmula 1. Eu ia dar aquela buzinada mal-educada, se o motorista do carro, não contente por me ultrapassar daquela forma, não tivesse fechado minha passagem na estrada.

Freei depressa, com medo de me arrebentar toda na lateral do imbecil. Meu coração quase saiu pela boca.

Com o dedo em riste, me aprumei para dar uma bronca no inconsequente. Mas, de repente, antecipando-se a mim, três homens enormes saíram de dentro do carro. Comecei a tremer de pânico. Aquilo não ia terminar bem.

— Desça! — ordenou um deles, cujos rostos eu não conseguia enxergar devido às máscaras que usavam.

Grudei a bunda no banco, apavorada demais para entender a ordem.

Como não reagi prontamente, fui arrancada de lá por mãos grossas e violentas. Tentei gritar enquanto esperneava, oferecendo o máximo de resistência que conseguia.

Levei um tapa no rosto e minha boca foi rudemente coberta.

— Quietinha, princesa. Senão seus belos olhos nunca mais vão ver a luz do dia.

Eu sabia que ia desmaiar quando um pano úmido foi colado no meu nariz. Uma sensação de torpor invadiu meus sentidos. A última imagem registrada por meu cérebro foi a de um amuleto preso por uma corrente prateada no pescoço de um dos caras. Adivinhem só o que era: um enorme e redondo olho-grego!

Minha cabeça latejava tanto que eu acordei me perguntando o que havia feito no dia anterior para merecer aquele castigo. Abri os olhos ciente de que a luz da manhã forçaria a entrada por minhas retinas, aumentando a pressão no crânio.

No entanto, quando minhas pupilas se ajustaram ao ambiente, a dor de cabeça passou a ser a menor de minhas preocupações. Tudo ao redor era estranho: cama, paredes, cortinas. Onde eu estava, afinal?

Tentei encontrar meu celular, mas não vi nem ele nem minha bolsa por perto. Senti um enjoo, provocado talvez pelos movimentos rápidos ou por outra coisa. Um cheiro?

Foi aí que a memória retornou de uma só vez, como se eu tivesse aberto uma torneira há muito tempo enferrujada. As imagens dos trogloditas me interceptando na estrada, depois batendo em meu rosto e me fazendo desmaiar com um pano fedorento de formol chegaram em *flashes*.

E, depois, o olho-grego.

Tentei sair da cama, mas um dos meus pulsos fora amarrado à cabeceira. Eu havia sido sequestrada! Os malditos e-mails não eram brincadeira, afinal.

Eu ia começar a chorar quando escutei um barulho vindo do lado de fora do quarto. Fiquei imóvel, quase nem respirava, esforçando-me para ouvir melhor o que se passava por trás daquela maldita porta.

Infelizmente, tudo o que eu conseguia captar eram sussurros ininteligíveis. O que estariam tramando contra mim? Ou melhor, *quem* estaria tramando contra mim?

Um medo nunca sentido antes me atingiu em cheio, mexendo até com as células mais escondidas do meu ser. E se eles me matassem? E se dessem sumiço no meu corpo? Ninguém jamais saberia o que havia acontecido comigo. Se esses caras fossem espertos, já teriam dado um jeito no meu celular, de modo que ele não pudesse ser rastreado.

Meu Deus! Minha mãe morreria de preocupação. E meu pai? Como ficaria se recobrasse a consciência e descobrisse que sua única filha havia desaparecido? Será que pensariam que eu decidi colocar um fim em tudo porque fiquei arrasada com a foto de Alex e Laika? Será que culpariam Alexander?

Ai, ele não merecia isso. Por mais que eu estivesse chateada, não chegava a esse ponto. E, ainda por cima, eu o amava demais. Só de pensar que nunca mais o veria, que não sentiria seus braços e seus beijos caso fosse assassinada nas próximas horas, as lágrimas interrompidas minutos atrás finalmente chegaram.

Chorei em silêncio, temendo que qualquer ruído despertasse a ira dos monstros que me raptaram. Porém, acho que não fui tão discreta assim. De repente, uma voz estrondosa gritou do outro lado da porta:

— Cale a boca, garota! Ou vou até aí fechar o seu bico na marra.

Apertei um lábio no outro, visualizando as inúmeras técnicas que aqueles homens poderiam utilizar para me calar à força.

*Ai, minha Nossa Senhora, me ajude!*, pedi, sem necessariamente emitir qualquer som.

Meu braço preso doía por causa da posição, minha cabeça ainda latejava e meu rosto ardia devido ao tapa que levei. Ainda assim, a dor que realmente me incomodava, a maior de todas, era estar ciente de que, em pouco tempo, eu poderia devastar a vida das pessoas que mais amava neste mundo.

Exausta de tanto chorar, acabei caindo no sono. Não sei dizer quanto tempo dormi, pois tiraram meu relógio de pulso e o quarto era escuro demais para eu saber se era dia ou noite.

Estava morta de sede. Minha boca já sofria com o ressecamento provocado pela carência de líquido. Será que a intenção dos sequestradores era me fazer definhar até a morte?

Eu não tardaria a receber uma resposta. Enquanto eu refletia sobre meu futuro iminente, a porta do quarto foi aberta. Um homem passou por ela. Devido à escuridão, não consegui reconhecê-lo. Bom, não de imediato, quero dizer.

Ele permaneceu na penumbra por alguns instantes, sem pronunciar uma única palavra.

Meu coração martelava dentro de mim, à medida que inúmeras conjecturas passavam por minha cabeça:

- Ele iria me matar naquele exato momento.
- Eu seria violentada de todas as maneiras possíveis — e as imagens, em seguida, seriam divulgadas na internet.
- Bateriam em mim para provar o argumento de que, se eu não me afastasse da Krósvia, sofreria duramente as consequências da minha teimosia.

Mas o homem não fez nenhuma dessas atrocidades. Ele apenas esperou — o quê, exatamente, eu não sei — e disse por fim, logo que meus olhos começaram a distinguir melhor as formas do ambiente:

— Está satisfeita com o tratamento, minha *sobrinha*?

Marcus? Meu Deus do céu, o homem diante de mim era Marcus?!

Está certo que sempre duvidei da retidão do seu caráter, mas daí a me sequestrar, a ser o tal Olho Grego que me ameaçava virtualmente... Gente, ele era o marido da minha tia, pai dos meus primos. Como a tia Marieva errara tão feio assim?

Estremeci dos pés à cabeça. Aquele homem, com certeza, teria coragem para me fazer sofrer dos piores modos possíveis.

Ele caminhou em minha direção, até parar diante de mim. A fim de igualar nossa altura, Marcus se sentou na minúscula cama, bem ao meu lado. Abriu um sorriso maligno, digno dos piores vilões das histórias de serial killers e psicopatas.

— Viu o que acontece quando alguém ignora os meus pedidos, Ana? — indagou ele, cheio de malícia. — Se você tivesse me ouvido desde o início, poderia estar agora desfrutando do clima tropical do seu amado Brasil.

— O que você quer de mim? — gritei, com vontade de dar uma cuspida certeira na cara dele.

— Ana, Ana, vamos abaixar esse tom? — Marcus sugeriu, com uma falsa tranquilidade. — Você teve sua chance. Agora vai ter que fazer do meu jeito.

Senti seus dedos traçarem um caminho que ia do canto da minha boca até a base do meu pescoço. Uma náusea aguda me atingiu.

*Deus, não permita que Marcus toque em outras partes do meu corpo. Não permita que ele... que ele... me violente.*

— Você é uma coisa, Ana, uma *ragazza più bela*. Toda vez que olho para você, tenho vontade de sentir seu gosto — sussurrou ele, ainda com a mão pousada em meu pescoço. — Por outro lado, não passa de uma garota intrometida, que jamais deveria ter saído daquele paisinho e vindo se meter na Krósvia.

Para meu alívio momentâneo, Marcus se pôs de pé novamente e começou a andar de um lado para o outro.

— Eu tinha tudo planejado antes de você aparecer. Daria um jeito de tirar seu pai da jogada. Daí a Luce assumiria, formalmente, o lugar dele, já que a minha filha ainda é menor de idade. Como a sua tia é uma pamonha, eu mesmo controlaria tudo e governaria este país do meu jeito.

— Você acha mesmo que o primeiro-ministro e o parlamento deixariam isso barato? — questionei, esquecendo, por um momento, o medo que sentia.

— Ninguém pode comigo, garota. Ninguém se mete no meu caminho e sai ileso. Eu não me casei com sua tia à toa, não mandei danificar a porra do helicóptero do seu pai por nada.

Cobri a boca com a mão livre, horrorizada. Então não havia sido um acidente? Meu pai podia morrer porque o demônio do Marcus desejava um poder que estava além de seus limites!

— Como você... pôde?

Marcus soltou uma gargalhada que reverberou pelas paredes do minúsculo quarto.

— Ih, menina! Se eu contasse as coisas que precisei fazer para chegar aonde estou agora!

Eu não duvidava nem por um segundo que deveria haver muita barbaridade mesmo. Que escroto! Como tia Marieva não percebia, gente?

— Então o plano é me matar agora e depois dar um fim no meu pai, é isso? — eu quis confirmar, só para não deixar brotar uma pequena esperança dentro de mim.

Marcus se virou. Seu rosto estampava a pior carranca que eu já tive a oportunidade de ver.

— O plano, minha querida, é manter você presa aqui por um tempo, enquanto me convier. Afinal, sua pele viva vale muito mais do que morta. Por ora, pelo menos. Meus homens vão começar a chantagear a família e eu, caridoso como sou, vou me oferecer para ajudar no que for possível, inclusive financeiramente, quando pedirem o resgate.

Encolhi. Quais eram as minhas chances, afinal? E o que seria pior: permanecer presa, à mercê daquele louco, ou morrer de uma vez?

— Não se preocupe. Sua temporada aqui vai valer a pena. — Marcus abriu um sorriso medonho, contradizendo a afirmação que acabara de fazer. — E, quando sua hora chegar, prometo ser gentil.

E então ele saiu, tomando o cuidado de trancar a porta em seguida.

Eu pensava que viveria quase eternamente, feito a Dercy Gonçalves. Visualizava minha imagem no futuro: eu, bem velhinha, cuidando de um jardim, contando histórias para meus netos, brigando com Alex porque ele saiu para jogar dama na praça com os amigos e chegou tarde para o almoço. Sinceramente, morrer antes dos vinte e três anos não fazia parte dos meus planos, especialmente sozinha, sem poder dizer adeus a todos que eu amava.

Por mais semelhante que minha vida fosse aos contos de fadas tradicionais, eu duvidava muito que meu final se desse como nas histórias de princesas: eu, resgatada no último minuto pelo meu príncipe encantado.

# 27

## Alex

A viagem até Lisboa custou a passar. Também, ansioso como estava, nem consegui pregar o olho. Trocar de avião na capital portuguesa só contribuiu para aumentar a tensão que me consumia.

Enquanto esperava o reembarque, tomando café para aliviar o estresse, meu celular tocou.

*Irina?*

— Aconteceu alguma coisa, Irina? — fui direto ao ponto, para variar.

— Aconteceu, Alex — ela também foi. — O Andrej saiu do coma. Está consciente e bem.

Uma sensação de bem-estar alterou meu até então ferrado estado de espírito. Não me preparara para ouvir uma notícia incrível como aquela. Portanto, permanecer impassível deu trabalho. Mantive a postura, afinal não pegaria bem um cara do meu tamanho começar a chorar de emoção na sala de embarque do aeroporto de Lisboa — nem em qualquer outro lugar do planeta.

Só estranhei que a novidade não tivesse sido dada pela Ana. Tudo bem que ela ainda deveria estar muito brava comigo. No entanto, diante de uma notícia fantástica como essa, eu esperava que todas as neuras da minha namorada cabeça-dura evaporassem.

— Que maravilha, Irina! Como foi que aconteceu? Quando? Nossa... — Eu quis saber tudo de uma vez. Melhor dizendo, desejei estar lá, em Perla, perto de Andrej e de toda a família.

Mas a resposta dela nem de longe soou tão entusiasmada quanto eu esperava.

— Foi na última madrugada, Alex. Ele simplesmente abriu os olhos e perguntou que lugar era aquele. Depois pediu água. Estamos todos surpresos e agradecidos.

E nada empolgados. Que merda aquilo significava, afinal?

— Mas — Irina acrescentou, antes que eu pudesse questionar sua postura — nossa felicidade aqui foi comprometida por um evento ainda inexplicável, Alex.

Troquei o telefone de ouvido, ajeitando-me melhor na cadeira. O que quer que tivesse acontecido não parecia ser uma coisa simples.

— Não sei bem como começar a contar para você o que houve — ela confessou, titubeante. — A não ser indo direto ao ponto.

— Vá em frente, Irina — encorajei-a, ainda completamente no escuro.

— Alex, está para completar vinte e quatro horas que a Ana desapareceu.

Fiquei de pé de um pulo só. A xícara com o café tombou sobre a mesa, causando certa bagunça.

— Desapareceu como, Irina? Saiu sem avisar, foi isso?

— N-na verdade, não sabemos direito. O Ivan contou que, ontem de manhã, depois de ler uma nota publicada pelo Partido Republicano, ela saiu do Palácio de Perla dirigindo o carro que o Jorgensen costuma usar. Desde então não sabemos de seu paradeiro. Tanto ela quanto o carro sumiram.

Esfreguei os cabelos, tentando, com o gesto involuntário, clarear a mente. De alguma forma, nada daquilo fazia sentido. A Ana não desapareceria de propósito, sabendo que deixaria todo mundo preocupado, ainda mais na condição de substituta do rei.

— Será que ela não sofreu um acidente, Irina? Pode ter batido o carro, caído numa ribanceira. Já procuraram saber? — Doía imaginar que algo grave pudesse ter acontecido, mas não podíamos nos negar a averiguar qualquer possibilidade.

— Alex, checamos todas as opções plausíveis e chegamos a duas conclusões apenas. — Fiquei atento às palavras de Irina. Eu, mais do que ninguém, precisava saber que porra de conclusões eram essas. — Ou ela fugiu e resolveu dar um tempo de tudo, o que eu, particularmente, duvido muito. Ou alguém a raptou, embora não tenha havido nenhum contato com pedido de resgate.

Todos os músculos do meu corpo se retesaram ao imaginar a Ana em poder de um sequestrador disposto a tratá-la das piores formas imagináveis.

De repente, lembrei-me da invasão ao meu apartamento. Fiquei me questionando se esse fato não poderia ter relação com o sumiço da minha namorada.

— Irina, chego a Perla daqui a quatro horas. Vou dar um jeito de encontrar a Ana.

Ah, como ia! Não descansaria até achá-la, nem que precisasse revirar o mundo de cabeça para baixo, montado na minha moto, que entrava em qualquer canto.

— Alex, quando estiver aqui e for ver o Andrej... Você vai vê-lo, não vai?

— Claro que sim.

— Não conte para ele a respeito da Ana. Estamos dando desculpas, por enquanto. Tudo bem?

Ela nem precisava ter me lembrado disso.

— Tudo bem.

Cheguei ao hospital me equilibrando entre duas emoções: a felicidade de saber que meu padrasto havia se recuperado e o desespero por não fazer a menor ideia de onde a Ana andava.

De alguma forma, a imprensa já tinha sido avisada — sobre ambos os fatos —, e os jornalistas e fotógrafos podiam ser vistos aos montes ao redor do hospital. Tentei passar por eles despercebido. No entanto, como meu nome também figurava entre as notícias mais frescas do momento, claro que não permitiram que eu atravessasse no meio deles sorrateiramente.

Ou eu levava o assédio numa boa e dava uma declaração superficial, mas que os satisfizesse, ou distribuía socos a torto e a direito. Pelo bem da imagem da família real, fiz um esforço e optei pela alternativa um.

Afirmei de modo sucinto que estávamos aliviados e felizes com o fato de Andrej ter saído do coma. Deixei claro que ainda não tínhamos informações sobre o desaparecimento da Ana. Na hora em que um idiota me perguntou a respeito da maldita foto feita no Canadá, declarei que não diria uma só palavra sobre aquele assunto.

E saí sem olhar para trás, ignorando os chamados. Por mim, eles que fossem todos para o inferno.

Quando consegui chegar ao quarto de Andrej — meio amassado pelas horas de avião, além dos empurrões dos jornalistas —, fui recebido por uma comitiva: Marieva, Olívia, Irina e Marcus.

A reação deles ao me verem deixava explícito a um desavisado que o clima ali era de festa. Abriram sorrisos, que eu sabia quão forçado eram, e fizeram um coral entusiasmado de boas-vindas.

Incapaz de pular essa parte, recebi os cumprimentos, mas me desvencilhei logo para poder ver Andrej de olhos abertos depois de tanto tempo desacordado.

— Meu filho! — ele me saudou, com a voz meio fraca e embargada de emoção.

Só eu sei o tanto que precisei me segurar para não delatar o segredo que tínhamos de esconder dele. Como numa cena de teatro, deixei a aflição de lado e me concentrei naquele momento.

— Puxa, Andrej! Como é bom ver você assim! — E era mesmo. Um puta alívio.

Ele me deu um soco no braço assim que alcancei a lateral da cama.

— Dei um susto em todo mundo, hein? Mas, como dizem por aí, vaso ruim não quebra. — Seu senso de humor sutil permanecia intacto.

— De jeito nenhum. — Eu não conseguia encará-lo direito. Fiquei com medo de que ele descobrisse tudo só de olhar nos meus olhos.

— Soube que esteve fora por uns dias, a trabalho. Canadá, não é?

Confirmei, ciente de que em poucos segundos ele chegaria ao assunto sobre o qual estávamos proibidos de falar.

— E a Ana? — Não falei que ele iria perguntar? — Continua te dando trabalho, aposto.

Percebi um movimento do meu lado esquerdo. Ergui o olhar e encontrei o de Olívia, angustiado, aflito. Ela se afastou de fininho, dando a entender que estava difícil sustentar as mentiras sobre o paradeiro da filha, até sair do quarto.

Voltei a me concentrar em Andrej, esforçando-me para embarcar no engodo.

— Você nem imagina o quanto!

Como Andrej achou graça da resposta, todo mundo riu junto com ele. Caramba! Que inferno! Por mais que quiséssemos poupá-lo de uma emoção que poderia complicar seu estado de saúde, dependendo de como as coisas se desenrolassem, uma hora ele teria de ser colocado a par da verdade.

Fomos interrompidos por uma enfermeira que, na minha opinião, chegou na hora certa. Ela informou sobre a necessidade de deixarmos o rei descansar, processo fundamental para sua total recuperação.

— Ele foi medicado. Não vai demorar a dormir.

Irina insistiu em ficar por perto, assim como Marieva, mas a enfermeira usou todo o seu poder de persuasão para demovê-las dessa ideia.

Sem alternativa a não ser obedecer, fomos para o lado de fora e, do corredor, para uma pequena sala de espera, onde pudemos falar abertamente sobre o sumiço da Ana.

❦ ❦ ❦

— Desligado — murmurei ao tentar, pela milésima vez, ligar para o celular dela.

Olívia, sentada num canto com o rosto enterrado nas mãos, chorava baixinho. Marieva tentava consolá-la, sem muito sucesso.

— Alex, desculpe mencionar isso, mas vai ver que a Ana decidiu se esconder em algum lugar para fugir dos comentários maldosos sobre a noite que você passou com a Laika em Toronto — Marcus sugeriu, cheio de melindres. Lembrei-me do quanto minha namorada não gostava do cara, e ele lá, todo preocupado com ela.

— Olha, Marcus, essa até poderia ser uma opção a ser levada em conta se eu não conhecesse a Ana. Ela não gostaria de deixar as pessoas preocupadas assim. — Adotei um postura defensiva em seguida. — Além do mais, é bom que saibam que eu não passei a noite com aquela mulher. A maluca apareceu no bar onde eu estava com uns amigos e decidiu que era bem-vinda. Ponto final.

Marieva se levantou e caminhou até mim. Seus olhos demonstravam por quanta coisa ela havia passado nas últimas horas.

— Querido — disse ela, as mãos envolvendo meu rosto —, nós acreditamos em você. E, no fundo, a Ana também. Ela não o magoaria assim.

Não sou um bundão. Raramente chorava quando me machucava ou tomava um beliscão da minha mãe. Nem no enterro dela me permiti extravasar. Por isso fui obrigado a me segurar para não dar vexame na frente de todo mundo ali. Foi difícil. Imaginem o que é estar se preparando para pedir em casamento a mulher que ama e descobrir que ela desapareceu sem deixar vestígios.

Recuperei o controle das emoções, pois, para minha sorte, alguém bateu na porta e nossa atenção foi atraída pelo som. Irina foi abri-la e deixou entrar o sujeito em quem eu vivia com vontade de dar um soco: Ivan.

Só não criei caso porque o imbecil poderia ser portador de notícias, mas fiquei de cara amarrada.

— Desculpe aparecer de repente — ele falou, sem coragem de me encarar. — Mas eu não podia deixar para depois.

— Deixar o quê para depois? — Marcus questionou, interessado.

— É, o quê? — repeti.

— A Ana estava sendo ameaçada por uns e-mails anônimos — mandou ele, na lata.

Olívia ficou de pé na mesma hora.

— Como você sabe? — Como ela podia não ter me contado? Por que havia escondido esse problema de mim?

— Recebemos a ligação de um ex-colega de faculdade dela. O rapaz contou que a Ana o procurou dias atrás, pedindo que ele tentasse rastrear um endereço de e-mail — Ivan anunciou, um pouco sem graça.

— Como é que é?! — Será que escutei aquilo mesmo? Quantas coisas mais a Ana optou por esconder de mim, afinal? — Que amigo é esse?

— Um tal de Breno. — Ivan ergueu a palma das mãos, como se pedisse desculpas. — Segundo ele mesmo falou, é um viciado em informática e tecnologia. Por isso a Ana pediu sua ajuda.

Olívia, saindo de seu estado de quase catatonia, moveu a cabeça.

— Eu sei quem é. E por acaso o menino conseguiu descobrir alguma coisa?

Marcus repetiu, ficando de frente para Ivan:

— Conseguiu?

— Infelizmente não, apesar de ter aconselhado a Ana a procurar a equipe de segurança do governo... o que ela ignorou, pelo que parece.

— Puta que pariu!

Baguncei meus cabelos com as mãos, perplexo com toda aquela história. Quis que a Ana estivesse ali, não só para abraçá-la e protegê-la, mas para torcer o pescoço dela também. O que aquela maluca estava pensando, cacete?!

— Marieva, então a minha filha deve ter sido sequestrada, mesmo! — Olívia se exaltou, caindo em prantos de novo. — Ou coisa pior...

Encarei Ivan e fiz a pergunta que torturava meu cérebro naquele momento:

— Quem vai investigar o desaparecimento da princesa, hein? Não dá para ficarmos aqui, perdendo mais tempo, agindo feito amadores.

Eu não ficaria parado nem a porrete.

— Vou colocar o Serviço de Investigação do governo a par de tudo — garantiu Ivan, pronto para sair da sala. Mas o cara voltou atrás e questionou: — Posso mandar pegar o notebook da Ana no Palácio Sorvinski?

— Acha que isso é necessário? — Marcus indagou, depois de um bom tempo quieto no canto dele. — Digo, é um computador de uso pessoal.

Ivan ia argumentar. Chegou a abrir a boca. Mas Olívia deu a última palavra:

— Façam o que tiver de ser feito. Se for preciso, podem virar do avesso o quarto da minha filha. Só peço que a tragam de volta, viva.

Eu não poderia estar mais de acordo. No entanto, ao contrário dela, não seria capaz de esperar sentado, enquanto outras pessoas iam em busca da mulher que eu amava. Portanto, mesmo sem ser convidado, segui Ivan. Nada me impediria de ficar cem por cento envolvido nas investigações, nem a antipatia que sentia por aquele babaca.

# 28

## Cativeiro dos infernos

Meus olhos perderam o poder de derramar lágrimas. A essa altura, eles mal conseguiam ficar abertos devido ao inchaço. Por mais que o asqueroso do Marcus tivesse garantido que eu seria bem tratada, fazia quase um dia inteiro que eu não comia nem tomava um copo de água.

Não que eu estivesse com fome. Quando estou com problemas, a tendência é que eu perca o apetite. Vamos combinar que ser mantida refém de bandidos mal-intencionados não é um probleminha comum. Meu estômago não queria nada além de um pouco de líquido para aliviar a secura que começava em minha boca e se estendia garganta afora.

Arrastei meu corpo pela cama até chocar as costas com a cabeceira. Se permanecesse deitada, logo meu braço amarrado ficaria todo dormente, resultado da má posição. Recostei a cabeça na parede e encarei o teto. O que eu tinha de fazer para pelo menos tentar lutar por minha vida? Nos filmes, fugir de um cativeiro parecia tão fácil...

Alguém do outro lado da porta mexeu na maçaneta. Esse era sempre um momento tenso, porque a visita poderia ter sido motivada por diversos fatores, como a chegada da hora da minha morte, por exemplo.

Dessa vez entrou um dos capangas que não se preocupava em mostrar o rosto. Ele era feio que doía, e esse detalhe o deixava ainda mais assustador.

— Comida — resmungou ele, apoiando o prato na mesinha ao lado da cama.

De que modo o idiota achava que eu conseguiria comer com uma das mãos presa? Expressei minha dúvida em voz alta, o que o fez estreitar o olhar de predador.

— Pensa que eu sou bobo, garota? — questionou ele, fazendo cara de carcereiro de filme. — Acha que vou soltar você? Vai esperando.

Pisquei várias vezes, com a esperança de estar pelo menos um pouco atraente e, assim, convencer o imbecil a colaborar. Se ele concordasse em soltar meu pulso, o próximo passo seria sugerir que me deixasse ir ao banheiro. No cinema, as mocinhas sempre fogem dos cativeiros pelo basculante. Quem sabe eu daria essa sorte?

— Com todo o respeito, moço, pensa que eu posso lutar contra você e, ainda por cima, sair ganhando? Não acho que atacá-lo com um garfo de plástico me traria alguma vantagem.

Dei de ombros, no fundo, rezando para que meu desdém parecesse genuíno.

— Ah, tudo bem! — falou o homem, abrindo as algemas. — Mas vou ficar por aqui enquanto você come, só por garantia.

Dito isso, ele se sentou no chão, com as costas apoiadas na parede de frente para a cama.

*Porcaria!* Eu não pretendia comer de verdade, até porque a aparência da comida não era das melhores.

O capanga de Marcus levantou uma das sobrancelhas e ficou me encarando, como se não tivesse nada melhor para fazer.

Esfreguei o pulso recém-libertado, massageando-o para que o sangue voltasse a correr por ali. Tentava ganhar tempo.

— Coma!

A voz autoritária do homem acabou com meus questionamentos a respeito da comida. De qualidade ou não, eu teria de mandá-la para dentro. Dei a primeira garfada pensando na minha mãe e em Karenina e nos pratos maravilhosos que só as duas sabiam preparar. Poderia ser que o gosto daquela gororoba melhorasse se eu acreditasse que estava comendo algo feito por elas, não é?

Por vários momentos senti que meu estômago queria rejeitar tudo o que caía dentro dele, mas me segurei para não permitir que isso acontecesse. Se eu vomitasse, tenho certeza de que o meu carcereiro ficaria ainda mais irritado.

No final das contas, não deixei sobrar uma migalha sequer no prato. Depois dessa, caso eu permanecesse viva pelos próximos sessenta anos, pelos menos poderia participar daquele *reality show*, o "No Limite", sem problemas. Ingerir uma porção de grilo frito não seria nada perto do que eu havia acabado de engolir.

Disposta a dar continuidade a meu plano de fuga, empurrei o prato o mais longe possível e apoiei a mão sobre o estômago, tomando o cuidado de fazer uma careta de enjoo, de modo que a farsa se tornasse verossímil. Se bem que eu me sentia meio enjoada de verdade.

— Hum... — balbuciei. — Não estou passando bem.

— Vai vomitar? — O capanga parecia incrédulo. Ficou de pé num segundo.

— Não sei. Gostaria de ir ao banheiro.

O homem olhou para mim, depois para a porta do quarto e, em seguida, para mim de novo. Com certeza estava indeciso sobre a atitude a tomar. Pelo jeito, Marcus não queria que eu ultrapassasse os limites que ele impusera, embora não estivesse ali para repreender seu capanga.

— Vou levar você até lá. Mas não quero que tranque a porta. Entendido?

Movimentei a cabeça, dando a entender que estava de acordo com a imposição do cara. Ele destrancou a porta e fez sinal para que eu fosse na frente dele, apesar de eu não fazer ideia de onde ficava o banheiro. Só descobri a direção a tomar porque fui agarrada pelo braço e conduzida meio que à força, como se eu não soubesse andar com as próprias pernas.

Observei tudo ao meu redor, constatando que meu cativeiro era uma casa pequena, mas não miserável. Parecia um chalé de campo, um local de descanso para alguém que curtia a arquitetura rústica, sem luxo, mas confortável.

— Não demore aí — fui "orientada" pelo homem. — Vou ficar bem aqui. Não faça nenhuma gracinha.

Nem respondi. Entrei no banheiro e fechei a porta, onde me encostei, procurando ordenar meus pensamentos com o objetivo de ter uma súbita ideia brilhante que possibilitasse minha fuga.

O cômodo era minúsculo, quadrado e... sem janelas. Nem mesmo uma fenda na parede ou um exaustor. De repente, a mísera esperança que me permiti ter desapareceu. Meus olhos ficaram embaçados pelas lágrimas que se acumularam por causa da minha tristeza.

Caminhei lentamente até a pia e abri a torneira. Molhei as mãos e joguei água no rosto. Então ergui a cabeça para olhar minha imagem — desgrenhada — no espelho. Foi quando, pelo reflexo, vi que, por trás da cortina do chuveiro, insinuava-se um quase microscópico basculante.

Obviamente eu, com meu um metro e setenta de altura, não conseguiria passar por ele, mesmo sendo magrinha. As leis da física não me permitiriam essa façanha. No entanto, se alcançasse o vidro, poderia ver o que havia do lado de fora. Vai que eu acabasse avistando um vizinho ou um lenhador, tipo aquele que salvou a Chapeuzinho Vermelho?

Puxei a cortina com cuidado, para não fazer barulho. As argolas de metal chegaram a emitir um guincho ao deslizar pela barra. Senti o frio percorrer minha coluna, mas segui em frente assim que constatei que a porta permaneceu fechada.

Ufa!

Na ponta dos pés, agarrei a base do basculante. Só mais um pouquinho e eu chegaria lá.

— O que você pensa que está fazendo?!

Marcus me jogou sobre a cama com tanta força que o estrado rangeu. Pensei que fosse quebrar com o impacto. Mas não foi isso que me deixou com medo. Foi o olhar mortífero do meu tio-torto e a fúria que exalava dele quando prendeu um dos meus pulsos na cabeceira. De novo. Como ele era mau!

— Acha mesmo que conseguiria fugir pelo basculante do banheiro? — ele desdenhou, com um sorriso maldoso. — Quem você pensa que é? A Mulher Gato?

Eu tremia de medo em cima daquela cama magrela. Deixar Marcus irritado poderia significar a antecipação do meu trágico fim.

O marido da tia Marieva se aproximou até ficar a um palmo de mim. Eu conseguia sentir o ar que o cretino exalava dos pulmões. Então ele se sentou do meu lado e acariciou meu pescoço com seus dedos nojentos. Se a refeição que fui obrigada a engolir tinha um gosto péssimo, pior ficou meu estômago depois que senti as mãos daquele homem em minha pele. Qual seria a intenção dele?

— Ana, Ana, se você soubesse o quanto é irresistível... Ainda por cima é brasileira!

Enquanto falava, Marcus distribuía carícias em várias partes do meu corpo. Tudo o que eu queria era ter forças para agredi-lo a ponto de deixá-lo no mínimo inválido. Entre tantas lições que recebi ao me tornar princesa, por que não fiz aulas de defesa pessoal?

— Sempre quis experimentar uma mulher brasileira, sabia? Dizem que vocês são muito quentes.

Virei o rosto para o lado, para evitar que a boca asquerosa daquele babaca atingisse seu alvo, ou seja, a minha. Juro, se ele me obrigasse a fazer alguma coisa que não queria, eu resistiria até a morte. Caso ele conseguisse me dominar, eu pediria que me matasse, de qualquer forma.

— O que você tem a me dizer a respeito dessa fama? — Sua voz soava arrastada, demonstrando que Marcus não só se divertia em me amedrontar como estava excitado com a situação.

— Vá se ferrar! — Não gritei essa frase a plenos pulmões, mas enfatizei a intenção com todas as minhas forças.

O que ganhei com o atrevimento?

Um tapa estalado no rosto.

Ardeu pra caramba, até mais do que o outro, dado por um dos capangas do meu tio-torto quando me interceptaram na estrada. Foi difícil segurar as lágrimas que se formaram em meus olhos.

— Garota, não seja idiota a ponto de me enfrentar! — ameaçou Marcus, que apertou meu pescoço com ambas as mãos.

É o meu fim, pensei. E não havia nada que eu pudesse fazer. Iria morrer em poucos minutos e ninguém nunca mais teria notícias sobre mim. Eu me tornaria uma estatística mal esclarecida, um dado da lista de desaparecidos do país e uma lembrança dolorida para as pessoas que me amavam de verdade.

Comecei a tossir, desesperada pelo oxigênio que Marcus me impedia de sugar. Então, quando concluí que "ferrada" era o adjetivo mais apropriado naquele momento, o imbecil me soltou abruptamente e se distanciou, parando perto da porta do quarto.

Quem poderia prever uma mudança tão brusca de comportamento?

— Ainda não chegou a hora de você dar adeus a este mundo. Mas não se anime, viu? Ela está bem próxima.

Nem dei confiança para as declarações ensaiadas de Marcus. Só conseguia me concentrar no ar de volta aos meus pulmões.

— Será uma pena — continuou ele. Sério mesmo, aquela encenação de Ravengar[2] já estava enchendo o saco. — Um desperdício, apesar da língua grande e do comportamento inadequado.

Fechei os olhos com o intuito de enfatizar que não ligava para o papo furado dele.

— Enquanto todo mundo estiver sofrendo, eu estarei lá, por cima, consolando um por um, como todo homem de caráter faria.

— Alguém, um dia desses, vai sacar a porcaria de pessoa que você é. E eu, lá do céu, vou ficar aplaudindo o espetáculo.

[2] Espécie de bruxo, personagem da novela "Que rei sou eu?", exibida pela TV Globo em 1989.

Marcus caiu na risada.

— Que gracinha. Mesmo com a vida por um fio, mantém a fé no sobrenatural.

*Alex, amor, onde está você?*

Porque não dava para ficar ouvindo as idiotices de Marcus, tratei de visualizar as imagens do que me fazia bem. Alexander. Como passaria a eternidade sem ele?

— Ele não virá salvá-la.

Será que traduzi meus pensamentos em palavras faladas?

— Pelo tamanho do desespero do seu garanhão, vai sofrer como um cão quando descobrir que você foi assassinada.

— O Alex já voltou do Canadá? — perguntei, arrependida de tudo o que disse a ele da última vez em que conversamos.

— Veio correndo fazer as pazes com você depois daquele papelão com a Laika. Deu até dó quando ele chegou. Estava arrasado, feito um patético cãozinho abandonado.

Se eu pudesse voltar no tempo e apagar meus últimos atos, faria isso sem pestanejar. Aliás, trocaria minha vida de princesa, a descoberta do meu pai, para devolver a paz a todos que não mereciam sofrer por mim.

Como Ana Carina Bernardes, eu não significava uma ameaça a ninguém. Se ainda fosse apenas Ana, provavelmente estaria feliz com minha vidinha de cidadã comum em Belo Horizonte e, melhor ainda, Alex, Andrej, tia Marieva, Irina, Karenina, Ivan, nenhum deles teria noção da minha existência, o que garantiria uma vida bem mais tranquila para todos.

— A família inteira está destroçada, Ana, e olha que Andrej nem sabe ainda o que aconteceu com você.

Uma descarga de adrenalina percorreu meu corpo ao escutar aquela frase.

— Meu pai... acordou? — sussurrei, com medo de estar criando falsas expectativas.

— Ah, sim. O velho Andrej está de volta, cheio de combustível novo — declarou Marcus, com um entusiasmo forjado. — Pena que os olhos dele ficarão abertos por pouco tempo, não é mesmo? A notícia boa é que vocês farão companhia um para o outro no além.

Como ele reagiria quando descobrisse sobre mim?

— Não se preocupe, Ana. Você não pode fazer nada, de qualquer forma.

Marcus já ia saindo, mas desistiu para antes me dar outra notícia:

— Quase me esqueci de dizer: tenho uma surpresinha para você.

# 29

## Alex

Fui com Ivan ao castelo, de onde ele tirou o notebook da Ana. Uma equipe de peritos fazia uma vistoria dentro e fora do palácio, enquanto Karenina e vários outros empregados demonstravam sua tristeza sentados apaticamente na cozinha.

Não fui capaz de consolar ninguém. Meu estado emocional também não era dos melhores.

Quando minha mãe ficou doente, foi uma merda, a pior fase da minha vida até então. Eu queria que ela ficasse boa de qualquer jeito e cheguei a me revoltar contra os médicos, que não puderam fazer nada para salvá-la. Com o tempo percebi que existem situações que são incontroláveis, mesmo que haja muito dinheiro envolvido. Eu imaginava que a posição de Andrej blindaria minha mãe de um final trágico, mas um rei não pode tudo. Por fim, eu a perdi.

Doeu e ainda dói saber que ela não teve chance alguma, ainda mais depois de passar por tanta coisa difícil, como ficar viúva com um filho pequeno e não poder engravidar nunca mais.

No entanto, naquele momento, imaginar o que a Ana poderia estar sendo obrigada a suportar, sozinha num lugar qualquer, me deixava infinitamente mais arrasado. Eu não fui capaz de protegê-la. E ela não confiou em mim o suficiente para contar sobre as ameaças.

Cacete, por quê?! Será que o amor dela por mim já não era tão forte quanto antes?

A angústia estava me matando. Soquei a parede do quarto dela, antes mesmo de raciocinar que aquilo poderia doer. Mas não doeu nada em comparação com o sofrimento que me roía por dentro.

— Ei, cara — Ivan me trouxe de volta à realidade —, não foi por sua causa que a Ana decidiu dar um tempo de tudo. Pode ficar frio.

Virei-me para ele, na dúvida se tinha ouvido direito.

— Como é que é?

— Nós conversamos sobre a tal foto da Laika com você.

Eu não podia acreditar que minha namorada mantinha conversas pessoais com aquele idiota, que eles falavam a meu respeito. E a tal intimidade que ela afirmou não ter com ele?

Preferi não interrompê-lo para questionar isso. Queria pagar para ver aonde Ivan pretendia chegar.

— E não precisa se preocupar. Eu não vejo a Ana desse jeito. — Recostado no batente da porta que dava para a varanda, Ivan cruzou os braços sobre o peito ao fazer aquela declaração. — Quando começamos a trabalhar juntos, eu ficava irritado com ela, porque, você deve saber muito bem, a princesa tem um temperamento um tanto... peculiar.

E como!

Fiz um gesto com a cabeça, incentivando-o a continuar, mas permaneci calado. Precisava ouvir a história até o fim.

— Porém, justamente por ela ser assim é que me afeiçoei à Ana.

Ah, então chegara a hora de eu quebrar a cara do safado. Fechei os punhos, pronto para o ataque.

— Ei, não tem necessidade de ficar bravinho. Gosto da Ana porque ela merece que todos ao redor a tratem bem. Sua namorada é uma pessoa de caráter, de fibra, bonita por fora e por dentro. Custei a perceber, mas ainda bem que caí na real a tempo.

Sem saber o que esperar daquele discurso, sentei-me na cama, tão familiar ao meu corpo, e enterrei o rosto nas mãos.

Eu sabia de tudo aquilo que o Ivan estava falando. Como sabia!

— Não vou mentir: ela ficou para morrer por causa da foto. Estava meio confusa, mas não chegou a tirar uma conclusão específica dessa história.

— O que a Ana disse? — eu quis saber. Meu peito arfava, subindo e descendo em busca do ar que me faltava.

Ele deu de ombros.

— Não muito, mas o suficiente para saber que ela ia escolher confiar em você. Claro que estava brava, mas não a ponto de acabar com tudo, entende?

Aquela teria sido uma excelente notícia, não fosse o fato de que a Ana desaparecera e ninguém, nem mesmo o Serviço de Investigação do governo, tinha pistas sobre o paradeiro dela.

— Cara, fico feliz que tenha me contado isso — eu disse, com desânimo. — Mas, se não foi por minha causa, o que a fez fugir com o carro de Jorgensen? Uma nota da oposição? Sério?

— Sim. Depreciaram a Ana, pegaram pesado. Mas só a publicação não teria mexido tanto com ela se já não estivesse tão fragilizada, não é mesmo?

Tive de concordar. Desde o acidente de Andrej, minha pobre princesa não teve um segundo de paz.

— Precisamos sair daqui e dar um jeito de encontrá-la. — Levantei-me da cama, não antes de pegar um dos travesseiros e cheirá-lo. O perfume da Ana ainda estava lá e quase me fez ficar ali, o resto do dia, envolvido pelas coisas dela.

Ivan me seguiu. Eu já não me importava tanto com a sua presença.

Do ponto de vista dele, eu ainda precisava de uma prova para acabar de vez com minhas desconfianças a respeito de suas intenções.

— Alex, numa outra situação, eu jamais aliviaria sua barra mencionando o que vou dizer agora.

Parei para escutá-lo. Qual seria a bomba da vez?

— No entanto, estou vendo que seu amor pela Ana é verdadeiro e vou lhe dar uma colher de chá.

— O que você quer dizer? — indaguei, impaciente. Que cara mais prolixo! Para tudo tinha de fazer uma introdução.

— Eu sou *gay*.

Como quem não quer nada, ele passou por mim, depois de dar uma piscadinha de cumplicidade.

Se a intenção era me surpreender, afirmo que alcançou com sucesso seu objetivo.

— Ah! E a Ana sabe — Ivan fez questão de ressaltar esse detalhe.

Passei o dia atravessando Perla de moto, como se pudesse conseguir rastrear a Ana de alguma forma. O fato era que o meu esforço só servia para me manter ocupado. Se ficasse parado, acho que eu enlouqueceria.

Quando o mau resultado da busca me frustrou de forma extrema, acelerei minha BMW e parti na direção dos lugares em que costumava levar a Ana.

Pilotei feito um desvairado, colocando minha vida em risco de propósito. Queria testar meus limites, e nada melhor para isso do que a alta velocidade. Só parei ao chegar ao caminho que levava à Caverna do Pirata. Deixei a moto na praia e passei horas encarando o lago para onde arrastei minha namorada a fim de que ela participasse, junto com as meninas do Lar Irmã Celeste, de uma pescaria. Naquela época ainda não estávamos juntos, embora eu já quisesse a Ana loucamente. Fazia tanto tempo...

E chorei. Pela primeira vez, permiti que meu desespero aflorasse em forma de choro. Quando dei por mim, soluçava igual a uma criança que caiu e ralou o joelho.

Eu vivia o pior dos meus infernos.

Assim que começou a anoitecer, decidi que era hora de voltar a encarar a realidade. Segui para o Palácio Sorvinski, onde sabia que encontraria quase todo mundo. Quem sabe, enquanto estive fora do ar, teria surgido alguma novidade?

Sim, eu tinha razão. Ao colocar meus pés no castelo, dei de cara com dona Nair e Estela, além dos rostos de costume: Olívia, Marieva, Marcus e até o primeiro-ministro Zlater.

— Não sabia que viriam — comentei, ao ser abraçado pelas duas visitantes.

Dona Nair não disse palavra alguma, impossibilitada pelo choro silencioso. Apertei-a com mais força, e ela retribuiu o abraço.

— Chegamos depois do almoço — disse Estela, não muito melhor que a avó da Ana. — Viemos direto para cá.

Levei dona Nair até o sofá, mas não me sentei. Estava inquieto demais para ficar parado.

Estela se aproximou de mim. Em seguida, tocou meu braço.

— Como você está? — ela perguntou, com a voz bem baixa.

— Arrasado, louco, puto, cagando de medo.

Não fui capaz de ser delicado com as palavras. A revolta removera meus filtros de educação.

— Alguma notícia dela? — era só o que eu queria saber.

— Nada, querido — Marieva respondeu. Sua expressão era de quem não dormia fazia dias.

Então eu não tinha nada para fazer ali. Dei meia-volta, doido para respirar o ar lá de fora ou parar em um bar e encher a cara até perder os sentidos. Talvez eu fizesse isso mesmo.

— Vou ao hospital. — Acabei decidindo ir ver Andrej.

— Alex, não se esqueça de que ele ainda não sabe...

Sei que Marieva não merecia que eu descontasse minha raiva nela, mas aquela história de mentir para o rei já estava ridícula, e eu me recusava a continuar com a farsa.

— Mas vai ficar sabendo. E é hoje!

— Ele pode piorar...

— Pior será quando souber que foi enganado — retruquei. — Vou contar tudo ao Andrej, Marieva, e torcer para que ele seja capaz de nos ajudar a encontrar a filha.

Resignada, ela apenas moveu a cabeça para cima e para baixo e não tentou me impedir de fazer o que eu planejava. Deixei o castelo com uma nova motivação e ninguém disse nada. O único som vinha do celular de Marcus, que tocava com insistência, além do "o que é?" que ele disse a quem quer que estivesse do outro lado.

Abri a porta do quarto e dei de cara com um Andrej para lá de contrariado. Sua expressão era de completa falta de paciência. Pelo jeito, nem a eficiência xiita de Irina conseguiu aplacar os nervos do rei.

Se eu estivesse no lugar dele, me sentiria do mesmo jeito. Afinal, o homem ficou em coma por semanas e, quando voltou, ninguém explicou direito o porquê de a filha não ter feito contato ainda.

Com a testa franzida, Andrej me recebeu sem entusiasmo algum. Com certeza previa que estavam escondendo algo dele e que eu fazia parte do complô. O cara era um chefe de estado. De burro não tinha nada.

— Irina, posso conversar em particular com o rei? — perguntei, antes até de cumprimentá-lo. Se seria eu o porta-voz das más notícias, preferia que não houvesse enrolação.

Pelos olhos dela, notei que pressentiu o que eu pretendia dizer. Captei um quase imperceptível movimento de cabeça, um apelo para que não fosse em frente, que ignorei sem dor na consciência. Ninguém me impediria de ser honesto com o homem que me criou e que foi para mim muito mais que um pai.

Como Irina não se moveu, Andrej precisou se manifestar:

— Por favor, deixe-nos sozinhos.

Estava na cara que ela amava o rei, e era meio constrangedor perceber que seus sentimentos não eram retribuídos. Sacanagem...

Depois que a assessora fechou a porta atrás de si, puxei a escadinha que ficava embaixo da cama e me sentei sobre ela. Antes de ir direto ao ponto, baguncei os cabelos, uma forma de ganhar tempo e encontrar as palavras certas para usar.

— Andrej, você deve estar se questionando por que a Ana não entra em contado desde que você se recuperou — comecei.

— Todos dizem que ela está viajando — falou ele, nem um pouco convencido. — Mas acho que estão mentindo descaradamente. Sei disso, pois a Irina fica plantada aqui o dia inteiro, feito um cão de caça, e nem me deixa ligar a televisão. Talvez porque não queira que eu descubra a verdade. Estou certo?

Enquanto ele falava, eu percebia o absurdo da situação: ninguém tinha o direito de tirar de Andrej a oportunidade de lutar pela recuperação da filha, nem que isso lhe custasse a saúde. Se fosse comigo, se eu estivesse inclusive à beira da morte, ia querer saber de tudo, independentemente do meu fim.

— Qual é a verdade, Alex?

Olhei nos olhos do meu padrasto. Caso não conseguisse me expressar verbalmente com clareza, ele, no final das contas, descobriria tudo só de olhar para mim com atenção.

— A verdade, Andrej, é que a Ana está desaparecida.

— O quê?!

Eu sabia que ele ficaria puto.

O rei deixou a poltrona onde estava sentado e começou a andar de um lado para o outro, arrancando o soro do braço sem se importar se o gesto lhe causaria algum mal.

Então eu revelei tudo a ele, desde o começo, quando a Ana foi obrigada a assumir o trono no lugar do pai. A cada novidade contada, Andrej demonstrava uma ira que ia aumentando de intensidade.

— O que fizeram com a minha filha? – urrou, vermelho de raiva. — Por que não fizeram nada para protegê-la?

Abaixei a cabeça, sentindo o peso da culpa em meus ombros.

— Desculpe, Andrej. Eu falhei com você e com ela.

Por um longo tempo, nenhum de nós disse mais nada. Até que senti uma mão em minhas costas.

— Não foi culpa sua, filho. Não se martirize por isso.

— Eu ia pedir a Ana em casamento... — murmurei, sentindo um novo nó apertar minha garganta.

De repente, Andrej me puxou e fez aquilo que sempre fazia quando eu ainda era um pirralho mal comportado. Ele me abraçou como faz um pai de verdade quando consola o filho.

— E ainda vai pedir — ele garantiu, dando socos em minhas costas. — E, nesse dia, vamos comemorar todos juntos, e eu darei a mão da minha filha sem pensar duas vezes, porque você, Alex, é mais do que perfeito para ela.

Foi incrível escutar isso dele, mesmo depois de falar sobre a foto com a Laika e de como esse fato azedou minha relação com a Ana.

— Agora me leve embora daqui. Não vou ficar parado enquanto minha filha provavelmente está nas mãos de bandidos.

— Pode contar comigo!

Mas nem chegamos a sair do quarto. Enquanto nos preparávamos para escapar, uma enfermeira apareceu, os olhos tão arregalados quanto os de um lêmure, com Irina em seu encalço.

— Por favor, majestade, o senhor não pode sair assim. E o que fez com o soro, pelo amor de Deus?

Toda aflita, a enfermeira puxou um intercomunicador da cintura e disparou um falatório quase ininteligível. Entendi pouca coisa, mas soube que ela estava atrás do médico responsável pelo tratamento de Andrej.

— O que vai fazer? E a sua saúde? — indagou Irina, desesperada.

— Para o inferno com a minha saúde, mulher! — esbravejou ele, passando pelas duas mulheres feito um trator. — E não se deem ao trabalho de chamar o médico aqui, porque nem ele vai me impedir de sair.

— Mas...

Andrej se voltou até ficar cara a cara com Irina.

— Acerto minhas contas com a senhorita depois. Não pense que vou engolir a mentira que me contaram. Se alguma coisa acontecer à minha filha...

Sem ligar para a reação das pessoas que esbarravam nele enquanto fugíamos do hospital, Andrej dispensou todos aqueles que tentaram argumentar que o que estava fazendo era uma loucura. E eu fiquei do lado dele, incondicionalmente. Se fosse preciso, até daria uns socos em quem ousasse se intrometer em nosso caminho.

# 30

## *Nenhuma cachorra merece ser chamada de Laika*

— Tenho uma surpresinha para você.

Quando Marcus disse isso, imaginei mil coisas ao mesmo tempo:

1. Ele me apresentaria um novo capanga, mais cruel, com instintos psicopatas, tipo o Mengele.
2. Tiraria as próprias roupas e me obrigaria a fazer coisas que me dariam muito nojo durante e depois.
3. Diria que meu pai teve um ataque fulminante quando soube do meu desaparecimento.

Eu só não estava preparada para dar de cara com a figura que passou pela porta e atravessou o quarto, só parando quando Marcus a enlaçou pela cintura. Seu sorriso cínico me atingiu em cheio, me tirando a capacidade de articular as palavras com coerência.

— Ora, ora, então nos encontramos de novo.

Aquilo. Não. Estava. Acontecendo.

Puta merda, já tinha sido demais saber que Marcus arquitetara um plano tão maquiavélico só para tomar o trono de mim e do meu pai. Parecia história de cinema barato. No entanto, ver que ele tinha uma cúmplice, alguém que já teve toda a confiança de Alex, foi a gota d'água, o fim da picada mesmo.

— Puxa, Ana, que jeito de me receber. Pensei que ficaria feliz quando me visse.

Meu cérebro tentava fazer as conexões necessárias para me ajudar a enxergar de onde vinha a ligação entre meu tio-torto e a Nome de Cachorro. Nenhum fato me levava a vê-los como parceiros de crime — ou algo ainda mais sacana.

— Ué, onde foi parar sua língua grande? Será que perdeu a fala porque foi ofuscada pela minha presença marcante?

— Cadela — murmurei. Se estivesse em condições ideais, faria mais que insultá-la com palavras.

Laika deixou uma gargalhada rolar solta, e Marcus fez o mesmo.

Agora que eu sabia do que aquela desvairada era capaz, não tive dúvida de que o encontro dela com Alexander havia sido planejado para chegar aonde chegou. Vaca!

— Princesa, veja só a nossa diferença. Enquanto você não perde a pose me xingando, quem está levando a melhor sou eu. Ou pensou que eu deixaria barato tudo o que você me fez passar, sua cretina?

Ainda sem palavras suficientes para questioná-la, continuei a encará-la, abismada com sua sandice.

— Tomara que sofra bastante antes de morrer — praguejou ela, sem se afastar um milímetro de Marcus, que ficava acariciando as costas da Nome de Cachorro. Como assim? Será que eles se pegavam? — Se depender de mim, não terá um segundo sequer de piedade. Uma putinha sem linha como você merece lamber o chão.

— O que você sempre fez, não é mesmo? — provoquei a fera, ciente de que seria castigada por isso.

*Paf!*

Dito e feito. Levei o maior e mais ardido tapa na cara, que me fez ver estrelas. De novo. Quanto eu ainda teria de apanhar, minha Nossa Senhora?

— Sempre sonhei fazer isso. Queria ver como esse rosto branquelo ficaria com a marca da minha mão.

Apesar da dor, eu não choraria na frente daquele casal bizarro, não daria aquele gostinho a eles.

— O Alex me trocou por você porque não teve chance de dizer não. — Laika deu um sorriso safado e sentou-se de frente para mim, na cama. — Você e o ordinário do seu pai não deram um minuto de sossego a ele.

Nossa, como ela era louca.

— Só uma coisa me consola no meio disso tudo: é ter a certeza de que você jamais chegou a satisfazer o Alex como eu conseguia.

Era só o que me faltava.

Marcus estalou a língua, ele próprio incomodado com aquela conversa fiada.

Até parece que eu iria me abalar com aquilo.

— Duvido que você já tenha feito as coisas que eu fiz na cama com ele. E para ele. Aposto que nunca fez o que eu cansei de fazer só para tornar as coisas entre nós mais... quentes.

Revirei os olhos, impressionada não com as revelações de Laika, mas com o fato de ela estar fazendo isso. Que necessidade insana de se autoafirmar!

— No nosso caso, a relação nunca esfriou, então nunca precisamos arranjar paliativos para esquentá-la. — Não resisti em dar uma provocada.

— É mesmo? Então por que será que o seu precioso Alexander abriu a porta do apartamento dele para mim e ainda por cima retribuiu o beijo que lhe dei?

Achei graça do descaramento da Nome de Cachorro, por falta de opção para reagir de outra maneira.

— Ei, chega! — Marcus interrompeu a sessão de provocações, seu sotaque ecoando. — Laika, pare de se exaltar à toa. Quando tudo terminar, você poderá correr atrás do seu amado o quanto quiser.

Torci o nariz, lamentando a vida que Alex teria num futuro breve.

— Quanto a você, Ana, sinto informá-la de que teremos de adiantar nossos planos. O governo colocou o Serviço de Investigação na jogada e eu temo que eles acabem atrapalhando minha vida.

Como eu desejava que eles atrapalhassem bastante!

— O que vai fazer? — a Nome da Cachorro quis saber, balançando seus cachos dourados de um lado para o outro, enquanto acompanhava os passos de Marcus.

— Vamos fazer o primeiro contato com o palácio. Precisamos encenar o sequestro direito — revelou ele, todo satisfeito com sua ideia brilhante. — Nicolai, venha até aqui!

O homem da comida entrou no quarto imediatamente, superlotando o ambiente. Fala sério, quantas pessoas precisariam estar ali para que o filho de uma égua do meu tio-torto percebesse que estávamos num cubículo que mal dava para um ocupante?

O tal Nicolai me deu uma olhada enviesada, provavelmente com vontade de torcer meu pescoço por eu ter tido a coragem de ludibriá-lo mais cedo.

— Hora de barganhar pela vida da princesa. Lembra o que combinamos antes, não é, Nico?

— É claro.

— Ótimo. Então vamos começar o teatro.

Pensei que o trio iria resolver tudo do lado de fora, mas é claro que Marcus queria que eu participasse de todo o processo, porque, para ele, sofrimento nunca era demais.

— Não abra a boca, mocinha, senão estouro seus miolos — avisou, com o cano de uma arma encostado em minha cabeça.

Que sensação horrível!

Laika colocou um celular sobre a mesa de cabeceira e digitou os números, que julguei serem do castelo. Em seguida, deu lugar ao grandalhão do Nicolai, que assumiu o posto de intermediador.

Eu mal podia esperar para ouvir a voz que atenderia a ligação do outro lado. Seria da minha mãe, de tia Marieva, de Alex?

Meu coração disparou de ansiedade. Escutar quem quer que fosse pelo viva-voz significaria para mim uma espécie de oásis no meio do deserto.

— Residência da família real — a chamada foi recebida por um dos empregados.

— Preciso falar com alguém da família para comunicar o sequestro da princesa Ana Markov.

Uma ansiedade louca me invadiu, incontrolável mesmo, levando--me perto de ter convulsões.

A pessoa do outro lado da linha parecia estar envolvida num pequeno tumulto, que tomou proporções maiores assim que o telefone passou para mãos diferentes.

— Quem é? O que você quer de nós?

Minha mãe! Ouvir a voz dela abriu as comportas que seguravam meu choro. Solucei alto, obrigando Marcus a tapar minha boca com a mão livre.

— Calada — sussurrou ele, ameaçador.

— Estamos com a princesa e queremos muito dinheiro para libertá--la — Nicolai proferiu seu discurso ensaiado.

— O que fez com a minha filha?

Mamãe começou a chorar, dando um panorama de como as coisas andavam por lá. Se eu pudesse, teria gritado o nome dela, mesmo sabendo que receberia um tiro depois. Pensando melhor, teria berrado o nome de Marcus e Laika, para que todos soubessem quem eram os bandidos da história.

— Quanto vocês querem? Pagaremos o que pedirem.

Dessa vez, quem falou foi tia Marieva. Senti a risada de escárnio do marido dela atrás de mim. Maldito cretino!

— Mas, antes, precisamos saber se ela está bem. — Minha tia era esperta e mandou bem, impondo uma condição. Queria ver como eles sairiam dessa.

— Diga olá e fale que está tudo bem. Mais nada — Marcus ordenou, dentro do meu ouvido. — E não tente bancar a espertinha, senão quem vai morrer antes de você é um dos seus primos.

Minha nossa! A que ponto chegava a ganância do cara. Ameaçar os próprios filhos... E eu não duvidava de que ele fosse capaz de cumprir a promessa só para não ser desmascarado.

Assim que o safado livrou meus lábios, falei:

— Tia, estou bem.

— Ana!

— Ana!

Mais de uma voz se pronunciou lá do castelo. Não pude distinguir todas, embora fossem cem por cento femininas. Por isso concluí que o coro com meu nome era composto por, além de tia Marieva, minha mãe, talvez Karenina... tive a impressão de ter escutado a voz de Estela também. Será?

— Fiquem tranquilas. E não se esqueçam de cuidar do meu cachorro.

Não posso garantir que Marcus sacou meu recado — a menção à palavra cachorro foi proposital. Eu esperava que alguém fizesse a analogia e chegasse, pelo menos, a Laika. Se Alex estivesse entre elas, aposto que interpretaria minha intenção no ato. O bandido tratou de calar minha boca novamente, pressionando-a com mais força do que antes.

Ainda bem que nenhuma delas espichou assunto sobre o cachorro. Pelo jeito, notaram que falei em código, afinal eu não tinha cachorro algum, a não ser o Bruce, que não chegava a ser meu.

— Agora que sabem que a princesa está viva, tratem de fazer o que vou exigir.

— Diga logo, seu bandido! — Vovó Nair? Ai, Jesus, eu certamente deveria ter deduzido que ela não aguentaria ficar no Brasil. E como ela estava entendendo a conversa?

— Calminha, madame, senão a princesa aqui morre.

Entendi. O diálogo se desenrolava em inglês. As pessoas tinham esse costume na Krósvia, falar tanto em krosvi quanto em inglês, quero dizer.

— Então vamos por partes. Exigência 1: nada de chamar a polícia, entendido? Número 2: também não vamos aceitar a imprensa envolvida na história. Próxima: queremos quarenta milhões de dólares como pagamento por termos... cuidado tão bem da Aninha aqui. Vocês entenderam?

— Claro — respondeu tia Marieva, sem nem questionar o valor absurdo. — Mas como vamos fazer para entregar esse dinheiro a vocês?

— Aguardem nossa próxima ligação.

Dito isso, Nicolai desligou, satisfeito por ter dado conta de cumprir sua obrigação.

Marcus retirou o cano do revólver da minha cabeça e soltou minha boca. Só quando o vi secando uma das mãos na calça social percebi que estava chorando.

Com um gesto, ele dispensou o capanga. Depois, puxou Laika para si e apalpou a bunda dela antes de agarrá-la e lhe dar um beijo cinematográfico. Meu estômago revirou de asco.

— Não se preocupe — aconselhou ele assim que desgrudou da cachorrona loira. — Esta noite todo mundo vai dormir com as esperanças renovadas. Viu como sou bonzinho?

Nem respondi. A última imagem chocante do dia, antes de me deixarem finalmente sozinha naquele quarto minúsculo, foi a Nome de Cachorro desabotoando a camisa de Marcus e alisando seu peito, enquanto se retiravam aos risos.

# 31

## Alex

Andrej entrou no Palácio de Perla como se jamais tivesse se acidentado e ficado tanto tempo em coma. Bocas se escancararam ao vê-lo passar, mas ninguém tinha coragem de questionar sua presença ali.

Eu só o seguia, satisfeito por ter o rei de volta. Algo me dizia que teríamos resultados importantes dali em diante. Bom, pelo menos era o que eu esperava.

Ao passar por sua secretária — supunha que fosse, pelo modo como falou com a mulher —, Andrej pediu que ela ligasse para todos os membros mais importantes da cúpula do governo e agendasse uma reunião o mais cedo possível.

Ela ficou meio confusa, a ponto de deixar o telefone se estatelar no chão.

— Ei, não sou um maldito fantasma, Bianka.

— De-desculpe, majestade. Vou logo fazer o que pediu, majestade. Sim, majestade.

Se eu não estivesse tão apreensivo, teria achado graça.

Acompanhei meu padrasto até a sala dele, que, num instante, se encheu de pessoas ligadas a seu governo. Todas exibiam um comportamento contraditório: tanto queriam cumprimentá-lo pela recuperação quanto eram solidárias a ele pela situação da filha.

Enquanto se acomodavam ao redor da mesa de reuniões, meu celular tremeu no bolso da calça. A ligação vinha do Palácio Sorvinski. Afastei-me do grupo para atender.

— Algum problema aí? — perguntei, sem saber com quem falava, mas antevendo uma novidade.

— Alex, sou eu, Marieva. — Ela parecia ansiosa. — Fizeram contato. Pediram um resgate absurdo e puseram a Ana no telefone. Falamos com ela...

Meu corpo inteiro reagiu àquela informação. Comecei a tremer feito uma garota diante do bicho-papão. Cacete, minha princesa estava viva!

— O que ela disse? O que os canalhas falaram?

— A Ana parece estar bem, pelo menos foi isso que nos contou.

A porra do meu coração não parava de bombear sangue, obrigando-me a respirar com mais intensidade.

— E os sequestradores querem quarenta milhões de dólares para devolvê-la.

— Caramba, Marieva! Claro que você nem pensou em negociar, não é? — Eu realmente esperava que não. — Vamos dar tudo o que eles querem, contanto que nos entreguem a Ana de volta.

Minha agitação chamou a atenção de Andrej, que, de longe, esticou o pescoço para me observar. Fiz um sinal para ele, esperando que entendesse minha linguagem não verbal. Queria que meu padrasto se aproximasse, sozinho, sem alarmar os demais membros do governo.

— É óbvio, Alex. Faremos do jeito que os bandidos exigiram. — Marieva também não estava para brincadeira. — Não querem que a gente envolva as autoridades, mas não creio que isso seja possível a esta altura do campeonato.

— Provavelmente não — concordei. — Como e onde será feita a troca?

— Isso não foi combinado ainda. Ficaram de ligar mais tarde.

Dei um soco na parede — um gesto que se tornava habitual —, puto da vida por não termos avançado um pouco mais. Andrej percebeu que minha conversa envolvia a filha dele e se aproximou, querendo saber o que estava acontecendo.

Pedi que esperasse um segundo, enquanto eu terminava de falar com Marieva.

— Quando? — insisti, angustiado.

— Não sei ainda, querido. O homem não estava muito a fim de esticar o assunto.

— Merda! — praguejei, ignorando a plateia diante de mim.

— Alex, tem mais: a Ana disse uma coisa que não entendemos bem.

De repente, toda a minha atenção se voltou novamente à irmã do rei.

— Ela pediu que cuidássemos do cachorro dela. Como ela não tem cachorro nenhum, acredita que poderia estar nos enviando um recado em código?

Eu não saberia responder àquela pergunta, não enquanto meus miolos ferviam dentro da cabeça.

— Não sei, Marieva. Mas vou tentar encontrar alguma lógica nesse pedido. Nem que eu rache meu cérebro para descobrir.

Assim que desliguei o celular, coloquei Andrej a par das novidades. Ele, mais do que depressa, chamou o presidente do Serviço de Investigação do governo e exigiu dele e de sua equipe mais agilidade nos trabalhos de busca.

O homem garantiu que estavam dando o seu melhor e frisou que, se ainda não haviam conseguido uma pista, era porque os bandidos executaram o sequestro com muita precisão.

— Não existe crime perfeito — o rei salientou.

Fazia horas que ele permanecia trancado naquela reunião, depois de fugir do hospital sem a alta médica. Talvez por isso parecesse tão pálido.

— Andrej, acho que é hora de ir para casa — sugeri, temendo por seu estado de saúde. — Você tem que descansar um pouco. Vamos deixar a Investigação fazer o trabalho dela.

— Não antes de fazer um pronunciamento público, Alex.

Suspirei. Se eu, que não ressurgira das cinzas, estava exausto, podia imaginar como se sentia o rei. Por outro lado, o comandante ali era ele, além de adulto e dono do próprio nariz. Eu não tinha poder para obrigá-lo a nada.

Levou algum tempo para que organizassem o ambiente ideal ao pronunciamento que Andrej prometera fazer. Enquanto isso, fiquei sentado na sala do rei, repassando infinitas vezes o que Marieva havia me dito. Qual recado a Ana estava querendo nos dar? Óbvio que ela não se referia ao Bruce, uma vez que aquele cão nem chegava perto de ser dela. O máximo que ele tinha de intimidade com minha namorada restringia-se aos passeios que faziam juntos, esporadicamente, pela praia do castelo.

*Cuidar do cachorro? Cuidar do cachorro?* Porra, o que eu estava deixando de enxergar, afinal?

Meus miolos latejavam de angústia. Por mais que eu me esforçasse, não conseguia matar a charada. *Dá um tempo, cara*, disse a mim mesmo, consciente de que o esforço de memória era, naquele momento, meu pior inimigo.

Para desviar a atenção do enigma, enfiei a mão no bolso e apalpei a caixa com o anel de noivado. Desde que a comprara, eu não conseguia me separar dela. Aquela joia representava o nosso vínculo, mesmo que ela tivesse sido arrancada de mim. Eu jamais me separaria daquele anel. Ou seja, ou ele sairia do meu bolso e iria direto para o dedo da minha mulher, ou ficaria comigo pelo resto dos meus dias caso algo acontecesse com ela.

Fechei os olhos com força, forçando-me a expulsar aquele pensamento repulsivo da minha cabeça. Eu não perderia a Ana, nem fodendo. Nós iríamos nos casar, ter filhos mais tarde e envelhecer colados um no outro. Esse era o nosso destino. Ninguém a tiraria de mim.

Apertei a base do nariz com força. Uma dor de cabeça aguda me incomodava desde que a maldita foto feita no Canadá fora publicada. E mais maldita ainda era a Laika, a ordinária da Nome de Cachorro, que sempre aparecia para complicar minha vida.

— Espere um minuto — falei alto, mas só para eu mesmo escutar. Ajeitei-me na cadeira, mal acreditando no *insight*. — Nome de Cachorro, cuide do meu cachorro... Será que...

Claro, eu poderia estar viajando. Vai ver a relação estava errada. Mas e se não estivesse? E se a minha linda, forte e esperta namorada estivesse dizendo, com aquela frase incoerente, que a responsável pelo sequestro era justamente a Laika, a quem, desde o princípio, a Ana apelidara de Nome de Cachorro?

Cocei a cabeça, procurando ser o mais lúcido possível. E cheguei a uma decisão: mesmo enganado, eu correria atrás daquele sinal. E sabia muito bem como atrair a Laika para mim. Quanto a isso, eu não teria o menor problema.

Conforme prometido, Andrej fez o tal pronunciamento. Permaneci por perto, para o caso de ele precisar de mim. Enquanto ele falava ao vivo para milhões de krosvianos — e sabe-se lá quantas outras emissoras do mundo veiculavam o discurso do rei da Krósvia —, comecei a colocar em ação o plano que havia elaborado de última hora.

Puxei o celular do bolso e digitei o número da pessoa que certamente estava por trás do desaparecimento da Ana. Só de imaginar essa possibilidade, eu já a odiava com todas as forças. Caso a dúvida se concretizasse, eu mesmo torceria o pescoço daquela cobra, até que seus olhos saltassem da órbita.

Ela atendeu no terceiro toque, com a voz surpresa:

— Alex! Você me ligando?

Controlei a respiração antes de prosseguir. Agora que havia começado, iria até o fim.

— Oi, Laika. Pois é. Queria saber se você já tinha voltado do Canadá. Naquele dia em que nos encontramos lá, não tivemos a oportunidade de conversar direito. O bar estava cheio. Acabou que fui embora sem me despedir.

Talvez eu tenha pegado pesado na abordagem. Se a mulher fosse minimamente esperta, deduziria que eu estava jogando verde para obter informações. Por outro lado, como ela vivia dando pinta de ainda estar apaixonada por mim, poderia muito bem engolir, por pura vaidade.

— Eu sei. Você sumiu. Todo mundo estranhou, inclusive seus amigos. Pensei que estivesse correndo de mim.

Hum, ela demonstrava estar caindo. Ou não?

— Na verdade, eu estava fugindo de todo mundo — resolvi ceder um pouco, a fim de não dar muito na cara. — Problemas demais, entende?

— Imagino. Com toda essa confusão envolvendo o rei Andrej e a Ana... — Laika fez uma pausa estratégica, certamente sondando o terreno. — E como ele está? E você? Estou preocupada. Nenhuma notícia da princesa, né?

Cadela! Mesmo que não estivesse no meio da armação, jamais se preocuparia de verdade com qualquer outra pessoa que não fosse ela mesma.

— Nada ainda. Pelo menos, não que eu saiba. Estou me mantendo um pouco afastado de tudo. Andrej parece me culpar pelo desaparecimento da filha.

— Sério? Por quê? — Acho que a surpreendi de verdade.

— Por causa da história da nossa foto juntos, lembra?

— Claro. — Mesmo à distância, captei o sorrisinho satisfeito que a Nome de Cachorro esboçou do outro lado da linha. — Eu sinto muito pelo que aconteceu. Você sabe que não foi minha intenção te atrapalhar.

— Sei disso. E sou eu quem lhe devo desculpas. Afinal, compliquei um pouco a sua vida também.

Esperei pela reação dela. O próximo passo tinha que partir da Laika. Eu saberia se a maluca estava me achando sincero de acordo com o modo como reagiria em seguida. Caso ela desconfiasse das minhas intenções, eu sabia que quem pagaria o pato seria a Ana — se as minhas desconfianças procedessem.

— É verdade, Alex, você complicou um pouco as coisas — ela ronronou, como uma gata no cio. — Mas pode torná-las um pouco melhor.

Bingo! A idiota engoliu.

— Então me diz o que eu posso fazer para consertar esse deslize.

Tive de ouvi-la me convidar para passar no apartamento dela mais tarde. Pelo bem das minhas investigações paralelas, fui obrigado a aceitar. De qualquer forma, antes, seria necessário me preparar para enfrentá-la. Eu não abriria mão de ajuda.

# 32

## Alex

Assim que Andrej finalizou o pronunciamento, pedi que me acompanhasse de volta até a sala dele. Sozinho com ele, relatei minhas desconfianças e a conversa que tivera com a Laika minutos antes.

Por um tempo, meu padrasto só ficou parado, refletindo a respeito de tudo o que eu havia despejado sobre ele. Depois, com um movimento sutil de cabeça, afirmou que também estava disposto a usar todas as cartas disponíveis para ter a filha de volta.

Então contei meu plano e expliquei como tentaria colocar a Laika contra a parede, ainda naquela noite.

— Concordo com tudo, filho, mas tenho medo de estarmos colocando você também em risco — ele ponderou, com o rosto mais pálido do que nunca.

— Vale a pena, Andrej — retruquei, andando de um lado para o outro na sala. — Além do mais, vamos nos preparar para tudo. As escutas, os agentes do lado de fora, eu mesmo, que pretendo entrar no apartamento dela armado. Faço o que tiver de fazer.

O rei assentiu com a cabeça e tratou de organizar a equipe que me auxiliaria, na surdina, a arrancar a verdade da Laika. Nem que para isso eu tivesse de apontar uma arma direto na cara dela.

Como o objetivo principal era convencê-la de que estava disposto a lhe dar uma nova chance, pouco antes do horário combinado, dei uma passada em meu apartamento, onde tomei um banho e me vesti de uma forma bastante convincente, do jeito que a Laika gostava quando namorávamos.

Fiquei imaginando se as invasões à minha casa também eram obra da cadela. Provavelmente sim, ou melhor, sim, caso ficasse provado o envolvimento dela em toda aquela tramoia.

Cheguei a pegar a chave do Audi, mas, na última hora, preferi ir de moto. Minha máquina facilitaria — e muito — uma saída rápida.

Recebi uma mensagem de Ivan, um pouco antes de sair, informando que estavam todos a postos, só esperando minha participação especial no espetáculo.

Se tudo desse certo, antes da meia-noite eu devolveria a Ana aos braços de seus pais e, depois, enfiaria o anel no dedo dela, e de lá ele nunca mais sairia.

— Alex, nem acredito que você está aqui!

Laika abriu a porta para mim com um sorriso de realização estampado no rosto. Agi como faria qualquer cara interessado na mulher à sua frente: comi-a com os olhos, dando uma conferida de cima a baixo.

Não faço ideia de como ela estava vestida. Vi, mas não processei a informação, uma vez que meu interesse naquela criatura não passava de uma farsa.

— Você gosta de frutos do mar, não é mesmo? — ela quis saber ao se afastar da porta para me dar passagem. — Claro que sim. Lembra aquela vez, na Grécia, quando você se empanturrou de lagosta? Era um restaurante fabuloso em Kos... Depois você passou mal a noite inteira.

O que estava me fazendo mal era o perfume açucarado da Laika. Ele elevava minha dor de cabeça dos infernos a níveis quase insuportáveis. E havia apenas dois remédios capazes de curá-la, a serem tomados simultaneamente: salvar a Ana e fazer a Nome de Cachorro engolir cada maldita gota do seu próprio veneno.

Respondi que me lembrava a fim de massagear o ego dela, embora já tivesse tirado a porra daquela viagem da cabeça havia muito tempo. Depois que comecei a namorar a Ana, imagens muito mais agradáveis substituíram meus momentos vazios com a Laika.

— Então você vai adorar o jantar, Alex — ela comemorou, enganchando seu braço magrelo no meu. — Bom, não fui eu quem o preparou, é claro. Todo mundo sabe que eu sou um desastre na cozinha, mas o papai tem a melhor cozinheira deste planeta e ela deixou tudo no capricho para nós.

Alguém precisava avisar à Laika que Karenina, esta sim, ocupava o posto de melhor cozinheira deste planeta. Além disso, o problema era dela se não sabia nem fritar um ovo. Minha verdadeira mulher dava um show na cozinha e isso, por si só, me bastava.

— O que quer tomar? Uísque? Vinho?

Nada. Eu não queria nada. Não podia correr o risco de ficar com os sentidos comprometidos. Mas seria obrigado a aceitar. Nem que fosse apenas uma taça. E eu poderia enrolar com ela ao longo da noite.

— Ah! Tenho um vinho excelente aqui. — Laika foi até a adega e pegou uma garrafa, toda orgulhosa. — Uma preciosidade da vinícola do Marcus. Não é fácil encontrá-lo por aí.

— Mesmo? Então você é uma mulher de sorte — comentei, nem um pouco impressionado com a "sorte" dela.

— Sim, sim. Este eu ganhei. Presente do proprietário.

Eu não fazia ideia de que o marido da Marieva mantinha relações com a Laika. Se bem que ela deveria estar se exibindo, isso sim. O presente possivelmente fora dado ao senador Romanov e não à Nome de Cachorro, como ela estava querendo me fazer acreditar. A Laika não perdia a pose mesmo.

— E então, aceita uma taça?

— Claro.

Saltitando feito um cabrito no pasto, Laika me serviu a bebida e me fez sentar ao lado dela, num sofá de couro branco onde, num passado bem distante, demos muitos amassos.

— O outro apartamento que eu tinha foi cenário de muita diversão para nós, não é, Alex?

Eu usava uma escuta presa à camisa, portanto, todos os envolvidos na ação ouviam cada palavra que trocávamos. Sabiam que eu estava ali para representar um papel. Mesmo assim, falar de certas coisas com aquela mulher era embaraçoso pra cacete. Eu esperava dar um jeito de encurralá-la o mais rápido possível. Senão, corria o risco de que minha vida privada virasse assunto para semanas de discussão no alto escalão do governo.

— E como! — Fui na onda dela, embora o desconforto me incomodasse. — Hã, Laika — tentei mudar de assunto —, apesar de não ter rompido oficialmente com a Ana, não é segredo para ninguém que não estávamos nos dando muito bem nos últimos tempos. Você sabe disso, não é?

— Superficialmente.

Até parece! Sua resposta blasé soava ridícula, mas era importante que eu seguisse em frente.

— Óbvio que, para todos os efeitos, ainda somos um casal, quero dizer, se é que ela ainda está bem.

Laika desviou o olhar. Não chegou a ficar muito tempo com eles afastados, mas seu lapso me revelou muitas coisas. Naquele momento tudo ficou claro: ela estava envolvida até o pescoço no sequestro da Ana. Restava-me descobrir quem a ajudava e onde haviam escondido a princesa.

— Por que está dizendo isso? Você sabe o que houve com ela? — Os questionamentos não foram feitos com imparcialidade.

— A Ana foi sequestrada, Laika. Isso é certo.

Depois que disse isso, prestei atenção na reação da cadela, que tentava mostrar uma surpresa não sentida, mais falsa que nota de três reais.

— Tem certeza? Mas como?

Dei de ombros, enquanto fingia tomar um generoso gole de vinho.

— Os sequestradores fizeram o primeiro contato hoje. Pediram um valor absurdo como resgate e prometeram voltar a ligar para negociar a troca.

Dessa vez a Laika não disse absolutamente nada. Seus olhos, injetados em minha direção, ficavam cada vez mais arregalados. Não sou um sujeito muito observador, mas foi impossível não perceber que sua respiração ia se acelerando a cada segundo.

Tirei a taça de vinho de sua mão e inclinei meu corpo até ficar a milímetros de distância do dela.

— Eu só não entendo por que estão fazendo isso com a Ana — sussurrei, apostando no meu poder de sedução. — Se a questão é tomar o trono dela, pegaram a pessoa errada, porque o Andrej está de volta. Concorda que esse motivo é meio furado?

— Si-sim.

— Ou então a razão pode ser outra. Inveja, por exemplo, ou ciúmes, ou as duas coisas juntas. Essa seria uma explicação mais lógica, não acha, Laika?

— Si-sim, quero dizer, não sei...

Ela estava confusa. Chegara a hora de enterrar o punhal no peito da safada.

— Indo nessa direção, não fica muito difícil concluir quem pode estar por trás desse sequestro. Qual é o seu palpite?

Seus músculos enrijeceram.

— Difícil dizer, Alex. Desde que Andrej apresentou a Ana como a nova princesa da Krósvia, acredito que muitas pessoas podem ter se incomodado com a presença dela aqui, em nosso país. Como eu saberia, afinal?

Apertei Laika contra o sofá, cobrindo seu corpo com o meu, como se estivesse prestes a devorá-la inteirinha, coisa que jamais faria novamente. Meu estômago revirava só de cogitar essa possibilidade.

Ela gemeu, acreditando mesmo que eu arrancaria suas roupas num instante e que passaríamos o resto da noite nos braços um do outro.

Perfeito! Quanto mais envolvida estivesse, maiores eram as chances de eu conseguir convencê-la a cooperar.

— Alex, querido, você não dimensiona o quanto sonhei em ter você assim de novo — ronronou ela, enquanto alcançava uma de minhas mãos e a direcionava até sua coxa.

Essa foi a minha deixa.

Com meus lábios colados no ouvido dela, falei lá dentro, bem devagar, para que a cretina não se enganasse a respeito do recado que eu dava:

— Eu também tenho sonhado muito nos últimos dias. Sabe com o quê?

Laika negou com a cabeça, enfeitiçada.

— Sonho pegar o cara que sequestrou minha namorada e usar nele as piores técnicas de tortura que existem.

— O quê? — ela engasgou. Talvez não tenha me entendido direito. Bom.

Puxei a arma, que estava presa na parte de trás da minha calça, e a pressionei na cintura da Nome de Cachorro. Então, concluí o aviso:

— Pode ser que o cara seja A cara — prossegui, ainda sussurrando. — Se é que você me entende. Mas não importa. Homem ou mulher, o canalha vai pagar por cada segundo que fez a Ana sofrer. Cada maldito segundo.

Laika tentou sair de debaixo de mim, usando as duas mãos espalmadas em meu peito. Não me movi um milímetro.

— Não estou entendendo você. — Ah, é claro que ela reagiria assim. — E com o quê você está apertando a minha cintura desse jeito, Alex?

— Vamos combinar assim? Uma verdade em troca de outra.

Com a testa franzida, ela elevou o olhar até encontrar o meu, que devia estar apresentando minha pior expressão de predador.

— Eu conto o que tenho aqui embaixo e você me diz em que porra de buraco enfiou a Ana.

Constatar que meu *feeling* funcionara despertou em mim a esperança de encontrar minha namorada em breve, de preferência com vida. O segundo sentimento que me atingiu foi o ódio, um ódio tão mortal que por pouco não atirei na Laika, à queima-roupa, sem dar a ela a chance de se explicar.

Mas ela ainda tinha muita coisa para me dizer, principalmente sobre o lugar onde a Ana era mantida prisioneira.

— Alex, você não está pensando que eu tenho algum tipo de envolvimento no desaparecimento da princesa, está? — Era de esperar que a cadela passaria um tempo negando. Mas, para o azar dela, eu não estava disposto a lhe conceder nem mais um minuto.

— Neste momento, o cano de uma Glock totalmente carregada está prestes a fazer um buraco nada charmoso em seu corpo — anunciei.

Fiz um favor a mim mesmo desgrudando meu corpo do dela. Em seguida, apontei o revólver para seu rosto, congelado numa carranca de pânico, e revelei:

— Embora eu tenha dado a entender que este era um encontro íntimo e romântico, nada do que dissemos aqui ficou entre nós.

Afastei a gola da camisa do pescoço a fim de mostrar o minúsculo microfone preso ali.

— Por toda a rua há homens do Serviço de Investigação e agentes da Polícia Federal, que, assim como eu, estão doidos para resolver este caso.

Laika tremia sobre o sofá, a cada minuto se denunciando ainda mais.

— Você não tem saída a não ser dizer onde enfiou a Ana. — Apoiei o peso numa das pernas, para enfatizar a ordem. — E tem que ser agora.

— Que loucura é essa? — ela gritou, histérica. — O que o faz pensar que sua preciosa namorada foi sequestrada por mim, Alex?

— Não vou discutir isso com você, e minha paciência está se esgotando.

Dividida entre ceder ao que eu exigia e me dar uma banana, Laika usou seu tom mais arrogante para me enfrentar:

— Se eu fosse você, tiraria essa arma da minha cara. Nada do que você disse faz sentido, e eu posso complicar sua vida o denunciando. Tem ideia do que o meu pai pode fazer?

Eu não sou idiota. Não tínhamos provas contra ela, que, se decidisse negar mesmo o envolvimento no sequestro, acabaria se livrando das minhas acusações. Conclusão: eu precisaria ser mais persuasivo, até que a maluca cedesse ou entrasse em contradição.

— Laika, eu só vou avisar mais uma vez...

Não terminei a frase. Fui interrompido pelo barulho estridente de um telefone.

— Meu celular...

— Não saia daí! — ordenei. — Você não vai atender.

O aparelho tremia sobre a mesa de centro da sala.

Sem desviar a atenção de cima dela, relanceei o olhar só para conferir na tela de quem partia aquela ligação. Além da letra M, não havia mais nada escrito.

A Laika se tornou ainda mais perceptível. Aposto que acertaria em cheio se eu afirmasse que o tal M estava no meio da sujeirada.

— Seu telefone tem caixa-postal, não é mesmo?

Esperava que ela negasse, mais uma vez. Portanto, nem esperei por sua resposta. Peguei o celular e fucei até chegar aonde queria.

— Qual é a senha?

Nada.

Já no meu limite, incapaz de raciocinar com frieza, destravei a arma e mirei a testa da Laika.

— Fala, caramba, senão estouro seus miolos agora.

— E vai preso depois.

— Porra! Me diz qual é a maldita senha. Agora! — exigi, me lixando para as consequências dos meus atos.

— 2102 — sussurrando, ela revelou o código, que era nada menos do que a data do meu aniversário. Psicopata.

Digitei os números e apertei o botão do viva-voz.

— Vamos ver o que temos aqui, afinal.

"Gata, onde está você? Estou saindo da cabana. Gostaria de dar uma passada no seu apartamento para uma rapidinha antes de ir para casa, mas já é tarde e a sonsa da minha mulher, embora esteja preocupada com o sequestro da putinha ordinária, pode acabar desconfiando de alguma coisa. Amanhã vamos fazer contato de novo, mas quero estar no castelo quando o Nico ligar para lá. Vou oferecer ajuda no pagamento do resgate. Quero deixar o Andrej acreditar que também estou arrasado por causa da filha dele. A hora do babaca ainda vai chegar. E agora vai ser para valer. Boa noite."

Completamente chocado. Assim eu me senti depois de escutar a mensagem deixada por Marcus no celular da Laika. Como foi que nenhum de nós conseguiu enxergar a verdadeira cara daquele homem? Nenhum de nós, menos a Ana. Ela nunca gostara dele. Não o suportava.

— Eu vou matar você, desgraçada!

Avancei para cima da maldita, descontrolado. Acho que teria cometido uma loucura se o apartamento, naquele momento, não tivesse sido invadido pelos agentes federais.

Laika se encolheu, preparada para o choque, que acabou não acontecendo graças à intervenção da equipe.

— Calma, rapaz. Deixe a moça com a gente — um deles tentou apaziguar. — Ainda não sabemos onde está a princesa.

— Mas ela vai dizer — eu rugi, com os dentes trincados —, e vai ser agora. Diga, cachorra, conte tudo de uma vez!

Sem saída, sua única alternativa foi confessar todo o esquema.

— Marcus e eu, antes de me estabelecer novamente em Perla, nunca fomos próximos. Mas, por motivos diferentes, nós dois odiamos a Ana. Então resolvemos nos unir para acabar com ela. O acidente de Andrej partiu apenas dele. Não tenho nada a ver com a queda do helicóptero.

Fiz um barulho estranho com a boca, duvidando bastante dessa parte da história.

— É sério. Eu só entrei na jogada quando surgiu a oportunidade de darmos uma lição na princesinha.

Eu mal conseguia respirar.

— Melhor tomar o depoimento dessa mulher depois. Temos que resgatar a Ana — intervim.

Laika, depois de muita pressão, revelou o endereço do chalé onde minha namorada estava presa.

— Vamos mandar uma equipe para lá agora mesmo — anunciou um dos agentes. — E outra vai atrás do Marcus.

— Eu vou também.

Nada me faria ficar esperando o resultado da ação, e ninguém me impediria de acompanhar a equipe de resgate até o tal chalé. Eu queria ser o homem em quem a Ana se ampararia quando estivesse, finalmente, livre.

— Não, Alex. É perigoso. Não sabemos com o que vamos nos deparar por lá.

— Não importa. Nem a pau vou ficar para trás.

Tentaram, inutilmente, me convencer a esperar no castelo, junto do resto da família. Por fim, acabaram cedendo, apesar de me fazerem inúmeras recomendações.

Eu jamais havia presenciado uma ação tática antes. Sou arquiteto, vivo de números, cálculos, história e arte. Confesso que fiquei meio perdido no meio daqueles homens da lei, divididos em subequipes, tentando obter sucesso tanto no resgate quanto na prisão dos envolvidos.

Pelo menos um membro da quadrilha já estava enquadrado.

Passei pela Laika olhando para ela como se fosse uma bactéria contagiosa. Sorri, logo depois de quase enfiar meu dedo no meio na cara derrotada dela.

# 33

## Devaneios

Não fossem os grilos do lado de fora e o ronco similar ao de um porco gordo de esgoto vindo de outro cômodo, a noite seria completamente silenciosa.

De certo modo, eu já havia entregado os pontos. Como um condenado a caminho da forca, eu aguardava com apatia o meu final. Nas últimas horas, fui convivendo com a perda dos movimentos da minha mão direita, presa à cabeceira da cama por uma algema fria e apertada; vi minhas lágrimas secarem junto com minha boca, que, de tão desidratada, rachara em vários pontos; senti o rosto inchar, resultado dos vários tapas que levei, de diferentes intensidades.

E nada disso tinha mais importância. Quando eu morresse, meu corpo deixaria de ser meu abrigo. Pouco importava o estado em que terminaria, de todo modo.

Não adiantava relutar contra o fato: minha morte era questão de horas; pensando com mais otimismo, talvez um ou dois dias.

Eu só pedia a Deus que não me deixasse sofrer. Sempre tive muita intolerância à dor. Isso sim me apavorava. Por outro lado, a consciência de que, em breve, não pertenceria mais a esse mundo não era de todo ruim. Melhor do que permanecer presa, sob as piores condições possíveis.

Fechei os olhos, embora soubesse que não conseguiria dormir. Fiz isso para descansar minhas pobres pupilas, tão desgastadas pelas horas de choro.

Quando eu era criança, tinha o costume de passar as tardes na casa do vovô Felisberto e da vovó Nair. Eu ficava lá, meio largada, enquanto eles faziam suas coisas. Então eu inventava moda para gastar o tempo. Um dia inventei de me deitar na varanda, sob um feixe de luz do sol, e fechei os olhos, apertando bastante as pálpebras, até começar a enxergar aquelas figuras aleatórias que uns dizem ser partículas microscópicas do ar e outras — eca —, bactérias. Enfim, não satisfeita — e completamente entediada —, segurei a respiração também. A intenção era checar por quanto tempo conseguiria ficar sem respirar. Porém, uma ideia levou a outra, e eu cismei de querer ver a tal luz no fim do túnel, aquela que as pessoas relatam quando retornam de uma situação de quase morte. Passei o dia inteiro segurando o fôlego e nem cheguei perto de visualizar o tal brilho. Lógico. Foi só uma bobagem de criança que tinha muito tempo livre para imaginar besteiras.

A ironia era que, aos vinte e dois anos, um dos períodos mais plenos da minha vida — se não fosse *o mais* —, eu já me encontrava a um passo da luz. E, se tivesse escolha, preferiria não encontrá-la.

Ai, ai...

Levei uma mão ao pescoço e toquei o colar com o pingente de rosa. Não conseguia ficar sem ele desde que o ganhara de presente do meu pai. A joia pertencera à avó que eu não conheci e, mais tarde, à mãe de Alexander. Logo, logo ela seria de outra pessoa. E eu me tornaria a nova tragédia da família Markov depois da bisavó Catarina.

Não imagino o tempo que passei devaneando. Mas acho que não demorei a delirar. Se antes eu ouvia apenas os grilos e o ronco do porco na sala, de repente, novos sons assaltaram meus sentidos. Roncos de motor? Estrondos? Vozes discutindo? Alguém gritando meu nome? Alex?!?

Com certeza minha mente estava entregando os pontos.

# 34

## Alex

O combinado era fazer uma emboscada sem alarde. Seguimos divididos em três carros em direção ao chalé, preparados para qualquer imprevisto.

A notícia de que tínhamos descoberto o cativeiro da Ana fora liberada apenas para os envolvidos na ação, além de Andrej e o resto da família. Como não queríamos que Marcus tivesse acesso a essa informação antes que as autoridades o capturassem, o rei chamou Marieva em particular e abriu o jogo com a irmã.

Eu ainda não sabia como a coitada havia reagido, mas isso tampouco me interessava no momento.

Meu coração só faltava saltar pela boca. Já tínhamos visto a casa, e, até então, nenhum anfitrião mal-encarado aparecera para nos receber a tiros.

Estacionaram os carros a alguns metros de distância da entrada. Se as coisas corressem conforme prevíamos, em poucos minutos invadiríamos o cativeiro e, melhor de tudo, resgataríamos minha futura noiva.

Eu contava os segundos para tê-la nos meus braços. Quando isso acontecesse, eu não a largaria nunca mais.

Um grupo de agentes partiu na frente, portando armas de longo alcance. Segui logo atrás, com o segundo grupo, ainda com a Glock que me emprestaram nas mãos. Não hesitaria em atirar em quem quer que fosse, se precisasse.

De repente, uma lâmpada se acendeu dentro do chalé. O líder da ação fez sinal para que fôssemos mais devagar. Outro passo, seguido de um barulho de vozes vindo do interior da casa. E então, um grito:

— Emboscada!

Tudo aconteceu como num filme de Bruce Willis:

Dois grandalhões apareceram na porta, descarregando suas armas em nossa direção.

Os agentes atiraram de volta, acertando os dois, que caíram no chão como se estivessem mortos. Mas eu não poderia assegurar, pois minha posição não era favorável nesse sentido.

Em fila, os federais invadiram a casa, em busca de outros bandidos. Eles se posicionavam estrategicamente, mas eu não estava a fim de fazer parte da coreografia.

Sem medo do que poderia encontrar pela frente, adiantei-me a eles e entrei no chalé, chamando pela Ana desesperadamente.

— Ei, parado aí, amigo!

Um terceiro sujeito apareceu, mirando na minha cabeça, que explodiria em infinitas partes caso ele decidisse puxar o gatilho.

— Desgraçado, filho da puta, cadê a Ana? — berrei, esperando que ela me escutasse.

— Abaixe a arma — ordenou um agente, também apontando para o maldito. — Tenho certeza de que não vai querer amanhecer com um buraco no meio da testa.

— Nem seu companheiro aí vai.

A desvantagem do cara era que ele estava sozinho. Seus dois comparsas, abatidos do lado de fora, não poderiam lhe dar cobertura.

Portanto, foi fácil pegá-lo por trás — não sei quem acabou fazendo isso — e tirar o revólver da mão dele, que terminou se rendendo sem oferecer muita resistência.

Liberado de sua pontaria, disparei pela casa, gritando o nome da Ana sem parar nem para recuperar o fôlego.

E então, poucos segundos depois — que pareceram uma eternidade —, escutei um gemido fraco, emitido do cômodo atrás da única porta fechada dentro do chalé.

— Ana! Ana! Estou aqui, *lyubit*.

Arrombei a maldita porta com o pé. Nem sei de onde veio tanta força, talvez da certeza de encontrar minha mulher viva do outro lado.

E lá estava ela, sentada, de olhos arregalados, encarando meu rosto como se eu fosse uma assombração.

— Ana... — sussurrei, mal contendo minha vontade de agarrá-la. Mas me controlei. Primeiro precisava saber se estava bem. — Amor, fala comigo. O que fizeram com você?

Sentei-me aos seus pés e segurei sua mão livre. A outra exibia um tom arroxeado. Maldição! Por quanto tempo ela ficou presa daquele jeito?

— Alex...

Só então a compreensão do que se passava ali a atingiu. A Ana se jogou sobre mim, tanto quanto era possível, e mergulhou a cabeça em meu peito.

— Alex, como você conseguiu? Como foi? A Laika... O Marcus... Meu pai...

— Shhh... — dei-lhe um beijo na testa e segurei seu rosto.

Ela tinha apanhado. O inchaço nas bochechas não deixava margem para dúvida. E qual seria o motivo dos lábios rachados?

— Amor, não se preocupe. O importante é que acabou.

Encostei minha boca na dela, massageando-a suavemente. Senti o gosto de lágrima. A Ana chorava, tão silenciosamente que nem dava para ouvir. Meu Deus, estava machucada por dentro e por fora.

— Quero ir para casa. Por favor.

Assenti, sem deixar de abraçá-la.

— Precisamos tirar essa maldita coisa daqui primeiro — eu disse, fazendo referência à algema.

Chamei um dos agentes, que participava de um cerco do lado de fora do quarto, e pedi que desse um jeito de abrir a fechadura. Ele resolveu o problema em poucos instantes.

— Ai! Não consigo movimentar meu braço.

Distribuí uma trilha de beijos sobre ele, enquanto o puxava com cuidado, até repousá-lo na lateral do corpo da Ana. Em seguida, peguei-a no colo, onde ela se aconchegou feito um animal frágil, e fiz o que minha princesa pediu: saí daquele lugar imundo. E nem me dei ao trabalho de olhar para trás.

Aparecer no castelo com a Ana no colo talvez tenha sido o momento mais emocionante da vida de todo mundo ali. Graças a um telefonema que dei assim que me ajeitei com ela no banco de trás de um dos carros, todos já sabiam que estávamos a caminho.

Eu não imaginava como Marieva estava lidando com a traição do marido. Ela não esperava por nós quando chegamos. Tinha ido ficar com os filhos em Craiev.

Marcus fora capturado, de surpresa, pelos agentes federais. Ao contrário do que acontece nos filmes de ação, ninguém o informou sobre a emboscada no chalé, de modo que ele não fazia ideia do que o aguardava. Quando deparou com os agentes na porta de sua casa, custou a entender o que estava acontecendo. Tentou se safar assim que deu conta, primeiro usando a lábia, em seguida, ameaçando acabar com a vida dos próprios filhos, que acordaram com a movimentação e se assustaram com o descontrole do pai.

Coisa mais triste.

As reações foram intensas, mas meio unilaterais, logo que entrei com a Ana no castelo. Minha namorada ainda não havia se recuperado do choque de ter sido sequestrada e mal articulava algumas palavras. Coitadinha. Só Deus sabia exatamente as coisas pelas quais ela tinha passado.

No momento em que ela ficou diante de Andrej, porém, toda a apatia evaporou. Ao ver o pai, a Ana desabou sobre ele, liberando um choro compulsivo, que emocionou a todos nós.

— Minha filha...

O rei a amparou, embora ainda estivesse meio fraco, e chorou junto com ela.

— Ah, minha filha, minha filhinha, o que eu fiz você passar?

Ela soluçava, dando a entender que não havia forças suficientes dentro de si. Seu esgotamento era mais que visível.

— Papai, eles iam me matar mesmo depois de receber o dinheiro do resgate.

Ouvir aquilo fez minha entranhas se retorcerem.

— E disseram que matariam você depois. E que o acidente não foi acidente. O Marcus mandou sabotar o helicóptero.

Ana jogava as palavras para fora, louca para se livrar daquelas informações sujas.

Vi que Andrej tremeu, provavelmente tão motivado a acabar com a raça do cretino do Marcus quanto eu estava.

— Quem poderia imaginar, Deus do céu? — o rei indagou enquanto acariciava os cabelos da filha, que chorava compulsivamente. — Eu vou acabar com aquele cretino. Vou acabar com ele — Andrej repetia sem parar.

— Eles me bateram, papai, vários deles.

Ah, gente! Que vontade de fazer justiça com as próprias mãos.

— Mas o pior de tudo foi ouvir o Marcus confessar que mataria você depois que acabasse comigo... E eu não podia fazer nada.

Não se escutava um ruído sequer na sala, a não ser os soluços da Ana, seus lamentos e as palavras de conforto proferidas por Andrej. Eles desfrutavam do alívio de estarem juntos novamente, indiferentes a todos nós ao redor. Mereciam esse tempo, e ninguém seria desalmado de afirmar o contrário.

Até que Olívia, não se segurando nem um segundo a mais, decidiu se juntar à cena.

— Calma, filhinha. Não precisa se preocupar com mais nada. Está tudo bem — disse ela, envolvendo a filha por trás.

Olhei para os três, incapaz de me mover. Pai, mãe e filha, uma família. Naquele momento, eu não me encaixava naquele cenário. Talvez depois.

Mas então, de repente, a Ana ergueu uma das mãos e, olhando direto nos meus olhos, fez um gesto para que eu me aproximasse. Assim que fiquei a um passo do sanduíche humano, ela se esgueirou para fora da redoma feita pelos pais, me enlaçou pela cintura e pediu, com o rosto enterrado em meu peito:

— Me leva para a cama, amor.

Ainda na escadas, ouvimos os aplausos no andar de baixo. Sabíamos que eram para nós. A Ana abriu um sorrisinho, aconchegando-se um pouco mais dentro dos meus braços.

A felicidade era legítima e tinha mesmo de ser externada. Mas os dias seguintes reservavam muitas outras emoções tanto para a família real quanto para o país inteiro, e não seriam apenas emoções boas. Afinal, nomes de pessoas influentes na Krósvia estampariam as páginas mais obscuras dos veículos de comunicação. Eu imaginava o que o povo faria ao descobrir que a filha do senador Romanov e o cunhado do rei eram os mentores de um plano sórdido para, de uma só vez, acabar com Andrej e sua herdeira.

No entanto, apesar de tudo que nos aguardava num futuro breve, tirei da cabeça os problemas e me concentrei na Ana. Só ela me importava.

— Talvez você precise de um médico, *lyubit* — comentei, ao deixá-la sobre a cama.

— Estou bem. Apenas sinto muita sede — ela suspirou. — E gostaria de tomar um banho.

Deixei a banheira enchendo enquanto fui buscar água para a minha princesa. Quando voltei, ela estava sentada no colchão, tentando se livrar das roupas.

— Eu ajudo você — ofereci, depois que ela tomou a água.

Gostaria de perguntar mil coisas à Ana. Havia várias questões a serem esclarecidas, como as ameaças virtuais que ela não me contara, por exemplo. Mas isso ficaria para depois.

Todo o meu corpo tremeu ao vê-la nua. Fazia tanto tempo desde a última vez... Apesar disso, tudo o que eu desejava era manter a Ana em segurança e garantir que ela jamais passaria por tanta coisa ruim de novo.

Levei-a ao banheiro. Sabia que podia andar, mas estava gostando de bancar o herói.

— Sabe que posso muito bem fazer isso sozinha, não é? — ela exibiu um sorriso zombeteiro.

— Sei, mas estou fingindo que não.

# 35

## *Recarregando a bateria*

Alex me colocou dentro banheira, com todo o cuidado do mundo, como se eu fosse me rachar em duas ou algo parecido. Óbvio que eu não iria reclamar. Se ele queria me paparicar, eu não ofereceria a menor resistência.

— Entre comigo — pedi, as mãos estendidas em sua direção.

Ele hesitou:

— Nossa, Ana, não sei. Você está muito fraca... cansada.

Dei um risinho, encantada com seu recém-adquirido jeito tímido.

— Só me faça companhia, amor. Preciso sentir você perto de mim.

Não foi necessário repetir o pedido. Em questão de segundos, Alexander arrancou a roupa e se juntou a mim, aconchegando-se atrás das minhas costas.

Alguns minutos se passaram antes que voltássemos a falar. Só ficamos ali, sentindo a presença um do outro, aproveitando a sensação de estarmos juntos de novo, depois daquela imensa tempestade.

Apoiei a cabeça no peito dele e fechei os olhos, curtindo o carinho inocente que Alex fazia em meus ombros. Hum... Estava tão bom. Por mim, ficaríamos assim o resto da vida.

— Você foi muito esperta ao soltar aquela "Cuide do meu cachorro". Se não fosse isso, nem sei o que poderia ter acontecido. Tive medo de te perder. Não, medo não — ele se corrigiu, suspirando. — Pânico.

Eu entrei em pânico, Ana. Acho que nunca vou me perdoar por não ter sido capaz de proteger você. Foram tantos os sinais de que o perigo andava te rondando... Não sei por que os ignorei.

Virei a cabeça de lado, de forma que pudesse olhar dentro dos olhos dele.

— Alex, não foi sua culpa. Na verdade, *eu* fui relapsa com a minha segurança, não tomei as providências necessárias quando comecei a receber as ameaças.

Dei uma mordida no pescoço dele para enfatizar a afirmação. Alexander me apertou com mais força, como se temesse que eu fosse evaporar junto com a água da banheira.

— Tantos sinais — repetiu ele. — Sem mencionar aqueles que você deixou de me contar. Por quê, Ana? Por que não se abriu comigo? Porra, eu sou ou não sou seu maior parceiro?

— Sim. Claro que sim — enfatizei, relaxando aos poucos. — Meu parceiro, meu amor, meu tudo. E foi por isso mesmo que eu não quis deixar você preocupado à toa. Eu não acreditava que as ameaças fossem pra valer, entende?

Demonstrando desconforto, Alex se ajeitou. Depois beijou meus cabelos.

— Talvez. Gostaria de ter ajudado você a pensar melhor nos acontecimentos — ele desabafou, após soltar um longo e cansado suspiro. — Teríamos juntado os fatos.

— Quais?

— Meu apartamento foi invadido.

Virei meu corpo na banheira, encarando Alexander com os olhos arregalados. Então ele também tinha seus segredos?

— Não me olhe assim, Ana. Descobri a invasão horas antes de viajar para o Canadá. E depois... Bom, aconteceu tudo aquilo.

Era muita informação para processar, muito risco que corremos por causa da ganância e da inveja de dois sujeitos que poderiam ter tudo na vida, mas almejavam mais.

Alex me puxou para um beijo.

— Desculpe — falei, envolvendo o rosto de Alex com as mãos. — Não foi por não confiar em você que deixei de revelar tantas coisas. Eu só não queria preocupá-lo à toa. Sabia que você ia pirar.

Alexander me olhou profundamente.

— Entenda uma coisa, Ana: quando as pessoas se amam, elas compartilham tudo, inclusive seus problemas, porque sabem que podem contar umas com as outras. — A boca dele pairava a milímetros da minha. — Neste mundo não existe ninguém que ame mais você do que eu. Ninguém. Então, por favor, pelos próximos cinquenta anos, se houver momentos difíceis, e eu sei que vai, lembre-se de que não vou a lugar algum. Não sem você.

Absorvi cada palavra daquela declaração, com o coração aos pulos. Não chegava a ser uma proposta de casamento, mas era melhor.

Eu jamais deveria ter me preocupado em perder Alexander para a bandida da Nome de Cachorro. Jamais deveria ter brigado com ele por causa dela. Foi preciso quase acontecer uma tragédia para eu finalmente me tocar de que nada tinha o poder de nos separar, a não ser nós mesmos, se permitíssemos, é claro.

— Também te amo tanto assim — devolvi a declaração, praticamente me rendendo ao sono e ao cansaço.

Alex beijou a ponta do meu nariz e meus lábios na sequência.

— Venha. Vamos dormir.

As últimas imagens do meu dia terrível acabaram sendo:

1. Alex me envolvendo com uma toalha macia e enxugando cada pedacinho do meu corpo.
2. O olhar estranho que ele lançou para a sua calça jeans embolada no chão do banheiro.

Acho que o questionei sobre isso, embora não seja capaz de afirmar, porque, tão logo bati na cama, desmaiei direto, sem ao menos terminar de pronunciar "boa-noite".

Mal tive chance de me recuperar do sequestro. Meu dia seguinte foi *punk.*

Ainda bem cedo, saí para encarar todos os meus fantasmas. A sorte era que não estava sozinha. Pude contar não apenas com a companhia do meu pai e de Alex, mas também com a de mamãe, vovó e Estela.

A presença delas feria certos protocolos, que foram mandados para o quinto dos infernos. Depois de tudo por que passamos, só nos importava: resolver a situação de Marcus, Laika e seus cúmplices; assegurar à população que as coisas voltariam a andar nos trilhos; apoiar tia Marieva e as crianças.

Portanto, a fim de voltar a ter um pouco de paz, mesmo com o rosto ainda meio inchado, não reclamei por cumprir as obrigações que esperavam por mim.

Primeira parada: sede da Polícia Federal, onde meu ex-tio-torto e sua cadela de estimação estavam presos.

E desnecessário mencionar que um batalhão de repórteres nos seguiu desde o castelo — era óbvio que isso ocorreria. Outro grupo — ainda mais numeroso — aguardava nossa chegada lá.

Desde que me tornei princesa, de tempos em tempos eu me via diante dessa situação: a imprensa me perseguindo. Desta vez, por incrível que pareça, eu não estava dando a mínima. Queria mesmo que o mundo inteiro soubesse que a minha vida não era cor-de-rosa, que ser princesa não significava ser uma boneca perfeita como minhas colegas criadas por Walt Disney.

— Ana! Ana! Pode nos dizer como está se sentindo agora? — questionou uma repórter, que pulava entre os demais, de modo que eu a escutasse de dentro do carro.

Abaixei o vidro da janela para que minha resposta chegasse a ela com nitidez:

— Estou ótima. E gostaria de agradecer a todos que torceram por mim e por meu pai. Serei eternamente grata pelas orações e energias positivas.

— E quanto aos sequestradores? Qual foi a sua reação ao descobrir que tudo foi planejado por seu tio e pela ex-namorada de Alexander Jankowski?

— Fiquei perplexa, é claro. Mas agora é hora de a justiça resolver a situação deles. Sou advogada, lembra? — Dei um sorrisinho vitorioso. — Se depender dos meus conhecimentos jurídicos, os dois jamais terão oportunidade de aprontar outra vez.

— Esperamos que não. Obrigada, princesa, por responder às perguntas.

Assim que desligou o gravador, a repórter acenou para mim. Devolvi o aceno, enquanto o carro passava pelo portão de segurança da agência federal.

Uma vez do lado de dentro, passei horas narrando minha versão dos fatos. Fui obrigada a reviver os piores momentos da minha vida, desde o instante em que o carro de Jorgensen foi interceptado na estrada até eu ser resgatada por Alex e a equipe de agentes.

— Localizamos o veículo — alguém, a certa hora, informou. — Estava submerso no lago atrás do chalé onde encontramos você, Ana.

Mais tarde, eu soube que os bandidos baleados haviam morrido e o terceiro, Nicolai, o homem da carranca horripilante e da comida intragável, fora preso junto com Marcus e Laika.

No final da manhã, eu já não prestava para muita coisa.

Mas ainda faltava uma última ação antes de conseguir relaxar de vez: conversar com a tia Marieva.

À casa dela, em Craiev, preferi ir sozinha.

Corrigindo: levei Estela comigo, já que a coitada tinha despencado do Brasil para ficar perto das investigações sobre meu desaparecimento e, agora que tudo fora resolvido, estava de bobeira, só querendo curtir o país.

Expliquei à minha amiga que provavelmente a conversa com a tia Marieva teria de acontecer só entre nós duas, afinal falaríamos do marido em quem ela depositava toda a confiança. Estela não se incomodou. Disse que ficaria no centro da cidade, passeando pelas lojas ou tomando um café, se fosse o caso.

Fiquei feliz com o desprendimento dela, aliás, uma de suas características mais marcantes. E prometi marcar um programa bem legal para nós antes que minha melhor amiga voltasse para Belo Horizonte.

— Não esquenta a cabeça, Ana — ela recomendou, saltando do carro guiado por Jorgensen, que ainda parecia meio bravo comigo. — Depois você compensa seu lado "amiga desnaturada" me levando para conhecer a Ilha de Catarina. Quem sabe?

— Claro! — A ideia originalíssima dela me animou. Fazia um bom tempo que não dava umas voltas por lá. — Também fico bem satisfeita com uma joia da coroa.

Caí na gargalhada.

— Palhaça!

Ah! Como era bom sentir a vida voltando aos trilhos! Assim que eu finalmente ficasse livre das pendências, daria umas voltas no Brasil para arejar a mente. Que saudade da minha terra!

Tia Marieva sabia da visita que eu lhe faria. Ela estava à minha espera quando apontei na entrada da casa. Achei-a mais magra, abatida, sem viço — como diria vovó Nair. Não poderia esperar outra aparência.

— Ana!

Fui recebida com um abraço apertado, desses que deixam transparecer os verdadeiros sentimentos das pessoas. Vou confessar uma cisma: embora tenha sido a vítima, eu temia que minha tia, de algum modo, me culpasse pelas atitudes do marido. Ainda bem que não passava de uma preocupação boba.

— Apesar de tudo, estou feliz por ver você — ela disse, levando-me para dentro da casa.

— Como você está lidando com... os fatos? — eu quis saber, sentada diante de tia Marieva, na varanda dos fundos, que foi para onde ela me levou. — E as crianças?

Um longo suspiro interrompeu nosso diálogo por alguns segundos.

— Sabe, querida, de certa forma eu desconfiava de que o Marcus mantinha uma vida meio paralela à minha e à dos filhos. Mas não imaginava que fosse algo tão sórdido. — Ela fez uma pausa, como se ordenasse o pensamento antes de continuar a explicação. Segurei as mãos dela para encorajá-la. — Nosso casamento não andava bom. Ele tampouco era um pai muito presente. Desconheço o porquê de não ter me separado antes de o Marcus aprontar essa canalhice com você e o Andrej.

— Você não tinha como saber, tia. Ele era um excelente fingidor.

— Sim, enganou a nós todos, e por tempo demais.

Eu não quis falar, mas a mim meu ex-tio-torto sempre pareceu suspeito. Aqueles olhos de águia predadora me davam arrepios, apesar de eu não conseguir interpretar as intenções por trás deles.

— E as crianças? Como reagiram a isso tudo? — Eu receava que elas sofressem com olhares atravessados na escola e passassem a ser alvo de agressões verbais dos colegas.

— O Luca e a Giovana são muito pequenos para processar a história toda. Já a Luce, bem, está muito quieta. Não quer conversar. Tem se negado a acreditar que o pai é um monstro. Não que eu tenha dito isso a ela, mas as pessoas comentam, inclusive os empregados. A versão que contei a eles saiu meio editada.

Pobres crianças! Não seria fácil para elas vencer aquela etapa dolorosa.

— Tia, conte comigo para o que precisar. — Ofereci meu apoio. — Talvez seja melhor passar uma temporada lá no castelo, tirar meus primos deste ambiente. Posso ficar com eles, levá-los para passear...

Tia Marieva contornou meus ombros com um de seus braços. Quem deveria estar fazendo isso era eu, mas a solidariedade era uma qualidade enraizada nela.

— Gostei da ideia. O problema é a escola. Mas posso pensar num jeito de resolver isso.

Bati palmas, sinceramente feliz com a iminência da chegada de novos moradores ao palácio.

— Você é um amor, Ana. Um amor mesmo. Já disse antes e vou repetir: somos muito sortudos por termos você conosco. Se algo tivesse acontecido, juro que eu mesma arrancaria a cabeça do Marcus.

Ih, então ela teria de entrar na fila.

# 36

## Alex

— Que merda! — paciência no nível zero desde que dei falta da caixa com o anel de noivado.

Lembro-me de que pus a mão nele pela última vez ainda no Palácio de Perla, antes de concluir que a Laika poderia ter participação no sequestro da Ana. Depois disso foram tantos acontecimentos em sequência, tantas emoções, que só voltei a pensar na maldita caixa quando cheguei ao meu apartamento e quis planejar uma maneira inesquecível de fazer o pedido de casamento.

Droga! Só faltava eu ter perdido a aliança — cara pra cacete — no matagal em frente ao chalé.

Se não achasse, seria obrigado a comprar outra. Ai, caramba!

# 37

## Estratagema para agarrar noivo

— Mas o quê?

Eu tinha acabado de sair do banho quando a vi. Estava num canto do banheiro, largada no chão como se não pertencesse a ninguém.

Abaixei-me, ainda enrolada na toalha e com os cabelos pingando sobre os ombros. Era azul, inconfundível: Tiffany!

Segurei-a com reverência, embora não fizesse ideia de a quem poderia pertencer e como havia parado ali.

A curiosidade começou a bombear sangue por meu corpo. Minha cabeça latejava. Eu precisava saber que tipo de joia estava escondida dentro da caixinha. Depois perguntaria para as camareiras se alguma delas tinha perdido o objeto.

Devagar abri a tampa, imaginando encontrar brincos, um broche ou um prendedor de gravata.

— Minha Nossa Senhora! — ofeguei, mais que surpresa por me deparar com um anel de noivado incrível, de fazer qualquer mulher desejar tê-lo para si.

Retirei-o da fenda em veludo que o prendia à caixa e analisei de perto os detalhes. Quantos diamantes! Uau!

Sem fôlego e muito constrangida por estar fuçando naquilo que não era da minha conta, devolvi o anel à embalagem, invejando, intimamente, a pessoa que em breve o colocaria no dedo.

Não que eu estivesse reclamando, mas, pelo jeito, eu jamais chegaria a sentir esse prazer. Alex era um homem descolado. No máximo juntaríamos nossos trapinhos e moraríamos sob o mesmo teto sem oficializar nossa união.

Tudo bem, Ana. Tudo bem. Na verdade o que valia mesmo era o amor que sentíamos um pelo outro, com ou sem aliança e papel passado. É que nós garotas temos o costume de fantasiar certas coisas, o que não combina muito com o jeito masculino de ser.

Com um suspiro conformado, saí do banheiro e fui direto até o meu closet. Após aquela valiosa descoberta, era mais que meu dever procurar o indivíduo distraído que havia perdido uma joia tão cara.

— Ana? Está pronta? — Estela invadiu meu quarto, saltitando. — Vamos dar uma volta?

Saí do armário mancando, na tentativa de calçar a sapatilha enquanto andava.

— Sim, mas primeiro preciso descobrir quem é o dono disto.

Passei a caixa para minha amiga, que se mostrou tão admirada com o conteúdo quanto eu.

— Como assim encontrar o dono? — Estela quis saber, incrédula. — Onde você achou?

— No meu banheiro, acredita? Não sei como foi parar lá.

— Tem certeza de que não é sua? — Ao fazer a pergunta, Estela nem olhou para mim; estava enfeitiçada.

— Como poderia ser, criatura? Quem haveria de ter trazido para cá? Se a intenção fosse me fazer uma surpresa, não estaria jogada no chão do banheiro, né?

— Hum... Não sei, não. Ontem o Alex dormiu aqui com você, não foi?

Não consegui acompanhar o raciocínio meio louco da minha amiga, só para variar.

— Sim, mas... — confirmei, desanimada com o rumo da conversa.

— Em algum momento ele deve ter tirado a roupa. — Ela ergueu as sobrancelhas sugestivamente. — Ou não?

— Estela! Que mania!

— Tirou ou não tirou, Ana? — ela insistiu, focada em seu propósito de me enlouquecer.

Argh!

— Tirou! Para tomar banho. Mas o que isso tem a ver com o anel, meu Deus?

Estela segurou meus ombros e me olhou como se eu fosse uma loira burra — só usei a expressão porque ela é boa. Sei que a cor do cabelo não define o grau de inteligência de ninguém. Bom, na maioria dos casos, pelo menos.

— Desculpe mencionar um fato tão traumático para você, Ana, mas será que trocaram seu cérebro enquanto estava presa? Fala sério!

— Não tem graça. — Bati o pé no chão, com impaciência.

— Eu sei, me desculpe. Só acho que a caixa pode ter caído de um dos bolsos do seu namorado quando ele tirou a roupa. Só acho...

Meu coração disparou assim que eu cogitei essa possibilidade.

— Será? — murmurei, sem fôlego.

Estela deu de ombros.

— Se está em dúvida, vamos investigar. — Ela enganchou o braço no meu, puxando-me consigo. — Por onde devemos começar?

— Hum... Vamos falar com as meninas da limpeza.

Torci para que nenhuma delas jamais tivesse colocado os olhos naquela caixa.

— Filha, a Karenina me disse que você encontrou um anel em seu banheiro. Verdade?

Minha mãe chegava de uma caminhada na praia com a vovó. Saquei pelas roupas que usavam.

— Sim. E até agora Estela e eu não achamos o dono.

Mamãe e vovó se entreolharam, com um sorriso de cumplicidade no rosto.

— Ai, algo me diz que o dono desse anel não vai ser encontrado aqui dentro deste castelo. — Minha mãe fez mistério. — Não agora, pelo menos.

Estremeci, ciente de que ela estava a ponto de revelar um segredo que abalaria minhas estruturas.

— Por quê?

— Ana, sei que vou arruinar o efeito surpresa, mas seria uma maldade da minha parte com o... dono, que deve estar desesperado atrás do anel perdido.

— Alex?... — o nome dele escapou dos meus lábios num sopro de voz.

— Sim — mamãe admitiu. — Trouxe para você do Canadá. Mesmo brigada com ele por causa daquela foto divulgada pela imprensa, o Alex voltou resolvido a pedir você em casamento, filha.

Minhas pernas ficaram bambas e minha cabeça deu uma rodada, deixando-me tonta.

Estela e vovó gritavam feito duas malucas, enquanto me enrodilhavam num abraço coletivo.

— Como você sabe disso, mãe? — consegui perguntar, embora me faltasse ar.

— Ele me contou, uai. De que outro modo eu saberia, menina?

Em êxtase, joguei-me sobre uma poltrona, respirando fundo a fim de clarear a mente e decidir como deveria agir.

— Ligue para o seu namorado — vovó sugeriu, oferecendo o celular dela para mim.

Neguei com a cabeça.

— Não. Preciso pensar numa forma de pegá-lo de surpresa.

Encarei as três ao meu redor, exigindo:

— Vocês estão proibidas de tocar nesse assunto, seja lá com quem for. Vou pegar o Alexander de jeito. E vai ser hoje ainda.

❦ ❦ ❦

Tive de agir rápido e bancar a esperta.

Fui obrigada a envolver mais pessoas no meu plano mirabolante. Nunca fui muito boa com essas coisas de surpresa e de dar desculpas para enrolar alguém e surpreendê-lo depois. Então, precisei pedir reforços.

Contar com Estela, mamãe e vovó não foi nada de mais, afinal elas sempre estão por perto para o que der e vier. Só fiquei com um pouquinho de vergonha por ter que estender o pedido de ajuda ao Ivan. Minha cara queimou quando liguei para ele e, depressa, para acabar logo com meu constrangimento, expliquei o que queria.

— Você pode fazer isso por mim, Ivan?

Meu antigo assessor — agora apenas um amigo, graças a Deus — deu um riso contido do outro lado da linha.

— É claro, garota. — Incrível como ele estava bem mais solto depois de ter me contado que era gay. — Só não sei se o garanhão do seu namorado vai topar. Você sabe como ele age em relação a mim. Agora, então, pode achar que estou articulando uma artimanha para agarrá-lo ou coisa parecida.

Caí na gargalhada. A cena descrita por Ivan seria, no mínimo, bastante hilária para quem estivesse assistindo de fora.

— Não esquenta. O Alex não é assim. O problema dele com você só existia porque meu namorado tem uma tendência a ser meio ciumento, sabe? Nesse aspecto você ganhou pontos com ele.

Rimos juntos.

— Está certo, Aninha. Vai ser um prazer ajudá-la. E fique tranquila. Não vou mexer com seu garotão.

Revirei os olhos diante daquela observação desnecessária, embora eu soubesse que meu amigo Ivan só estava querendo ser engraçadinho.

— Não se atreva!

Com essa etapa do plano vencida, dei foco à segunda parte, que dependia exclusivamente de mim. Bom, quando chegasse a hora de executá-la, pelo menos, porque, devido ao meu histórico de garota popular, era melhor deixar que Estela garantisse a compra dos produtos dos quais precisaria mais tarde. Afinal, sejamos realistas: eu, de short e Havaianas, empurrando um carrinho no supermercado, não passaria despercebida pelos urubus de plantão — por urubus entendam *paparazzi sem serviço.*

Mais tarde, assim que tudo ficou no jeito — e Alex, impossibilitado de voltar para casa —, sentindo-nos como As Panteras Detonando, pelo menos duas delas, Estela me levou até o prédio de Alexander e me desejou boa sorte.

Subi feito um foguete, com a adrenalina transbordando. Mal fui capaz de suportar o trajeto de elevador, que nunca me pareceu tão lento.

Usando minhas chaves, entrei no apartamento. Fui recebida pelo cheiro do meu namorado, impregnado em cada canto daquele lugar tão especial para mim, só porque era dele; o lugar dele.

Inspirei fundo, mas sacudi a cabeça para me livrar do feitiço. Eu tinha um trabalho a fazer.

Cheia de sacolas nas mãos, corri até o quarto. Estava meio bagunçado, como de costume. Então, dei uma organizada superficial primeiro. Em seguida, troquei os lençóis por um jogo novo, de seda branco.

Admirada com o resultado, passei ao segundo item: eu.

Tirei minha roupa e, por cima da lingerie *Victoria's Secret* — minha favorita — cor de gelo, vesti um hobby tão branco quanto a roupa de cama, e ainda mais macio.

Mas ainda faltavam alguns detalhes.

✓ Velas aromáticas (mas não perfumadas demais) espalhadas pelo quarto: confere!

✓ O champanhe no balde de gelo e duas taças de cristal sobre a mesa de cabeceira: confere!

✓ Morangos na tigela: confere!

✓ A caixa com o anel de noivado escondida debaixo do travesseiro: confere!

Ufa! Então estava pronto.

Borrifei um pouquinho de perfume atrás das orelhas e nos pulsos, alisei o tecido do hobby, respirei fundo e me sentei delicadamente na beirada da cama.

Agora só faltava o personagem principal do espetáculo.

# 38

## Alex

Convite mais estranho aquele do Ivan. Por que diabos o cara achava que eu gostaria de sair para tomar um chope com ele? Não éramos amigos nem nada. Então ele disse que o pessoal do Palácio de Perla queria fazer uma festa surpresa para a Ana, como forma de confortá-la por tudo o que ela havia passado. Só assim entendi o interesse dele em mim: eu deveria ser a ponte entre eles e a princesa, de modo que ela não desconfiasse de nada.

O que eu poderia fazer a não ser topar? Caso contrário, Ivan acabaria pensando que eu sou homofóbico — o que nem chego perto de ser, que fique claro desde já.

No final das contas, não entendi bem como seria feita a tal homenagem, uma vez que Ivan mais enrolou do que esclareceu as ideias que levou para discutir comigo. Sujeito mais esquisito.

Depois de três chopes, decidi que já estava na hora de ir. Ivan ia protestar, percebi, mas deu uma checada no relógio e, do nada, concordou comigo.

— Então eu mantenho você informado a respeito da festa surpresa, ok? — combinou ele, antes de se despedir.

— Ok — concordei, apesar de não ter sacado qual seria a minha participação naquela história toda.

Enquanto caminhava até o estacionamento, recebi uma mensagem da Ana. Ela dizia que passaria no meu apartamento mais tarde, pois havia demorado na casa da Marieva e, quando chegou ao castelo, dona Nair e Estela grudaram nela.

Mesmo estando louco para ver minha namorada — embora não tivesse me recuperado ainda do baque de perder o anel de noivado —, entendi a posição dela. Teríamos uma vida inteira pela frente para ficarmos juntos depois que nos casássemos.

Casamento...

Eu ainda não acreditava que daria esse passo. Certamente minha mãe acharia o máximo. Eu nunca dei a entender que um dia subiria ao altar e amarraria meus laços eternamente com alguém. Ela não gostava de pensar que seu único filho, além de não propagar o nome da família, deixaria de construir a própria. Gostaria de saber o que a rainha Elena me diria agora, especialmente pelo fato de ser a Ana a eleita.

Mas o pedido oficial só sairia depois que eu conseguisse outro anel. Merda! Aquele outro havia me custado caro.

Voltar para casa com a mente tranquila após tantas semanas de tensão — juntando o acidente de Andrej, as brigas com a Ana e o sequestro dela — não tinha preço. Já entrei no apartamento chutando as botas pela sala, por onde passei direto, e só parei na cozinha.

Ao entrar lá, notei algumas peças fora do contexto...

Mas que diabo estava acontecendo? Meu apartamento fora invadido de novo?

Com cautela, percorri os cômodos lentamente, segurando um taco de beisebol que encontrei pelo caminho. Se algum engraçadinho resolvera me fazer uma visita surpresa, adoraria dar de cara com o taco que eu guardava desde os tempos do colégio.

No entanto, até chegar ao quarto, constatei que o apartamento estava limpo. Não havia vestígios de invasão alguma.

A compreensão do que estava acontecendo me atingiu quando deparei com a Ana esparramada em minha cama, mergulhada num sono profundo.

Sorri ao ver a cena, e meu peito tremeu de felicidade e antecipação.

Dei uma olhada ao redor. Minha princesa havia armado um cenário todo romântico para nós, com direito a champanhe, velas e tudo mais. Mas não foi capaz de resistir acordada. Maldito Ivan, que inventou de sair para beber, com aquela desculpa furada.

Só se a Ana estivesse por trás do encontro. Pode ser que ela tivesse armado tudo para que eu ficasse fora de casa e ela pudesse montar o cenário.

Danadinha. Ela ia ver só uma coisa.

Empolgado por vê-la toda sensual sobre a minha cama, resolvi me juntar a ela. Tirei a roupa depressa e me deitei agarrado às suas costas. A Ana deu um suspiro satisfeito, mas não acordou.

Enterrei meu nariz em seu pescoço e inspirei com vontade o perfume que ela havia passado só para me provocar.

— Ana... — chamei, ao mesmo tempo em que fazia carícias em seu corpo. — Acorde. Estou aqui.

Ela se remexeu nos meus braços até ficar de frente para mim. Custou a abrir os olhos, mas, quando o fez, eles encararam os meus. Pareciam esconder um segredo divertido.

— Oi — ela disse, a voz meio rouca de sono.

— Oi. Que surpresa boa encontrar você aqui. — Bati na cama para que ela não tivesse dúvidas sobre o local ao qual me referia.

— Fiquei com saudades. — A Ana deu uma mordida em cima da minha tatuagem. Depois soprou. — Como foi seu encontro com o Ivan?

— Ah... — pulei sobre ela, prensando-a no colchão. — Então você estava mesmo por trás de tudo. — Para provocá-la, fiz que ia dar um beijo nela, mas parei a milímetros de sua boca. — Bem que desconfiei.

Ofegante, minha namorada entrelaçou os dedos atrás do meu pescoço e forçou minha cabeça para baixo. Mas eu resisti. Estava gostando de fazer aquele joguinho.

— Eu precisava que você demorasse a chegar — ela admitiu, fazendo cara de santa. — O problema é que você demorou demais. E acabou me dando sono.

Teimosa, a Ana me deu as costas.

— Boa noite. A gente se fala amanhã.

— Nem pensar!

Como eu sabia que ela odiava cócegas, deixei meus dedos trabalharem nela, que se contorcia de tanto rir, enquanto me implorava para parar.

— Só paro quando você assumir que o seu sono evaporou — tentei negociar. — Preciso da senhorita acordada para as coisas que pretendo passar a noite fazendo.

— Para, Alex! Paaaara!! Eu não vou mais dormir. Prometo.

Vitorioso, agarrei os cabelos dela e a beijei com vontade, nem passando por minha cabeça ser delicado como na noite anterior, quando a Ana necessitava de carinho e cuidado para esquecer tudo o que havia passado. Prendi seu lábio inferior entre os meus dentes, ao mesmo tempo em que minhas mãos lutavam para desatar o nó da camisola dela.

— Hum... Alex. Amor... Calma. — Arfando, a Ana deu um jeito de interromper nosso amasso, que, infelizmente, nem estava perto de chegar aonde eu desejava. — Preciso... te mostrar... uma coisa.

Dei toda a minha atenção a ela, mesmo frustrado por interromper as preliminares.

— Mostrar o quê, *lyubit*?

Acho que dei a deixa que ela esperava, pois, com um sorriso enigmático, a Ana enfiou uma das mãos sob o travesseiro e retirou de lá algo que preferiu esconder atrás de si.

Ergui uma sobrancelha.

— O que é isso?

— Só uma coisa que achei no chão do meu banheiro.

Franzi a testa; continuava no escuro.

— Sabe, Alexander... — A Ana caprichou no sotaque brasileiro ao pronunciar meu nome. Sabia que me deixava louco. Quase pulei em cima dela de novo, mas me segurei para ouvir o que tinha a me dizer. — Ser princesa não é fácil, embora as pessoas façam uma ideia muito equivocada a respeito desse título. Bom, se eu estivesse do lado de fora, vendo uma garota comum passar de simples plebeia a herdeira do trono de um país como a Krósvia, imaginaria a mesma coisa.

Contando nos dedos, a Ana foi listando:

— Que é maravilhoso ter dinheiro de sobra para comprar tudo o que se quer; que a vida se resume a festas e muito glamour; que o guarda-roupa de uma princesa é cheio de vestidos e sapatos de grife... Enfim. São meias verdades apenas. Nós dois sabemos que nem tudo são flores, né?

Concordei com a cabeça, temendo que minha namorada estivesse meio fora de si. Ela não estava dizendo coisa com coisa.

— Durante estes últimos anos, já fui perseguida por paparazzi, proibida de andar sozinha, tive de assumir as funções do meu pai, fui sequestrada... Mas aqui estou eu: inteira, feliz, vivendo meu conto de fadas maluco.

— Ana...

— Espere. Só mais um segundo. Já vou concluir. — Ela tomou fôlego. — As pessoas de fora acreditam que ser princesa é legal, e é, na maior parte do tempo. No entanto, Alex, apesar de todos os percalços, o que realmente me faz afirmar que de princesa-clichê eu não tenho nada é o fato de você não ter feito o que todos os príncipes encantados fazem no final das histórias.

— O quê, meu Deus? — Eu estava ansioso para saber qual era a minha falha.

— Isso.

Então a Ana retirou o objeto que escondia atrás das costas e me surpreendeu, exibindo a caixa com o anel de noivado que eu pensei ter perdido para sempre.

— Já que você não fez o que deveria ser a sua função, deixe isso comigo: Alex, amor, sim, eu aceito me casar com você.

Com um gesto calculado, a Ana retirou o anel da caixa e o entregou a mim. Em seguida, estendeu a mão direita:

— Estou esperando você colocá-lo aqui.

Emocionado, fiz o que ela pediu.

— Ana, meu amor, a esta altura você sabe que a minha intenção era chegar do Canadá e pedir você em casamento no mesmo dia. Mas, em se tratando de nós dois, nada sai do jeito que a gente planeja. Acaba sendo muito melhor. — Admirei o resultado do anel brilhando no dedo anelar da minha princesa, o *meu* anel. — Eu amo você e quero passar todos os segundos da minha vida ao seu lado. Aceita?

— Sim... — ela respondeu com lágrimas escorrendo pelas bochechas. Enxuguei-as com os polegares e beijei o caminho por onde elas desceram. — E como vai ser, digo, a cerimônia, a festa?

— Do jeito que você quiser, minha princesa.

Então a Ana abriu o sorriso mais maravilhoso da face da Terra e caiu nos meus braços, de onde não saiu até o dia amanhecer.

# 39

## *Flashback? Déjà vu? Conheço essa história...*

— Ah, minha filha, você está linda!

Minha mãe avançou a passos largos até mim e enxugou os olhos com um lenço de linho que alguém do castelo providenciou para ela. Desde que me vira vestida daquele jeito, vivia emocionada e chorando pelos cantos.

— Mãe, por favor, não vai chorar de novo. Desse jeito seu nariz vai aparecer vermelho em todas as fotos.

Mas não teve jeito. Só o fato de eu estar usando aquele vestido era um motivo para ela se debulhar em lágrimas. E minutos depois a vovó Nair fez o mesmo, seguida por Estela, Irina e até Karenina. Eu não conseguia acreditar. Quanto exagero! Afinal, eu só iria oficializar uma situação — agora sim — que já estava consolidada havia muito tempo.

Ali estava eu, numa realidade bastante semelhante a outra de mais de dois anos atrás, cercada por um bando de choronas e tendo que lidar com um penteado nada confortável, elaborado minutos antes pelo queridíssimo Patrick, que dizia a todas as outras clientes de seu requisitado salão que era meu *personal hair stylist*, o primeiro e único.

— Gente, o que é isso? — perguntei, de braços cruzados sobre a parte de cima do meu lindo vestido de *chiffon*. — Ainda não consegui processar o motivo de tanta choradeira. Por acaso tem alguém morrendo?

Uma sinfonia de fungadas foi a resposta mais imediata à minha pergunta, seguida pela explicação da minha avó:

— É que você está tão linda... e hoje é um dia tão especial que fica difícil controlar as lágrimas.

— Fiz suco de maracujá para todas nós, Ana — Karenina anunciou, na maior inocência, com o nariz tão vermelho quanto o das outras.

De repente, me veio aquela sensação de *déjà vu*. Algo me dizia que já havia passado por uma situação idêntica àquela, alguns anos antes, com os mesmos detalhes. *Ah, bisa Catarina, aposto que seus dedos estão por trás do desenrolar dos fatos!*

— Vocês são inacreditáveis — falei, revirando os olhos. — E a tia Marieva? Já apareceu? Como vou entrar se as crianças não tiverem chegado?

Meus primos me acompanhariam ao longo do trajeto até o altar. Além deles, um cortejo de meninas do Lar Irmã Celeste abriria a cerimônia, preparada exclusivamente por mim e por minhas assessoras para assuntos aleatórios e urgentes: mamãe, Estela e Irina.

— Estão a caminho — Irina respondeu, dividida entre a eficiência e a emoção. Continuávamos ótimas amigas, e mais do que amigas até, depois que ela mostrou o quanto era fiel ao meu pai e à nossa família. Pessoas como Irina são raras neste mundo.

Estela ajeitou o vestido, enquanto andava de um lado para o outro, tão nervosa quanto eu. Estava linda de amarelo. Tenho certeza de que Artur cairia para trás quando a visse pronta.

— Chegaram! — avisou Irina, num ir e vir irritante. — Está pronta, Ana?

— Mais do que nunca.

Então meus pequenos primos — menos a Luce, que de pequena já não tinha nada — e minha melhor amiga se juntaram a mim e as primeiras notas de um conjunto de cornetas soaram de dentro da Basílica de Santa Margarida, a mais tradicional de Perla.

Meu coração palpitou de expectativa, mas eu me mantive firme, até serena. Caminhei atrás de Estela, Giovana e Luka e parei para esperar a abertura dos portais. Todos os olhares se voltaram para mim, como daquela primeira vez, tempos atrás. Tive medo de desmaiar, mas, agora, por um motivo diferente.

Quando fui coroada princesa da Krósvia, o salão de solenidades do castelo estava repleto de gente desconhecida e importante. Agora não. Troquei toda a pompa pela intimidade de estar somente entre pessoas que significavam algo de verdade para mim e para a minha família.

No entanto, como da última vez, no meio de todos os presentes, um rosto especial se destacava. Foi só avistar Alexander olhando embevecido e emocionado para mim que me senti fortalecida. Ele estava lindo em seu fraque impecável, os olhos verdes brilhando de expectativa, seu sorriso torto me convocando a prosseguir. Senti o peito derreter sob o rico tecido que me embrulhava.

Apertei o braço do meu pai, ao meu lado, guiando-me com orgulho, como sei que ele sempre faria ao longo das nossas vidas. No trajeto, ele piscou para a mulher que, mais cedo ou mais tarde, eu tinha certeza de que se tornaria alguém especial para ele. Bom, era o que eu esperava e torcia para que realmente acontecesse.

Ei! Esperem aí. Não acredito que estão pensando — de novo — que toda essa pompa e circunstância fazem parte do meu casamento!

Hum... Devo admitir que agora estão certos. Sim. Estou aqui caminhando para os braços do meu príncipe, onde pretendo ficar para sempre.

Foi uma cerimônia linda. O padre usou palavras simples, mas que nos tocaram pela profundidade e beleza. Trocamos as alianças com lágrimas nos olhos.

Ao nosso redor, as pessoas pareciam emocionadas, como mamãe e vovó. Estela ficava cutucando o braço de Artur, como se dissesse a ele: *Está vendo? É assim que eu quero. Quando vai ser o nosso?*

No final, quando tudo terminou, Alex me puxou e me deu um beijo que arrancou aplausos de todos os presentes.

— Como está se sentindo? — ele quis saber, horas mais tarde, enquanto aguardávamos a decolagem do avião da família real, emprestado por meu pai, que não aceitaria um não como resposta.

Estávamos a caminho de Fernando de Noronha, onde passaríamos nossa lua de mel.

— Muito bem. E você?

Alexander massageava meus pés, repousados confortavelmente em seu colo.

— Melhor impossível. Sabe por quê?

Fiz que não com a cabeça, ansiosa para ouvir a resposta.

— Porque, finalmente, estou dando a você um *felizes para sempre* digno dos contos de fadas da Disney.

# Epílogo

Dois anos se passaram e esta história se encontra exatamente assim:

ESTELA E ARTUR: estão prestes a se casar. Chegaram a romper por uns meses, pois minha amiga cismou que o namorado arrastava a asa para uma colega de trabalho, mas depois ficou comprovado que ela se deixara dominar por um ciúme sem motivo. Alex e eu seremos os padrinhos. A cerimônia está marcada para acontecer em Belo Horizonte, na Igrejinha da Pampulha. Tomara que não chova.

VOVÓ NAIR E VOVÔ FELISBERTO: continuam bem e com saúde, ela com mais preparo físico do que ele, é bom frisar. Afinal, minha avó não se cansa dos exercícios aeróbicos e faz questão de praticar diariamente. Haja energia!

MAMÃE: ampliou seus negócios e agora tem uma filial do buffet em São Paulo. Vive na ponte aérea. Nesse vaivém, acabou conhecendo Henrique, um piloto de avião charmoso que derreteu o coração dela. Estão namorando faz alguns meses, o que me deixa contente por saber que ela está feliz no Brasil. Vem nos visitar aqui na Krósvia sempre que pode.

TIA MARIEVA: depois da decepção com o marido, dedica-se ainda com mais afinco a causas humanitárias. Virou uma espécie de Angelina Jolie — sem seu Brad Pitt —, embora tome o cuidado de estar sempre ao lado dos três filhos, que se recuperaram, ainda que aos poucos e com muita ajuda, da traição do pai.

MARCUS E LAIKA: não tenho muito o que contar sobre eles, a não ser que continuam presos, cumprindo pena pelos crimes que cometeram. Sobre a horrenda Nome de Cachorro ainda recai a acusação de invasão ao apartamento de Alex. Foi ela quem andou fuçando nas coisas dele, em busca de algo que pudesse usar para colocá-lo contra mim. A doida até tentou se safar usando a influência do pai como escudo. Mas, para o azar dela, a Krósvia não é o Brasil e aqui as coisas não são resolvidas desse jeito.

IRINA: está toda feliz, rindo à toa mesmo. Sabem por quê? Bem, digamos que meu pai seja a causa dessa mudança de estado de espírito.

PAPAI: tem trabalhado bastante e realizado ações de extrema importância para o país. Nas horas vagas, recupera o tempo perdido com Irina, ou seja, após anos de cegueira, ele finalmente resolveu olhar para ela de verdade e pegou todo mundo de surpresa ao se declarar no Natal. Desde então, eles vivem feito dois adolescentes. Acho o máximo.

IVAN: é um grande amigo nosso, de frequentar nossa casa e tudo mais. Está namorando o vocalista de uma banda de rock sueca — um gato loiro todo tatuado — e parece ter encontrado sua alma gêmea, embora sejam tão diferentes um do outro. Eu os adoro, e o Alex também, mesmo nunca tendo admitido isso em voz alta.

ALEXANDER: aos poucos foi se adaptando à vida de casado e aprendeu a dividir seu espaço comigo. Ele é um marido incrível, apesar de ter uma tendência à desorganização. Vive atolado de serviço, mas ainda arranja tempo para me paparicar de todas as formas. Está sempre disposto a topar qualquer parada comigo. É meu parceiro, meu amigo, meu amante, meu amor. Sempre serei apaixonada por ele, até nos meus últimos dias.

EU: sou uma princesa mais serena agora. Não trabalho diretamente com meu pai, mas me mantive à frente de muitas atividades ligadas ao governo, especialmente as que estão voltadas aos serviços sociais. Continuo auxiliando as meninas do Lar Irmã Celeste. Muitas delas já são adolescentes agora. Vou ao Brasil frequentemente, porque jamais conseguirei desfazer meus laços com o país onde nasci, o *meu* país. Cozinho esporadicamente em casa, sempre experimentando receitas brasileiras. Além disso, tenho uma função a mais agora. Sou mãe.

ELENA: é a nossa princesinha. Ela nasceu há seis meses e está cada dia mais linda e esperta. Tem os olhos do pai, duas bolas verdes que nos encaram com tanto amor que chego a derreter. Fizemos uma homenagem à rainha, mãe de Alexander, ao escolher o nome da nossa filha. Quando eu disse isso a ele, Alex enterrou a cabeça entre os meus cabelos e chorou. Aliás, ele é um paizão. Não desgruda da Elena e a mima muito. Gostaria de saber quem nesta família não age dessa forma.

# Capítulo bônus: Alex e Ana no Rock in Rio

Alex e eu aterrissamos em solo brasileiro na manhã de uma sexta-feira, 20 de setembro. Não pudemos vir com mais antecedência por conta dos meus compromissos na Krósvia.

Demos uma passadinha rápida no hotel para tirar as roupas de inverno — está um gelo em Perla — e nos vestir apropriadamente para a maratona de shows. Ficamos hospedados em Copacabana, e o Alex, que não conhecia a cidade, ficou tão encantado com a sua beleza que quis dar uma volta na praia primeiro.

Almoçamos num restaurante à beira-mar e aproveitamos a maravilhosa culinária carioca. De lá, seguimos direto para a Cidade do Rock, que é longe pra caramba. O trânsito estava meio caótico, o que nos fez gastar mais de uma hora.

Beleza! Isso não se tornou um grande problema. Ao chegarmos, a adrenalina tomou conta de nós. Fomos para a fila junto com uma galera muito a fim de ficar no gargarejo, bem em frente ao palco, meu desejo também. Ficamos batendo papo com umas meninas animadíssimas, que não me reconheceram, mas não tiravam os olhos de cima do Alex. Meu sangue chegou a ferver. Isso sempre acontece. Aonde quer que vá, meu namorado arranca suspiros ao redor. Vou te contar!

Assim que conseguimos entrar, insisti com o Alex que deveríamos garantir nosso lugar lá na frente, mesmo faltando horas para o show do Bon Jovi. Ele queria dar umas voltas antes, conhecer os espaços, mas eu finquei o pé. Afinal, estávamos no Brasil por um único motivo. Não fui intransigente, fui?

Apesar de tudo, foi incrível. Conhecemos um pessoal e ficamos de papo. As meninas do grupo não viam a hora de ver o Jon Bon Jovi de perto. Havia uma com uma faixa nas mãos. O nome dela era Rosana e seu sonho era ser chamada para subir no palco durante o show. Na hora, pensei: "Ela e mais umas quarenta mil pessoas, no mínimo".

Quando o Frejat começou a cantar, quase morri de emoção. Eu simplesmente AMO o Frejat, desde a época do Barão. E ele não decepcionou.

Depois curti mais duas apresentações superlegais. Achei o vocalista do Nickelback meio metidinho, mas tudo bem. Só estou comentando. Por outro lado, Alex já tinha se perguntado umas 237 vezes o que estava fazendo ali, naquela noite. Por ele, tínhamos ido nos dois dias de rock pesado. Isso porque ele é fã do Metallica e do Iron Maiden. Não vou negar que também gosto deles, mas nada comparado ao Bon Jovi.

Então, quando minha ansiedade beirava um princípio de infarto, à meia-noite e vinte e cinco, Jon Bon Jovi finalmente assumiu o Palco Mundo e quase levou a galera à loucura cantando *That's what the water made me.*

Eu gritava tanto que até esqueci que o Alex estava do meu lado. Naquela primeira vez, na praia de Perla, minha cabeça andava tão atrapalhada que não consegui processar direito que me encontrava diante do meu grande ídolo. Mas ali, no #RiR, ele bem na minha frente, foi impossível não pirar. Tudo bem que achei aquela jaquetinha com a bandeira americana meio brega. Mas...

Adorei a sequência de músicas escolhida para o show, mesmo a minha favorita tendo ficado de fora, *In these arms.* Uma pena mesmo... Ainda bem que *It's my life* entrou na lista. E ela me fez lembrar a festinha no apartamento do Alex e do chato do amigo dele, Viktor, que acabou atrapalhando a música, naquela ocasião.

O show estava lá pela metade quando a menina ao lado, a Rosana, foi chamada para subir ao palco. Que sortuda! Por um triz não fui eu. Ainda bem, senão o Alexander teria surtado. Se bem que ele estava tendo seu momento celebridade, porque um monte de menina preferiu ficar dando mole para ele a aproveitar as poucas horas diante da lenda, Jon Bon Jovi, no caso.

Depois de muitos empurrões, pisões no pé, lágrimas e palmas, infelizmente o show chegou ao fim. Passou tão rápido... Cabisbaixa, já prestes a deixar a Cidade do Rock, meu celular vibrou no bolso de trás da calça. Quem estaria me ligando àquela hora? Era Irina.

— O que aconteceu? — perguntei, um pouco apreensiva.

— Ana, os organizadores do Rock in Rio descobriram que você está aí, acredita? Ligaram agora há pouco para convidá-la a ir ao camarim conhecer a banda. Estão esperando você...

Então ela deu os detalhes, enquanto eu morria umas cem vezes.

Alex me seguiu bufando, mas, no fundo, até ele ficou empolgado.

Gente, tudo o que posso dizer é que foi o máximo. Todos os músicos foram muito simpáticos, mas nada supera o privilégio de ter conhecido Jon Bon Jovi, meu ídolo desde a infância e o autor da música-tema da minha história com o Alex.

# *Agradecimentos*

Quando lancei *Simplesmente Ana*, há pouco mais de um ano, minha lista de agradecimentos era pequena, uma vez que, naquela época, poucas pessoas sabiam que eu tinha a intenção de me arriscar no mundo da literatura.

O legal é que, agora, três publicações depois – a quarta com esta –, a lista não só cresceu, como também manteve os primeiros nomes, o que me dá a sensação reconfortante de que o apoio e a torcida por mim têm conquistado muitos adeptos.

Portanto, minha gratidão se dirige especialmente a:

Rogério, meu companheiro de jornada, aquele que reveza comigo o leme do navio, possibilitando que eu faça minhas excursões ao mundo da imaginação.

Hugo e João, crianças incríveis, de personalidade, orgulhos da minha vida. Fico toda boba quando alguém diz: "Seus filhos são ótimos!" Agradeço, tímida, embora 100% ciente disso. Meninos, vocês são mais que ótimos.

Mãe e Pai, tem sido um ano difícil longe de vocês. Nunca passei por isso antes, mas sei que é por uma causa nobre. Afinal, não é todo dia que somos presenteados com um casal de gêmeos na família, né?

Pri, minha irmã maravilhosa, sempre mostrando a mim que desistir não é uma palavra existente em nosso dicionário. Você tem se saído uma supermãe. Estou muito orgulhosa.

Luiza e Antônio, meus novos amores, titia ama vocês desde que eram dois pontinhos minúsculos na barriga da mamãe. Sempre serei a tia mais babona da face da Terra. Podem me pedir de tudo!

Vovó Tetê e Vovó Biúca, privilégio eu tenho de sobra, afinal convivo há anos com vocês, que me ensinaram as coisas mais doces da vida e (des)educaram meus hábitos alimentares. O que posso fazer se meu paladar ficou exigente depois de provar tantas delícias?

Ana Paula, prima/irmã linda por fora e por dentro, quantas amigas literárias eu vou ter que criar para representar você direito?

Aos meus dois avôs, João e Rui, com quem aprendi a ler jornal (João) e a gostar de faroeste (Rui). Sinto tanta saudade de vocês!

Família Carvalho: tios João, Sérgio, José Mauro e Dudu; tias Célia, Vera, Marli, Eliani, Lu, Ana e Tina; tios do coração Luís, João, Gilmar, José Geraldo, Nelson, Claudinho, Luiza, Marina e Simone; primos Luiza, Renata, Bárbara, Patrícia, Alice, Letícia, Débora, Tomaz, Gabriel, Túlio, Clarissa, Sofia, Lucas, Estela e Beatryz.

Família Oliveira: tios Ruimar, Ricardo, Rogério, Renato e Ronaldo; tias Risa, Rina, Lola e Renilda; tios do coração Marilda, Fatinha, Lúcia, Janete, Marcelo e Vinícius; primos!

Família Rocha: meu agradecimento sincero e sem tamanho a vocês por todo carinho e amizade. Um beijo especial à minha sogra, Maria Helena, e às crianças Carol (afilhadinha linda), Júlia, Luiza, Flávio, Felipe e Bruno.

Também agradeço à equipe Novo Conceito, aos editores Fernando e Milla Baracchini e Thiago Mlaker, por acreditar nas minhas histórias e publicá-las com tanto profissionalismo e eficiência. Meu carinho também à galera do marketing, aos representantes da editora nas livrarias (Sheila e Carlos, obrigada pelas esculturas de livros maravilhosas!), Lívia Mendes, Marcela Oliveira, Lígia Alves e ao Jorge Parede. O que mais eu poderia querer além do que me oferecem: editoração perfeita, trabalho visual impecável, marketing infalível e distribuição total? Pois é!

Glauciane Faria, minha mais que querida amiga, pessoa maravilhosa e competente que tive a honra, a felicidade e o privilégio de encontrar, leitora ALFA de tudo o que escrevo. Espero que seja assim sempre.

Às minhas betas maravilhosas: Shirlei Ramos, Luma Coimbra, Larissa Oliveira, Mariana Mortani, Mônica Quintellas, Mirelle Candeloro,

Izabela Rocha e Bruna Cunha. Vocês me fazem muito bem, não porque elogiam minhas histórias e vibram por mim, mas porque sabem elaborar uma crítica como ninguém.

Meus agradecimentos a todos os leitores, blogueiros e incentivadores do meu trabalho, especialmente os professores que indicam meus livros e me ajudam a disseminar minhas histórias por aí.

Às bandas Kamelot, Nightwish, Within Temptation pela ajuda na composição das cenas. Destaco as músicas *Falling Like The Fahrenheit* (Kamelot), *Sleeping Sun* (Nightwish) e *Ice Queen* (Within Temptation).

Por fim, um obrigada gigante aos meus alunos, atuais e ex, pessoas fundamentais na construção do meu perfil de escritora e de muitas características inseridas aos personagens que invento. Vocês são demais!

Obrigada, Deus!